河出文庫

# ランボー全詩集

アルチュール・ランボー
鈴木創士 訳



河出書房新社

## ある地獄の季節　15



## イリュミナシオン　75

## 詩篇 157

新しい詩

**その他の作品**



**付録　書簡選**　

# ランボー全詩集

# ある地獄の季節

＊　＊　＊　＊　＊

《かつては、もし俺がちゃんと覚えているなら、俺の生活は祝宴であり、すべての心が開かれ、すべての酒が流れていた。

ある晩、俺は「美」を膝の上に座らせた。——そしてそいつを苦々しい奴だと思った。——それで俺はそいつを罵倒した。

俺は正義に対して武装した。

俺は逃げた。おお、魔女たちよ、おお、悲惨よ、おお、憎しみよ、おまえたちにこそ俺の宝は託されたのだ！

俺はようやく自分の精神のなかからあらゆる人間的希望を消し去ることに成功した。あらゆる喜びを絞め殺してやろうと、俺はそいつに猛獣のように音もなく跳びかかった。

くたばりながら、奴らの鉄砲の銃床に嚙みついてやろうと、俺は死刑執行人どもを呼んだ。砂や血で窒息してやろうと、俺は災いを呼んだ。不幸はわが神だった。俺は泥のなかに横たわった。罪の風にあたって、からだを乾かした。そして俺は狂気に一杯食わせてやったのだ。

そして春が白痴のぞっとするような笑いを俺に運んできた。

ところが、ごく最近のことだが、もう少しで最後の「ぎゃあっ」という声を上げそうになったので、俺は昔の祝宴の鍵を探してみようと思ったのだ、そこでならたぶん食欲を取り戻せるかもしれないと。

隣人愛《シャリテ》がこの鍵である。——こんなことを思いつくのは、俺が夢を見ていた証拠なのだ！

《おまえなどずっとハイエナのままでいるがいい、云々…》、とかつて俺にとても愛らしい罌粟《けし》の冠をかぶせてくれた悪魔が叫び声を上げる。《おまえのあらゆる欲求、それにおまえのエゴイズムとすべての大罪もろとも、死をしょい込むのだ。》

ああ！　そんなものはうんざりするほど手に入れたさ。だが、親愛なる魔王《サタン》よ、お願いだから、そんなに怒った目つきをしないでもらいたい！　そして遅ればせのけちな臆病風を吹かせたりしないうちに、物書きには描写や教訓を垂れる才能などないのがお好きなあなたのことだから、俺は地獄堕ちの自分の手帖から幾葉かのこれらのおぞましい紙片をあなたに切り取ってやるとしよう。

## 悪い血

俺はガリヤ人のわが祖先から青く白い目、偏狭な脳みそ、ぎごちない戦い方を受け継いだ。俺は自分の身なりを彼らと同じように野蛮だと思っている。だが俺は自分の髪の毛にバターを塗ったりはしない。

ガリヤ人たちは獣の皮を剥いだり、草を燃やしたりする人々で、当代きっての無気力な連中だった。

俺が彼らから受け継いだもの。すなわち偶像崇拝と瀆聖への愛。――おお！　すべての悪徳、怒り、淫欲――素晴らしい、淫欲ってやつは――、とりわけ嘘、怠惰。

俺はすべての職業が大嫌いだ。親方と職人、どいつもこいつも百姓だし、ぞっとする。ペンを持つ手は犂《すき》を持つ手と似たり寄ったりだ。――何という手の世紀なんだ！――俺はけっして手なんか持ってやるもんか。後になれば、召使の身分はとんでもないことになる。乞食の境遇の誠実さは俺の胸をえぐる。犯罪者どもは去勢された奴らと同じように嫌悪を抱かせる。この俺は無傷のままだが、そんなことは俺にはどうだっていい。

しかし！　いったい誰が俺の舌をこれほどまでに不実なものにしたのか、俺の怠惰をここまで導き、保護してきたほどに？　俺は生きるために自分のからだすら使わず、蟇蛙《ひきがえる》よりのらくらと、いたるところで暮らしてきた。俺の知らないヨーロッパの家族などただのひとつもない。――俺の家族と同じような家族という意味だが、そいつは「人権宣言」からすべてを受け継いでいるのだ。――俺はどの良家の子息だって知っていた！


――――


フランスの歴史のどこかの時点に俺の過去があればいいのだが！

いやだめだ、何もない。

俺がずっと劣等人種だったことは俺にはしごく明白だ。俺には反抗が理解できない。俺の血筋は略奪するためにしかけっして蜂起しなかった。自分たちが殺したのではない獣に群がる狼たちのように。

俺はローマ教会の長女たるフランスの歴史を思い出す。どん百姓の俺は聖地へ旅をしたたろう。俺の脳裡には、シュヴァーベンの平野を通る街道、ビザンチンの眺め、ソリムの城壁が浮かんでいる。マリアへの崇拝、十字架にかけられた男への憐れみが、世俗の無数の夢幻の光景のさなかにあって、俺のうちに目覚める。――癩病の俺は、太陽に蝕まれた壁際で、割れた甕と蕁麻《いらくさ》の上に座っている。――もっと後になると、傭兵となった俺は、ドイツの夜空の下で野営をしたのだろう。

ああ！　まだあるぞ。俺は、老婆や子供たちと一緒に、赤く照らされた森の空き地で魔女の夜宴《サバト》の踊りをおどっている。

俺はこの大地とキリスト教より昔のことは覚えていない。この過去のなかに自分の姿を思い浮かべてもきりがない。だが、いつも独りだったし、家族もいない。それどころか、俺はいったいどんな言語を喋っていたのか？　俺はキリストの教えのなかにも、領主たち――キリストの代理人たち――の教えのなかにも、けっして自分の姿を見ることはない。

前世紀には俺は何者だったのか？　俺には今日の自分しか見出せない。浮浪者たちはいないし、漠然とした戦争もない。劣等人種がすべてを覆ってしまった――人が言うような、人民、理性。国家と科学。

おお！　科学よ！　何もかもやり直しだった。身体のために、そして魂――頼みの綱さ——のために、医学と哲学がある——民間療法薬と編曲された大衆歌だ。そして君主たちの気晴らしと彼らが禁じていた遊戯！　地理学、宇宙形状誌、力学、化学！……

科学、新しい貴族だ！　進歩。世界は前進する！　どうしてそいつはぐるぐる廻ってはいないのか？

それが数の幻視《ヴイジヨン》なのだ。俺たちは「精神」へと向かう。とても確かなことだ、神託なのさ、俺の言っていることは。俺にはわかっている、異教徒の言葉がなければ自分を説明できないので、できれば俺は口を噤《つぐ》みたい。

---

異教徒の血が戻ってくる！　「精霊《エスプリ》」は近くにいるのに、俺の魂に高貴と自由を授けることによって、どうしてキリストは俺を助けてくれないのか？　ああ！　「福音」は過ぎ去った！　「福音」よ！　「福音」。

俺はがつがつと神を待ち望む。俺は永劫の昔から劣等人種に属している。

ほら、俺はアルモリックの浜辺にいる。夕方になれば街々に火が灯るといい。俺の一日は終わった。俺はヨーロッパを去る。海の大気が俺の肺を焦がすだろう。僻地の気候が俺の肌を焼くだろう。泳ぎ、草を踏みしだき、狩りをし、とりわけ煙草を吸う。煮えたぎる金属のような強いリキュールを飲む――あれらの親愛なる祖先の人たちが焚き火を囲んでやっていたように。

鉄の四肢、黒ずんだ肌、怒った目をして、俺は舞い戻るだろう。俺の顔つきを見て、人は俺を強い人種の出身だと思うだろう。俺は黄金を手にするだろう。俺はぶらぶらし、粗暴になるだろう。女たちは暑い国から戻ったこれらの獰猛な不具者たちの世話をする。俺は政治的事件に巻き込まれるだろう。救われるのだ。

いまや俺は呪われているし、祖国なんか大嫌いだ。一番いいのは、砂浜で酔いつぶれて眠ってしまうことだ。

――――

出発はしない。――ここから道を辿りなおそう、物心がついて以来、俺の傍らで、苦しみの根を張ってきた悪徳、俺の悪徳を背負って――そいつは天まで昇り、俺を殴り、俺をひっくり返し、俺を引きずってゆく。

最後の無垢と最後の弱気。よし、決まった。俺の嫌悪と俺の裏切りをこの世に持ち込まないことだ。

さあ！　行進、重荷、砂漠、倦怠、そして怒りだ。

誰に仕えるのか？　どんな獣を崇めねばならないのか？　どんな聖画を攻撃するのか？　どんな心を俺は打ち砕くのだろう？　どんな嘘を俺はつき通すことになるのか？——どんな血のなかを進んでいくのか？

むしろ、正義には気をつけることだ。——きつい生活、単純な痴呆状態、——かさかさの拳骨で棺の蓋を持ち上げ、座って、窒息すること。だから老いも、危険もない。恐怖はフランス的ではない。

——ああ！　俺はあまりに見捨てられているので、どんな神聖な絵にも完徳へと向かう熱情を捧げてしまうのだ。

おお、わが自己犠牲よ、おお、わが素晴らしき隣人愛よ！　それでも、現世のことさ！

深キ淵ヨリ、主ヨ、俺は馬鹿か！

俺がまだほんの子供だった頃、いつも徒刑場に戻ってきては閉じ込められる始末におえない徒刑囚に感心したものだった。俺は彼の滞在によって聖別されたかもしれない宿屋や貸し部屋を訪ねるのだった。俺は青空と最盛期の野良仕事を彼の思いでもって眺めていた。街々では彼の宿命の臭いを嗅ぎ分けていた。彼には聖人よりも力があったし、旅人よりも良識があった――そして彼、彼ひとりだった！　彼の栄光と彼の理性の証人だったのは。

　街道で、冬の夜々に、宿もなく、着るものもなく、パンもなく、ある声が俺の凍てついた心を締めつけていた。《弱さからか、強さからか、おまえはそこにいる、それが力だ。おまえは自分がどこに行くのかも、なぜ行くのかも知らないが、どこにでも入っていって、あらゆることに応じろ。おまえが死骸であるのと同じように、おまえを殺すものなどいないだろう。》朝になって、俺の眼差はあまりにうつろで、物腰はあまりに死んだようだったので、俺が出会った者たちにはたぶん俺の姿が見えなかったのだ。

街々では、俺には泥が突然赤と黒に見えるのだった、隣の部屋でランプが往ったり来たりするときの鏡のように、森のなかの宝物のように！　幸運を祈る、と俺は叫んでいた、そして俺は空に炎と煙の海を見ていた、それから、左に、右に、無数の雷のように燃え上がるすべての財宝を。

だが女たちとの乱痴気騒ぎと仲間づきあいは俺には禁じられていた。ひとりの連れすらいなかった。俺には、自分が激昂した群衆の前に立って、銃殺隊と向かい合っているのが見えていた、奴らには理解の及ばなかった不幸に涙し、しかも許しを与えている自分の姿が！――まるでジャンヌ・ダルクのように！――《司祭や、教授や、先生たちよ、俺を司法の手に委ねるなんて、あんたらは間違っている。俺は一度だってこの民衆の一員だったことはない。一度だってキリスト教徒だったことはない。俺は拷問のさなかに歌をうたっていた人種の出なんだ。法律のことなどわからない。道徳感も持ち合わせてはいない。俺はけだものだ。あんたらは間違っている…》

そう、俺の目はおまえたちの光には閉ざされている。俺は獣であり、ニグロだ。だが、俺は救われるかもしれない。おまえたちは偽のニグロだ、偏執狂で、残忍で、けちなおまえたちは。商人よ、おまえはニグロだ。行政官よ、おまえはニグロだ。将軍よ、おまえはニグロだ。昔ながらのむず痒さである皇帝よ、おまえはニグロだ。おまえは、サタンの醸造所の、税金のかからないリキュールを飲んだのだ。——この人民は熱病と癌によって霊感を与えられている。片輪者と老いぼれはあまりにご立派なので、自分から釜茹でにされることを求めている。——一番利口なのは、この大陸を去ることだ、ここでは狂気が徘徊し、これらの貧民たちに人質を与えている。俺はハムの子孫たちの真の王国に入る。

俺はまだ自然を知っているのだろうか？　俺は自分を知っているのか？——もう言葉はいらない。俺は自分の腹のなかに死者たちを埋葬している。叫び、太鼓、ダンス、ダンス、ダンス、ダンス！　白人たちが上陸してきて、やがて俺は虚無に墜ちていくだろうが、それがいつなのかすら俺にはわからない。

飢え、渇き、叫び、ダンス、ダンス、ダンス、ダンス！

——

白人たちが上陸する。大砲だ！　洗礼に従い、服を着て、仕事をしなければならない。

俺は心臓に恩寵の一撃を食らった。ああ！　そうなるとは思ってもみなかったのに！

俺は何も悪いことはしなかった。日々は俺にとっては軽やかに過ぎようとしている、それを後悔などしないですむだろう。俺は善に対して死んだも同然の魂の苦悩をもたなかったのだろう、そこからは葬式の蠟燭のように厳めしい光が立ち昇っているのだ。良家の子息の運命、澄んだ涙に覆われた早すぎる棺だ。恐らく放蕩は馬鹿げている、悪徳は馬鹿げている、腐敗を遠くに投げ捨てねばならない。だが大時計がもはや純粋な苦しみの時だけを告げるようにはどうしてもならないだろう！　俺は子供のように連れ去られ、あらゆる不幸を忘却して楽園で遊ぼうとしているのか！

急げ！　他の人生があるのだろうか？　——富のなかで眠りこけるなんて不可能だ。富はいつだってまさしく公共のものだった。神の愛だけが科学の鍵を授けてくれる。自然が善意の見世物にすぎないことくらい俺にはわかっている。さらば幻想よ、理想よ、錯誤よ。

天使たちの分別のある歌が救いの船から湧き起こる。それは神の愛である。——二つの愛！　俺は地上の愛に死に、献身に死ぬことができる。俺は魂たちを置き去りにしたが、彼らの苦しみは俺の出発によっていや増すだろう！　あなたは難破者のなかから俺を選んでくれるが、残された連中は俺の友人たちではないのか？

彼らを救ってくれ！

分別が俺に生まれた。この世は良いものである。俺は人生を祝福するだろう。俺はわが兄弟たちを愛するだろう。それはもう少年時代の約束ではない。老いと死から逃れる希望でもない。神は俺の力をつくり、そして俺は神を讃える。

———

倦怠はもう俺の愛するものではない。憤怒、放蕩、気狂い沙汰、俺はそれらの高揚と災厄をすべて知り尽くしているが、——俺のお荷物のすべてが下ろされたのだ。俺の無垢の広がりを眩暈を起こさずに測ってみよう。

俺にはもう笞刑による励ましを求めることはできないだろう。俺は、イエス・キリストを義父として、自分が彼と一緒に婚礼のために船に乗り込むことになるとは思わない。

俺は自分の理性の囚人ではない。俺は、神と言った。俺は救済における自由を欲している。どうやってそれを追い求めるのか？　どうでもいいような好みは俺から離れ去った。もう献身も神の愛もいらない。感じやすい心の世紀を懐かしむこともない。

軽蔑にしろ、隣人愛にしろ、道理は人それぞれだ。俺は良識というあの天使の梯子のてっぺんに自分の座席を取っておく。

家庭の幸福であろうとなかろうと、確立された幸福について言えば…、いや、俺には無理だ。俺はあまりに放埒で、あまりに弱すぎる。生活は労働によって花開く、古くからの真理だ。俺の場合、俺の人生には充分な重みがなく、舞い上がって、漂っている、あの大切な世界の地点である行動の遥か上空で。

死を愛する勇気にも事欠くなんて、俺はオールド・ミスにでもなってしまうというのか！

神が天上の、大気の静けさを、祈りを俺に授けてくれればいいのだが——昔の聖人たちのように。——聖人たち！　強い連中！　隠者たち、もはや用済みの芸術家たち！

絶え間のない茶番劇！　俺の無邪気さには涙が出そうだ。人生は万人が演じる茶番劇なのだ。

——

もうたくさんだ！　これこそが報いだ。——進め！

ああ！　肺が焼けて、こめかみがガンガンする！　夜が俺の目のなかを転がる、この太陽によって！　心臓…　手足…

どこへ行くのか？　戦いにか？　俺は弱虫だ！　他の奴らは前進する。道具、武器…　時間！…

撃て！　俺を撃て！　さあ！　さもないと俺は降伏する。——臆病者め！——俺は自殺してやる！　馬の足元に身を投げてやる！

ああ！…

こんなことにも俺は慣れてしまうだろう。

これがフランス的生活であり、名誉への道なのだろう！

地獄の夜

俺は毒を一口たっぷり飲み干した。——俺のもとにまで届いた忠告には感謝感激！——はらわたが焼ける。毒の激しさが俺の手足をよじり、俺の身を歪ませ、打ちのめす。俺は死ぬほど喉が渇き、息もできず、叫び声も出ない。これこそ地獄、永遠の刑罰だ！　火が勢いを吹き返すのを見るがいい！　俺はこんがりと焼かれる。さあ、悪魔よ！

かつて俺は、善と幸福への回心、救済を垣間見ていた。俺にそのヴィジョンが描けるだろうか、地獄の空気は讃歌など認めないのだ！　それは無数の魅力的な被造物、甘美な精霊のコンサート、力と平和、高貴な野心だったし、他にもいろいろある。

高貴な野心だと！

それにこれだってまだ人生なのだ！——もし地獄堕ちの劫罰が永遠であるならば！自分の手足を切断したいと願う者はまさに地獄に堕ちているんだよな？　われ地獄にありと思う、故にわれ地獄に在り。それは公教要理の実行なんだ。俺は自分が受けた洗礼の奴隷である。両親よ、あなたたちは俺の不幸をつくったし、あなたたちの不幸をつくった。哀れなお人よしよ！――地獄は異教徒たちを攻撃できない。――それだってまだ人生なのだ！　後になれば、地獄堕ちの喜びはさらに深まるだろう。ひとつの罪を、急げ、どうか俺が虚無に墜ちますように、人間的な法の名において。

黙れ、黙れったら！…　ここにあるのは恥辱、叱責だ。サタンが言うには、その火は汚らしくて、俺の怒りはひどく馬鹿げたものらしい。――もうたくさんだ！…　人が俺に吹き込む過ち、魔術、偽の香水、他愛もない音楽なんか。――いやはや、俺が真実をつかんでいて、俺には正義がわかっているというんだから。俺には健全で揺ぎのない判断力があり、完璧の域に達する準備ができているって…　傲慢だ。――俺の頭の皮が干上がる。憐れみを！　主よ、俺は怖い。喉が渇く、カラカラだ！　ああ！　少年時代、草、雨、小石の上の湖、鐘楼が十二時を告げていたときの月明かり…　この刻限には、悪魔は鐘楼にいる。マリアよ！　聖処女よ！…――俺の愚かしさにはぞっとする。

俺のためを思ってくれているのは、むこうにいる誠実な魂たちではないのか…　来てくれ…　俺の口には枕が当たっていて、魂たちには俺の声が聞こえない、連中は幽霊なのだ。それに、けっして誰も他人のことを考えたりはしない。近づかないほうがいい。俺は焦げ臭いぞ、それだけは確かだ。

幻覚は数え切れない。それこそまさに俺がいつも見てきたものだ。もはや歴史など信じてはいないし、原則も忘れてしまった。俺はそれについては口を噤むだろう。詩人たちと幻視者たちが嫉妬するだろうから。俺のほうが千倍も豊かだ、海のようにけちでいようじゃないか。

ああ、なんてことだ！　人生の大時計はついさっき止まってしまった。もう俺はこの世にはいない。——神学は信頼できる、地獄はきっと下にあるのだ——そして天空は上に。——炎の巣のなかの陶酔、悪夢、眠り。

田舎では、注意していると、なんと多くの悪ふざけがあることか…　サタンであるフェルディナンは、野生の種子を持って走っている…　イエスは緋色の茨の上を、それを撓《たわ》めもしないで歩いている…　イエスは怒った水の上を歩いていた。ランタンの明かりが、エメラルドの波の脇腹に、立ったまま、白く、褐色の三つ編みを垂らしている彼の姿を俺たちに見せた…

俺はすべての神秘をいまにも暴こうとしている。宗教または自然の神秘、死、誕生、未来、過去、宇宙開闢論、虚無。俺は幻灯魔術の大家なのだ。

聞け！…

俺にはあらゆる才能がある！——ここには誰もいないし、誰かがいる。俺は自分の宝をばらまいたりはしたくない。——お望みなのはニグロの歌や、天女《ウリ》の舞いなのか？　俺に姿を消して、指輪を探しに水に潜ってほしいのか？　それが望みなのか？　黄金でも、薬でもつくってやるさ。

だったら俺を信用してもらいたい、信じることは人を楽にし、導き、癒してくれる。みんな、来るがいい、——小さな子供たちでさえ——俺がおまえたちを慰め、おまえたちのために彼の心を広めるために、——素晴らしい心だ！——哀れな人間たちよ、労働者たちよ！　俺は祈りを求めたりはしない。ただおまえたちの信頼さえあれば、俺は幸せになるだろう。

——それじゃ、俺のことを考えよう。だからといってこの世が懐かしくなるわけではない。幸いにもこれ以上俺が苦しむことはない。俺の生活は心地のいい気狂い沙汰でしかなかったが、それが残念だ。

なあに！　思いつくかぎりのしかめ面をしてやろうじゃないか。

どう考えても、俺たちは世界の外にいる。もうどんな音もしない。俺の触覚は消えてしまった。ああ！　俺の城よ、俺のザクセンよ、俺の柳の森よ。夕暮れ、朝、夜、昼を重ねて…　俺は疲れた！

俺は怒りのために己れの地獄を、傲慢のために己れの地獄をもたねばならないのだろう、――それに愛撫の地獄を、地獄の大合唱だ。

俺は死ぬほどうんざりしている。それこそ墓場だ、俺は虫に食われて死んでいく、恐怖の極み！　サタンよ、道化役者め、おまえはその魔力で俺を溶かしたがっているな。俺は要求する。要求するぞ！　熊手の一撃、火のひと雫《しずく》を。

ああ！　再び人生へと立ち戻るのか！　俺たちの奇形の姿に目をくれてやるのか。それにこの毒、千回呪われたこの接吻！　俺の弱さ、この世の残酷さ！　神様、憐れみを、俺を隠してください、俺はあまりにふらふらしているのです！――俺は隠されていて、そして隠されてはいない。

火が地獄に堕ちた者とともに高く燃え上がる。

# 錯乱

## I

## 狂った処女

### 地獄の夫

地獄の道連れの告白を聞こう。

《おお、神なる夫、わが主よ、あなたの婢女《はしため》のなかで一番悲しい女の告白を拒まないでください。あたしは途方に暮れています。酔っ払っています。穢れています。なんという暮らしでしょう！

《お許しを、神なる主よ、許してください！　ああ、お許しを！　なんと多くの涙が流れたことでしょう！　これからもさらに多くの涙が流れることをあたしは願っています！

《もっと後で、あたしは神なる夫を知るでしょう！　あの方に服従するためにあたしは生まれてきました。――いまはもうひとりの男にぶたれたってかまわないのです！

《いまあたしはこの世のどん底にいます！　おお、あたしの友人たちよ！…　いえ、あたしの友人たちじゃない…　これほどの錯乱も責め苦もけっしてないでしょう…こんなことは馬鹿げています！

《ああ！　あたしは苦しんで、叫んでいます。あたしはほんとうに苦しいのです。それでもあたしは何をしても許されます、最も軽蔑すべき心の持ち主たちの軽蔑を浴びながら。

《最後に、この打ち明け話をしましょう、あと二十回は繰り返すことになるかもしれないし、――こんなにも陰気で、こんなにもくだらない話ですが！

《あたしは地獄の夫の奴隷です、愚かな処女たちを破滅させたあの男の。まさにあの悪魔のことです。あれは亡霊じゃないし、幽霊じゃありません。でもあたしは分別をなくし、地獄に堕ちて、この世で死んでいます――もうあたしを殺せないでしょう！

──どうやってあなたにそれを説明すればいいのか！　あたしにはもう語ることさえできないのです。あたしは喪に服して、泣いています、あたしは怖いのです。少しの新鮮な空気を、主よ、もしよければ、もし御心にかなうのでしたら！

《あたしは寡婦《やもめ》です……──あたしは寡婦でした……──もちろん、あたしもかつてはちゃんと真面目にやっていました、だって骸骨になるために生まれてきたわけじゃないのですから！……──あの男はほんの子供でした……　彼の不思議な思いやりにあたしは誘惑されたのでした。あたしは自分の人間としての義務をすべて忘れて彼についていきました。なんという生活でしょう！　真の生活がないのです。あたしたちはこの世にはいません。あたしは彼の行くところへ行きます、そうしなければならないのです。なのにしょっちゅう彼はあたしに対して怒りをあらわにするのです、哀れな魂であるあたしに。悪魔です！──あれは悪魔なのです、いいですか、人じゃありません。

《彼は言います、「俺は女なんか愛していない。愛は再発明すべきものだ、それはわかっている。女たちはもう確固たる地位をほしがることしかできない。地位が得られれば、心も美もそっちのけになる。あとに残るのは冷たい蔑みだけで、今日ではそれが結婚の糧なんだ。それとも俺が目にするのは、この俺ならいい仲間になれたかもしれない幸福の徴をもった女たちが、火刑台の薪の山みたいにすぐかっとなる乱暴者たちにまっ先に貪り食われるところさ…」

《汚辱を栄光に、残酷さを魅力に変える彼の言葉をあたしは聞きます。「俺は遥かな種族の出身だ。俺の先祖はスカンジナヴィア人だった。彼らは互いの脇腹に剣を突き刺し合い、自分たちの血を飲んでいた。——からだのあちこちに自分で切り傷をつけて、自分で刺青をしてやろう、俺はモンゴル人みたいに醜悪になりたいのだ。いまにわかるさ、俺は通りでわめくだろう。怒りのあまり狂ってしまいたい。けっして俺に宝石なんか見せるなよ、絨緞の上を這って、身を捩ることになるだろうから。俺の財宝、俺はそいつのいたるところに血の染みをつけてやりたい。けっして俺は働かないぞ…」幾夜も、彼の悪魔があたしを捕まえるので、あたしたちは転げまわって、彼と取っ組み合いをやっていました！——夜には、彼はしばしば酔っ払って、通りや家のなかに身をひそめると、私を死ぬほど怖がらせるのです。——「そのうち俺はほんとうに首をはねられるだろうさ。胸が悪くなるぞ。」おお！　近頃では、彼は犯罪でも犯したような態度で歩きたがるのです！

《時おり彼は、優しい田舎訛りで、人を改悛させる死や、きっと存在する不幸な人々や、つらい仕事や、胸がはり裂ける旅立ちのことを語ります。あたしたちが安酒場で酔っ払っていたときには、あたしたちの周りにいた家畜のような極貧の人々を見つめて涙を流していました。真っ暗な通りでは酔いつぶれた飲んだくれを起こしていました。彼には幼い子供たちに対して意地悪な母親が抱く憐れみがあったのです。――彼は教理問答へ出かける少女の優しさをもって出て行きました。――彼は、商売、芸術、医学など、どんなことについても見識があるように見せかけていました。あたしは彼についていきました、そうしなければならないからです！

《あたしは舞台装置のすべてを見ていましたが、彼は頭のなかでそれに取り囲まれていました。服や、シーツや、家具です。あたしは彼に数々の武器を、もうひとつ別の姿を貸し与えていました。あたしは彼に関わりのあるものすべてを、彼が自分のためにそれを創造しようと願ったかのように見ていました。彼の心が無気力に見えていたとき、それがいいものであれ、悪いものであれ、奇妙で複雑な行動をとる彼にこのあたしは遠くまで従いました。あたしはけっして彼の世界には入れないことを確信していたのです。まどろんだ彼の愛しい肉体のかたわらで、どうして彼はこれほどまでに現実から逃げたがるのかを考えあぐねて、あたしはいったいどれほど多くの夜の時間を眠れずに過ごしたことでしょう。こんな願いを抱いた人間などけっしていません。あたしにはわかっていました、――彼のために心配するわけではないですが、――彼が社会における深刻な危険になるかもしれないことが。――彼はひょっとしたら人生、を変えるための秘密を握っているのでしょうか？　いえ、彼はそれを探しているだけだと、あたしは心のなかで反駁していました。結局のところ彼の思いやりには魔法がかかっていて、あたしはその囚人なのです。他のどんな魂も、彼の思いやりに耐えるのに充分な、――彼によって保護され、愛されるのに充分な力を――絶望の力を！――もたないでしょう。もっとも、彼が他の魂と一緒にいるなんてあたしには思いもつかないことだったのです。人は自分の「天使」を見ますが、けっして他人の「天使」を見たりはしません、――あたしはそう思います。あたしは彼の魂のなかにいました、あなたほど高貴であるとはいえない人物に会わないように人払いした宮殿のなかにいるみたいに。それだけのことです。なんということでしょう！　あたしはほんとうに彼に頼りきっていました。でも彼は、ぱっとしない、意気地のないあたしの生き方に対して何を望んでいたのでしょう？　彼はあたしをもっとましな女にはしてくれませんでした、たとえ彼があたしを死なせなかったにしても！　悲しいくらいに悔しがって、時おりあたしは彼に言ってやりました、「あんたのことはわかっているわ」って。彼は肩をすくめていました。

《だから、あたしの悲しみは絶えず新たになり、自分の目にも――もしあたしが永久に誰からも忘れ去られることを運命づけられたのではなかったとしたら、あたしにじっと注がれようとしたすべての目にも！――あたしはさらに道に迷っているように映るので、あたしはますます彼の優しさに飢えていたのです。彼の口づけと親しみのこもった抱擁によって、あたしが入っていったのはある天空であり、暗い空でした、そしてあたしは貧乏人、聾啞者、盲人としてそこに置き去りにされたかったのです。すでにあたしはそれに慣れていました。あたしは自分たちのことを自由に悲しみの天国を散歩する二人のおとなしい子供たちのように見ていました。あたしたちはうちとけていました。胸を躍らせて、一緒に働きました。でも、沁み入るような愛撫の後で、彼は言ったのです、「俺がもういなくなったら、こんな風におまえが過ごしてきたこともおまえには妙なことに思えるだろうさ。もうおまえの首の下に回した俺の手も、おまえが安らぐための俺の胸も、おまえの目の上のこの口もなくなるときにはな。だって、いつか俺はとても遠くに行ってしまわなければならなくなるからだ。それに他の連中を助けてやらねばならない。それが俺の義務なんだ。気乗りのする話じゃないにしても…、な、親愛なる魂よ…」すぐにあたしは予感していました、彼が出発したら、自分が眩暈に襲われて、死というこの上なく恐ろしい闇のなかに突き落とされてしまうことを。あたしは彼にあたしを捨てたりしないことを約束させました。彼はこの愛人としての約束を二十回はしてくれました。それは「あんたのことはわかってるわ」と彼に言っていたあたしと同じくらい当てにならないことでした。

《ああ！　あたしは彼に嫉妬したことなんて一度もありません。彼はあたしと別れたりはしないでしょう、そう思います。いったいどうなるのでしょう？　彼には知り合いだっていないし、けっして働かないでしょう。彼は夢遊病者のように暮らしたいのです。優しさと思いやりだけで、現実の世界にいる権利が彼に与えられるというのでしょうか？　時々、あたしが陥った惨めさを忘れてしまいます。彼はあたしを強くしてくれるでしょう、あたしたちは旅をし、砂漠で狩りをし、知らない街の敷石の上で眠るでしょう、心配事もなく、苦労もなく。それとも、あたしが目覚めると、法律も風習も変わってしまい、――彼の魔法の力のおかげで、――世界は、同じ世界のままでありながら、あたしの欲望のおもむくままに、喜びや気楽さを委ねてくれるでしょう。おお！　子供向けの本のなかにある冒険生活、あたしはこんなにも苦しんだのだから、あたしへのご褒美として、あなたはそれをあたしにくれるのでしょうか？　彼には無理です。あたしは彼の理想なんて知りません。悔恨や希望を抱いていると彼はあたしに言いましたが、そんなことはきっとあたしには関係のないことに違いないのです。彼は神に語りかけているのでしょうか？　たぶんあたしが神に話しかけるべきなのでしょう。あたしは深淵の最も深いところにいます、だからもう祈るすべがないのです。

《彼が自分の悲しみをあたしに説明してくれるとしたら、彼の冷やかしの言葉以上にそれを理解できるでしょうか？　彼はあたしを責め立て、何時間もかけて、この世であたしに関わりのあったことすべてについてあたしに恥をかかせ、もしあたしが泣いたりすれば、腹を立てるのです。

《「あの瀟洒な若者が、美しくて静かな家に入っていくのが見えるだろ。あいつの名前はデュヴァル、デュフール、アルマン、モーリス、他にもいろいろある。ひとりの女が身を捧げてあのつまらない馬鹿を愛したのさ。女は死んでしまったが、きっといまは天国で聖女になっている。あいつがこの女を死なせたように、おまえはいずれ俺を死なせることになる。それが俺たちの運命なんだ、慈悲深い心をした俺たちのな……」なんということでしょう！　彼には、行動しているすべての人間がグロテスクな妄想のおもちゃのように見える日々があったのです。彼は長いことぞっとするような笑い声を上げていました。――それから、彼はうら若い母親たちや、愛された姉の物腰を取り戻すのでした。彼がもっと人嫌いでなければ、あたしたちは救われるでしょうに！　でも彼の優しさだって致命的なのです。あたしは彼に服従しています。――ああ！　あたしは狂っています！

《たぶんいつの日か、彼は見事に消えてしまうでしょう。でも、もし彼が再び天に昇ることになるとしたら、私は知らなければならないのです、あたしの恋人の昇天をあたしは少しは目にするのだということを！》

変な夫婦だ！

# 錯乱

## Ⅱ

### 言葉の錬金術

俺の番だ。俺の数ある狂気のうちのひとつの話を。

ずっと前から、俺はあり得べきすべての風景を手に入れることができると自信満々で、現代の絵画と詩の名声など取るに足りないものだと思っていた。

俺はたわけた絵を愛していた、扉の上の覆い、芝居の書割、軽業師の垂れ幕、看板、大衆向けの彩色挿絵を。時代遅れの文学を愛していた、教会のラテン語、綴りもあやしい艶本、祖母たちの小説、お伽話、幼年時代の小型本、古臭いオペラ、間抜けな反復句《ルフラン》、素朴なリズムを。

俺は夢見ていた、十字軍を、報告書もない探検旅行、歴史のない共和国、もみ消された宗教戦争、風俗の革命、民族と大陸の移動を。俺はすべての魔法の力を信じていた。

俺は母音の色を発明した！——Aは黒、Eは白、Iは赤、Oは青、Uは緑。——俺はそれぞれの子音の形と運動を調整した、そして本能的なリズムによって、俺はいつかそのうちすべての感覚に接近できるひとつの詩的な言葉《ヴェルブ》を作り出せると思った。俺は翻訳を留保していた。

まずは習作だった。俺は沈黙や夜々を書き、俺は言い表せないものを書き留めていた。俺は眩暈を定着させたのだった。

---

鳥たち、羊の群れ、村の女たちから遠く離れて、
俺は何を飲んでいたのか、あのヒースの荒野にひざまずき、
ハシバミの優しい森に囲まれ、
生暖かい緑色の午後の霧のなかで？

あの若いオワーズ川から俺は何を飲むことができたろう、
——声なき楡の木、花の咲かない芝、曇った空よ！——
あれらの黄色い瓢箪から何を飲むことが、俺の愛しい小屋から
遠く離れて？　汗をかかせる何かの黄金のリキュールさ。

俺は旅籠の怪しげな看板になっていた。
——嵐が来て空を追い払った。夜になると、
森の水は処女なる砂の上から消えて、
神の風が氷塊を沼に投げつけていた。

泣きながら、俺は黄金を見ていた——そして飲むことができなかった。——

——

夏、朝の四時に、

愛の眠りはまだ続いている。
木陰の下から蒸発する
　祝いの夜の香り。

むこうの、広々とした工事現場では
ヘスペリデスの陽を浴びて、
すでに――シャツ一枚になって――せわしなく動き回る
「大工」たち。

苔むした彼らの「砂漠」では、静かに、
値打ちものの羽目板の準備をしているが
　そこに町は
　偽の空を描くだろう。

おお、バビロンの王の臣下たる
これらの素敵な「労働者」たちのために、

ウェヌスよ！　魂に冠をかぶった
「恋人」たちとしばし別れておくれ。

おお、「羊飼い」たちの王妃よ、
労働者たちにブランデーを運んでこい、
彼らの力が平和のうちにあるように
正午の海で水浴びするまでは。

――――

俺の言葉《ヴェルブ》の錬金術のなかには詩の古臭さが大きな部分を占めていた。

俺は単純な幻覚に慣れてしまった。俺にはとてもはっきりと見えていた、工場のかわりにモスクが、天使たちがつくった太鼓の学校や、天路を行く四輪馬車や、湖の底のサロンが。怪物たちや神秘が。あるヴォードヴィルのタイトルが俺の前に激しい恐怖を打ち立てていた。

それから俺は語の幻覚を使って俺の魔術的な詭弁《ソフィスム》を説明したのだ！

俺はとうとう自分の精神の混乱を聖なるものと思うようになった。俺は重い熱病にさいなまれて何もしないでぶらぶらしていた。動物たちの至福がうらやましかった、——辺獄《リンボ》の無垢を象徴する毛虫たちや、処女性の眠りであるモグラが！

俺の性格はとげとげしくなっていった。恋愛詩《ロマンス》の類いの詩のなかで、俺はこの世に別れを告げていたのだ。

一番高い塔の唄

やって来い、やって来い、
ほれぼれするような時よ。

あまりに辛抱したので
俺は永久に忘れてしまう。
恐れと苦しみは
空に向かって立ち去った。

そして不健康な渇きが
俺の血管を暗くする。

やって来い、やって来い、
ほれぼれするような時よ。

乳香と毒麦が
成長して、花を咲かせ、
汚い蠅が
ブンブンしつこく唸る、
忘却に委ねられた
草原のように。

やって来い、やって来い、
ほれぼれするような時よ。

俺は、砂漠を、焼けた果樹園を、しなびた店屋を、生ぬるい飲み物を愛した。悪臭を放つ小路をうろつき、目を閉じて、火の神、太陽にわが身を捧げた。
《将軍よ、崩れかかったあんたの城壁に大砲が残っているなら、乾いた土くれをこめて俺たちを砲撃してくれ。光り輝く商店のガラスを狙え！　サロンのなかにぶち込め！　町に土埃を食わせてやれ。樋嘴《ガーゴイル》を錆びつかせろ。閨房を燃えるようなルビーの粉でいっぱいにしろ…》
おお！　ルリヂシャ草に恋して、旅籠の公衆便所で酔っ払った羽虫よ、そいつも一条の光線に溶けてしまうのだ！

空腹

俺に好みがあるとしても、それは
せいぜい土と石くらいのもの。
俺が朝飯に食っているのは、いつも空気や、
岩や、石炭や、鉄。

俺の空腹よ、回れ。食え、空腹よ、
　　おがくずの草地を。
昼顔の陽気な毒を
　　おびき寄せろ。

砕かれる小石を食え、
教会の古い石を、
昔の洪水の砂利、
灰色の谷に撒かれたパンを。

---

狼が葉陰で吠えていた
食事にした鳥たちの
美しい羽を吐き出しながら。

そいつのように俺も憔悴する。

サラダ菜や、果物は
ただ収穫だけを待っている。
だが垣根の蜘蛛が
食べるのは菫だけ。

俺は眠りたい！　煮えたぎりたい
ソロモン王の祭壇で。
泡は錆の上を走り、
セドロン川に注ぎ込む。

ついに、おお、幸福よ、おお、理性よ、俺は黒っぽい紺青を空から引っ剝がした、そして生のままの光の黄金の火花となって、俺は生きた。喜びのあまり、俺はとんでもなくおどけて気違いじみた表現をとっていた。

また見つかった！
何が？　永遠。
太陽に混じった
　海だ。

俺の永遠の魂よ、
おまえの誓いを守れ
独りぼっちの夜
そして燃え上がる昼にもかかわらず。

だからおまえは自由になる
人間の賛同から、
ありふれた高揚から！
おまえは思いどおりに飛んでいく……

——希望なんかあるものか。

　夜明けはないぞ。
科学と忍耐よ、
責め苦は確実だ。

もう明日はない、
繻子の燠よ、
　おまえの熱情は
　義務なのだ。

また見つかった！
——何が？——永遠。
太陽に混じった
　海だ。

俺は架空のオペラになった。すべての存在が幸福の宿命を背負っているのが俺にはわかった。行動は人生ではないが、何らかの力を浪費するひとつのやり方であり、ひとつの苛立ちなのだ。道徳は脳みその弱さである。

それぞれの存在には他の幾つかの人生が帰せられると俺には思われた。この旦那は自分が何をやっているのかわかっちゃいない。彼はひとりの天使なのだ。この家族は一腹から生まれた子犬たちである。幾人かの人間たちを前にして、彼らの他の人生のうちのひとつのなかの、そのまたほんの一瞬を相手に、俺は大声でお喋りした。――こうして、俺は一匹の豚を愛したのだ。

狂気――人が隠す狂気――の詭弁のうちのどれひとつとして俺は忘れはしなかった。俺はそれらをすべて繰り返し言うことができるだろう、俺はその体系をつかんでいるのだ。

俺の健康は脅かされた。恐怖が到来していた。俺は何日ものあいだ眠りこけていたが、起きると、一番悲しい夢を見続けるのだった。俺の死の時は熟していた、そして危難の道を通って、俺の弱さがこの世の果てと、影と旋風の国キンメリアの果てに俺を連れていくのだった。

俺は旅をして、俺の脳に寄せ集められた呪縛を振り払わねばならなかった。あたかもそれが俺の汚れを洗い流してくれるに違いなかったとでもいうように、俺の愛していた海の上で、慰めの十字架が立ち上がるのを俺は見ていた。俺は虹によって地獄に堕とされたのだった。「幸福」は俺の宿命、俺の悔恨、俺の蛆虫だった。俺の生は、力と美に忠実であるにはいつもあまりに巨大すぎるのだろう。
「幸福」だって！　死には優しいその歯は、雄鶏の鳴く時に――「朝ニ、キリストハ来給エリ」の祈りの時に――、最も暗い街々で俺に警告していた。

おお、季節よ、おお、城よ！
無疵な魂がどこにある？

俺は魔術的な研究を行った
誰ひとり避けられない幸福について。

幸福にさよならだ、
ガリアの雄鶏が鳴くたびに。

ああ！　俺はもう欲しがったりはしないだろう。
幸福が俺の人生を引き受けた。

この魔力が身も心も奪い
そして努力を蹴散らした。

おお、季節よ、おお、城よ！
そいつが逃げるときは、ああなんと！
最期の時となるだろう。

おお、季節よ、おお、城よ！

――――

それは過ぎ去った。今日俺は美を讃えることができる。

# 不可能

ああ！　俺の少年時代のあの暮らし、天候などおかまいなしに街道をほっつき歩き、超自然的なまでにわずかな食い物で過ごし、最良の乞食よりも無私無欲で、国も友人ももたないことを誇りにしていたが、何という愚かなことだったろう。——おまけに俺はいまになってやっとそのことに気づいているのだ！

——俺があいつらを軽蔑したのは正しかった、今日では女たちは俺たちとほとんどわかり合えないというのに、俺たちの女たちの清潔さと健康に寄生して、連中は機会さえあればとにかく愛撫しようとするだろう。

俺の示した軽蔑の態度は全部正しかった、だって俺は逃げるのだから！

俺は逃げてやる！

わけを言ってやろう。

昨日もまた、俺は溜息をついていた、《なんてことだ！　地上には俺たち地獄堕ちがありあまるほどいるじゃないか！　俺が奴らの群れに加わってもうこんなにも時が経つ！　どいつもこいつも知ってる奴ばっかりだ。俺たちはいつも互いに見覚えがあるが、互いに嫌気がさしている。隣人愛など俺たちのあずかり知らぬことだ。だが俺たちは礼儀正しいし、世の中との関係はとてもきちんとしている。》これは驚くべきことなのか？　世の中だって！　商人たち、おめでたい連中さ！——俺たちは顔に泥を塗られているわけではない。——だが選ばれし者たち、彼らはどんな風に俺たちを受け入れるのだろう？　ところで、すぐ喧嘩腰になる愉快な連中、偽の選民たちがいる、彼らに近づくためには、俺たちは大胆になるか、謙虚にならねばならないのだから。選ばれし者たちっていうのはそういう連中だけなのだ。お世辞のうまい奴らじゃない！

安物の理性を取り戻したおかげで——それもすぐ消えてしまうさ！——、俺の不快感は、俺たちが西洋にいるということをもっと早くに考えなかったことから来ているのがわかる。西洋の沼だ！　光が変質し、形態が衰弱し、運動が乱れたと俺が信じているわけじゃない…　いいだろう！　ほら、俺の精神は、東方《オリエント》の終焉以来、精神がこうむった酷たらしい発展を何が何でも引き受けたがっている…　それを望んでいるのだ、俺の精神は！

…安物の理性などおしまいだ！——精神は権威であって、それは俺が西洋にいることを望んでいる。俺が望んでいたとおりの結論を下すには、精神を黙らせねばならないだろう。

俺は悪魔にくれてやったのだ、殉教者の栄冠を、芸術の光明を、発明者の傲慢を、略奪者の情熱を。俺はオリエントに、そして最初の永遠なる叡智へと回帰していた。――そいつはどうやらお粗末な怠惰の夢であるらしい！

それでも俺は現代の苦しみを逃れる喜びのことを考えていたのではなかった。コーランの折衷的な叡智が頭にあったのではなかった。――だが現実の責め苦は、キリスト教というあの科学の宣言以来、人間が自分自身を弄び、自明の理を自らに証明し、これらの証明を繰り返す喜びではちきれんばかりになって、こんな風にしか生きてはいないということにこそあるのではないのか！　巧妙で、間の抜けた拷問、俺の精神的な脱線の源泉だ。自然だって退屈するかもしれない、たぶんな！　プリュドム氏はキリストとともに生まれたのだ。

それは俺たちが霧を栽培しているからではないのか！　俺たちは自分たちの水分の多い野菜とともに熱を食べている。そして飲酒癖！　そして煙草！　そして無知！　そして献身！――そういったものはどれも原初の祖国であるオリエントの叡智の思考からずいぶんかけ離れたものではないのか？　こんな毒がでっち上げられているのなら、何故に現代世界なのか！

ローマ教会の人々はこう言うだろう、それはわかっている、と。だがおまえたちはエデンのことを話したがっている。東方の民衆の歴史のなかには、おまえたちのためのものなど何もない。――たしかにそうだ。俺が夢見ていたのはエデンだ！　古代の種族のあの純粋さなど、俺の夢にとっていったい何だというのか！

哲学者たちはこうさ。世界には年齢などない。人類は移動する、ただ単に。おまえたちは西洋にいるが、おまえたちのオリエントに住むのは自由だ、おまえたちにどんなに古いオリエントが必要だとしても、――そしてそこで快適な居を構えるのも自由だ。敗者になってはならない。哲学者たちよ、おまえたちはおまえたちの西洋に属している。

俺の精神よ、気をつけろ。救済の暴力的な解決策などない。自分を鍛えろ！――ああ！　科学は俺たちにとって十分早くは進まない！

――だが自分の精神が眠っていることに俺は気づいている。

もし俺の精神がこの瞬間から後もずっとちゃんと目を覚ましているのなら、俺たちはやがて真実へと至るだろうが、真実は涙に暮れる天使たちとともに恐らく俺たちを取り囲んでいるのだ！……――もし俺の精神がまさにこの瞬間にいたるまで目を覚ましていたのなら、それは遠い昔の時代に俺が有害な本能には屈してはいなかったからなのだ！……――もしそれがずっとちゃんと目を覚ましていたのなら、俺は叡智のまっただなかに漕ぎ出しているだろう！……

おお、純粋さよ！　純粋さ！

純粋さのヴィジョンを俺にもたらしたのはまさにこの目覚めの瞬間なのだ！――精神を通して、人は神へと向かう！

胸を引き裂くような不運！

## 稲妻

人間の労働！　爆発が時おり俺の深淵を照らし出す。

《空《くう》なるものなど何もない。科学へ、そして前進だ！》、現代の「伝道者」、つまりみんながそう叫ぶ。それでも悪人たちと怠け者たちの死骸が他の連中たちの心臓の上に落ちてくる…　ああ！　急げ、少しは急げ。向こうの、夜の向こうには、未来の、永遠なる報いが…　俺たちはそれを免れているのか？…

――俺にどうすることができよう？　俺は労働を知っている。そして科学はあまりにものろすぎる。祈りは疾走し、光は轟く…そんなことくらい俺にはよくわかっている。それではあまりに単純すぎるし、あまりに暑苦しすぎるのだ。俺などいなくてもかまわないだろう。俺には自分の務めがあるが、俺はそんなものなどそっちのけで、ご多分に漏れずいずれそいつを自慢するようになるだろう。

俺の生は擦り切れている。さあ！　本心を偽って、のらくら生きてやろう、おお、惨めなことだ！　そして俺たちは、暇をつぶし、化け物じみた愛と幻想的な宇宙を夢見て、ぶつぶつ文句を言い、世界の仮象にけちをつけながら生きていくだろう、軽業師や、乞食や、芸術家や、追いはぎ――それに司祭そっくりだ！　病院のベッドの上で、とても強烈なお香の匂いが俺に蘇ってきた、聖なる薫香の守護者、証聖者、殉教者……

俺はそこに俺の少年時代の不愉快な教育を認める。だから何だというのか！……他の連中が二十歳になるなら、二十歳になればいい……

ちがう！　ちがう！　いま俺は死に歯向かっている！　労働は俺の自尊心にとってあまりに軽すぎる。世界に対する俺の裏切りはあまりに短かすぎる責め苦だろう。最期の瞬間には、俺は右に左に襲いかかってやるだろう……

それなら、――おお！――親愛なる哀れな魂よ、俺たちにとって永遠は無駄になってしまうのではないのか！

# 朝

かつて俺には、黄金の紙の上に書かれるべき、愛すべき、英雄的な、想像を絶する青春があったのではないか、——チャンスはありすぎた！　いかなる罪によって、いかなる錯誤によって、俺は現在のわが衰弱に値するだけの者に成り果てたのか？　獣は悲しみの嗚咽をもらし、病人は絶望し、死者は悪い夢を見ると言い張るおまえたちよ、ひとつ俺の失墜と俺の眠りの話をしてみてくれ。俺はといえば、ながながと「パーテル」と「アヴェ・マリア」を唱え続ける乞食ほどにも自分を説明できない。もはや俺には語ることができないのだ！

それでも、今日、俺は自分の地獄の報告を終えたのだと思う。それはまさに地獄だった、昔ながらの地獄、人の子がその扉を開けた地獄だった。

同じ砂漠から同じ夜へ、いつも俺の疲れた目は銀の星の光で目覚める、いつもだ、心、魂、精神という生の「王」たち、あの三博士《マージュ》が心を動かされることもなく。いつ俺たちは行くのだろうか、砂浜と山々を越えて、新しい労働の誕生を、新しい叡智を、暴君と悪魔どもの退散を、迷信の終焉を讃えに、地上への「降誕」を——最初の者たちとして！——崇めに！

天空の歌、人民の歩み！　奴隷たちよ、人生を呪うまい。

# 訣別

もう秋だ！——だが何故に永遠の太陽を懐かしむのか、もし俺たちが神の光明の発見に身を投じているのなら、——季節に合わせて死にゆく人々から遠く離れて。

秋。俺たちの小舟はじっと動かぬ霧のなかに舳先《へさき》を上げ、悲惨の港へ、火と泥で汚れた巨大な都市へと向きを変える。ああ！　腐った襤褸《ぼろ》ぎれ、雨に濡れたパン、酩酊、俺を磔《はりつけ》にした千の愛よ！　それなら終わりというものはないだろう、死んで、そしていずれは裁かれることになる無数の魂と肉体のあの吸血鬼の女王には！　皮膚は泥とペストに蝕まれ、髪と腋の下は蛆虫だらけで、心臓にはさらにもっとでかい虫が巣くい、年齢も感情ももたぬ見知らぬ者たちの間に横たわった俺の姿が目に浮かぶ…　俺はそこでくたばっていたかもしれなかった…　身の毛もよだつ想起だ！　俺は悲惨を憎悪する。

そして俺は冬をひどく恐れる、なぜならそれは慰安の季節であるからだ！

——ときには空に、歓喜する白い諸国民に覆い尽された果てしのない浜辺が見える。

大きな黄金の軍艦が、俺の頭上で、朝の微風に色とりどりの旗をはためかせている。俺はすべての祝祭、すべての勝利、すべてのドラマを創造した。俺は新しい花、新しい天体、新しい肉、新しい言語を発明しようとやってみた。俺は超自然の力を手に入れたと信じた。ところがどうだ！　俺は己れの想像と己れの思い出を葬らねばならない！　芸術家と語り手の美しい栄光が奪い去られるのだ！

俺！　あらゆる道徳を免除され、自分を道士《マージュ》か天使かと思ったこの俺が、求むべき義務と、そして抱きしめるべきざらついた現実とともに土に返されるのだ！　百姓だ！

俺はだまされているのか？　隣人愛とは死の妹なのか、俺にとっては？

最後に、俺は自分が嘘を糧にしたことで許しを乞うだろう。さあ。

だが味方の手などただのひとつもない！　それにどこで救いを得るというのか？

――――

そう、新しい時はともかくきわめて厳しいものだ。

というのも勝利が自分に味方しているのだと俺は言うことができるのだから。歯ぎしり、ヒューヒューいう火の音、悪臭を放つ溜め息は和らげられる。すべてのけがらわしい思い出は薄れゆく。俺の最後の悔恨は退散する、――乞食たち、悪党ども、死の友たち、あらゆる種類の能なしどもへの羨望は。――地獄に堕ちた者たちよ、せめて俺が復讐できればいいのだが！

　絶対に現代的であらねばならない。

　讃歌などあるもんか。辿り着いた歩みを手放さないことだ。つらい夜よ！　乾いた血が俺の顔面でくすぶっている、そして俺の背後には、あのぞっとする灌木のほかには何もない！…　精神の戦いは人間たちの戦闘と同じように荒々しい。だが正義のヴィジョンは神ただひとりの喜びなのだ。

　とはいえずっと先のことではない。力強さと現実的な優しさのすべての流体を受け取ろう。そして夜が明けそめるときには、燃えるような忍耐で武装して、俺たちは光り輝く街々に入城するだろう。

　味方の手について俺は何を語っていたのだ！　まだましなことに、俺には嘘っぱちの古くさい愛を笑うことができるし、それにあれらの嘘つきのカップルどもに恥をかかせてやることだってできるのだ、――俺は向こうに女たちの地獄を見た、――そしてひとつの魂とひとつの肉体のなかに真実を所有するのは俺の自由となるだろう。

一八七三年四月—八月

# イリュミナシオン

## 大洪水の後で

大洪水の観念が落ち着きを取り戻すとすぐに、

一匹の野兎がイワオウギと揺れる釣鐘草のなかに立ち止まり、蜘蛛の巣越しに虹に祈りを捧げた。

おお！　姿をくらましていた宝石よ、――すでにじっと目を凝らしていた花々よ。

不潔な大通りには、屋台が建てられ、そして版画にあるように、高く階段状になった海のほうへ幾艘かの小舟が曳かれていった。

血が流れた、青髭公の家で、――屠殺場で、――円形競技場のなかで、そこでは神の封印が窓を蒼白く染めた。血と乳が流れた。

ビーバーたちが巣をつくった。「マザグラン・グラス」が安カフェで湯気を立てた。

まだびしょ濡れの窓ガラスの大きな屋敷では、喪服を纏った子供たちが不思議な絵を見つめた。

扉が音を立てた、――すると集落の広場では、子供が両腕を回した、けたたましい霙《みぞれ》混じりのにわか雨の下で、あちこちの風見と鐘楼の雄鶏もろとも。
＊＊＊夫人がアルプスに一台のピアノを据えた。カテドラルの十万の祭壇でミサと最初の聖体拝領が執り行われた。
キャラヴァンが出発した。そして「壮麗ホテル」が、氷と夜でできた極地の混沌《カオス》のなかに建てられた。

その時以来、「月」は麝香草の荒野のあちこちでジャッカルたちが遠吠えするのを聞いた、――そして果樹園のなかで木靴を履いた牧歌たちがうなり声を上げるのを。それから芽を吹いた紫色の樹林のなかで、ユーカリスが俺に春だと告げた。

――湧き上がれ、池よ、――「泡」よ、橋の上で、森を越えて、轟け、――黒いシーツとオルガンよ、――稲妻と雷鳴よ、――高まれ、そして轟け、――水と悲しみよ、高まれ、そして再び大洪水を起こせ。

というのも、大洪水が引いてしまってからというもの、――おお、埋もれゆく宝石、そして開いた花々よ！――退屈で仕方がないのだから！　そして「女王」たる、素焼きの壺のなかで自分の熾に火をつける「魔女」は、彼女の知っていることを、そして俺たちの知らないことをけっして俺たちに語りたがろうとはしないのだから。

# 少年時代

## I

この偶像、黒い目と黄色のたてがみ、両親もなく廷臣もなく、寓話より気高く、メキシコとフランドルの血を引いている。その領地、傲岸不遜な青空と生い茂る緑は、船も見えない波によって、凶暴にもギリシア、スラブ、ケルトの名で呼ばれる浜辺の上に延びている。

森のはずれには――夢の花々が音を立て、炸裂し、光っている、――草原から湧き出る澄んだ洪水のなかで膝を組んだ、オレンジの唇をした娘、虹や、草木や、海が陰影をつけ、横切り、服を纏わせる裸体。

海辺のテラスの上をくるくる回る婦人たち、子供のような女たちと馬鹿でかい女たち、緑青色の苔のなかにいるうっとりするような黒人女たち、植え込みと雪解けの小庭のつるつる滑る地面の上に立っている宝石たち、――巡礼への思いに溢れた眼差をしたうら若き母たちと姉たち、スルタンの后たち、横柄な足取りと衣装の王妃たち、小柄な異邦の女たち、そしてそっと不幸を噛みしめる女たち。

なんて退屈なんだ、「愛しい肉体」と「愛しい心」の時は。

Ⅱ

あの子だ、薔薇の茂みの蔭にいる死んだ女の子は。——亡くなったうら若い母親が階段を降りてくる。——従兄の四輪馬車が砂の上でキイキイ軋んでいる。——そこで、夕陽を前にして、撫子《なでしこ》の草原にいる弟（彼はインドにいる！）。——アラセイトウの咲く城塞のなかにまっすぐ埋葬された老人たち。

黄金の葉叢が将軍の館を取り囲んでいる。彼らは南仏にいる。——赤い街道を行くと、空っぽの旅籠にたどり着く。城館は売りに出されていて、鎧戸は外されている。——司祭が教会の鍵を持ち去ったのだろう。——公園の周りの門番たちの小屋には人が住んでいない。柵が高いので、ざわめく梢しか見えない。それになかには見るべきものなど何もない。

牧場を上ると、雄鶏の鳴き声も鉄床《かなとこ》の音も聞こえない集落に辿り着く。水門は上げられている。おお、カルヴァリオの丘に立ち並ぶ十字架と砂漠の風車、島々と干草の山よ。

魔法の花々がぶんぶん唸っていた。土手が彼を揺すっていた。信じられないほど優雅な動物たちが行き来していた。密雲が永遠の熱い涙からなる沖合いに群がっていた。

Ⅲ

森には一羽の鳥がいる、その歌はおまえたちを立ち止まらせ、おまえたちの顔を赤らめさせる。

時を打たない大時計がある。

白い獣の巣のある穴ぼこがある。

降りてくるカテドラルと昇ってゆく湖がある。

藪のなかに乗り捨てられた、あるいはリボンをつけて小道を駆け下りてくる小さな馬車がある。

森のはずれを通して街道の上にちらっと見える、衣装をつけた小さな役者たちの一行がいる。

最後に、空腹で喉が渇いているときに、おまえたちを追い払う誰かがいる。

Ⅳ

俺はテラスでお祈りしている聖人だ、——穏やかな動物たちがパレスチナの海にいたるまで牧草を食べるように。

俺はくすんだ肘掛け椅子に座る学者だ。枝と雨が書斎の窓ガラスを叩きつけている。

俺は背の低い林を抜けて大街道を行く人だ。水門のざわめきが俺の足音をかき消してしまう。俺は長いこと落日の黄金でできたもの悲しい洗濯物を眺めている。

俺はまさに沖合いに架けられた埠頭の上に捨てられた子供、その額が空まで届く並木道を行く小さな召使だろう。

小道は険しい。丘陵はエニシダに覆われている。大気はじっと動かない。なんと鳥たちと泉は遠いことか！　このまま進んでも、あるのは世界の果てだけだ。

V

盛り上がったセメントの線のついた、石灰で白く塗ったあの墓をとにかく俺に貸してもらいたい——地下はるか遠くに。

俺はテーブルに肘をついている、俺が馬鹿みたいに読み返しているこれらの新聞や、つまらないこれらの本をランプが煌々と照らしている。

俺の地下のサロンの上方、とてつもない距離に、家々は根を下ろし、霧が立ちこめている。泥は赤く、あるいは黒い。怪物じみた町、終わりのない夜！

もっと低いところには、下水溝がある。そばには、地球の厚みがあるだけだ。たぶん紺碧の深淵、火の井戸が。恐らく月と彗星が、海と寓話が出遭うのはこれらの平面の上だ。

苦しみの時には、俺はサファイヤや金属の玉を思い描く。俺は沈黙の支配者なのだ。どうして地下室の窓のようなものが穹窿の片隅で蒼白く光ったりするのだろう？

# お話

ある君主がありきたりの寛大さを完璧なものにしようとひたすら骨身を削ってきたことに気を悪くしていた。彼は驚くべき愛の革命を予想していたし、自分の女たちには天空と贅沢で飾り立てたあの追従よりもっとましなことができるのではないかと思っていた。彼は真実が、本質的な欲望と満足の時が見たかった。それが信仰の道に外れたものであろうとなかろうと、彼は望んだのだ。少なくとも彼はかなり広大な人間的権力をもっていた。

彼を知っていた女たちは全員殺された。美の庭園の何という蹂躙だろう！　剣の下で、彼女たちは彼を祝福した。彼は新しい女を召し出せと命じたりはしなかった。──女たちは再び現れた。

狩りや痛飲の後、彼はお付きの者たちをすべて殺した。──全員が彼に付き従っていた。

彼は面白がって高価な動物たちの喉を掻き切った。宮殿を炎上させた。人々に襲いかかって、ずたずたに切り裂いていた。――群衆、黄金の屋根、美しい獣たちはまだ存在していた。

たぶん破壊のなかでうっとりし、残酷さによって若返ることができるのだろう！　民衆はぶつぶつ不平を言ったりはしなかった。彼のために進言するものは誰ひとりいなかった。

ある晩、彼は堂々と馬を疾駆させていた。筆舌に尽くしがたい、口に出してはいけないほど美しいひとりの精霊が現れた。その顔つきと物腰から、多様で複雑な愛の約束が浮き出ていた！　言いようのない、耐え難いほどでさえある幸福の約束が！　君主と精霊は恐らくは本質的な健康のなかに消滅した。どうして二人はそれで死なないでいることなどできただろう？　だから彼らは一緒に死んだのだ。

だがこの君主は、自分の宮殿のなかで、普通の年齢で逝去した。君主は精霊だった。精霊は君主だった。

われわれの欲望には絶妙な音楽が欠けている。

## 客寄せ道化芝居

とても頑丈な変わり者たち。なかにはおまえたちの世界を食いものにした奴らも幾人かいる。何不自由なく、そして自分たちの輝かしい才能とおまえたちの良心についての経験を急いで使うこともなく。何という成熟した男たちなんだ！　目は夏の夜のようにぼうっとして、赤と黒、三色、金の星の斑点のある鋼の色をしている。顔つきは歪み、鉛のようで、蒼ざめ、赤く火照っている。陽気なかすれ声！　金ぴか衣装を纏った、見るも無残な歩きっぷり！――若い奴も何人かいる、――彼らはどんな風にケルビムを見るのだろう？――ぞっとするような声と危険な能力を備えて。連中はけつを貸しに街に送られる、むかつくような豪華な服を着せられて。

おお、怒り狂ったしかめ面の乱暴この上ない楽園よ！　おまえたちの行者《ファキール》とその他の舞台のおふざけなどとは比べものにならない。彼らは、悪夢への趣味によって即席ででっち上げた衣装をつけ、嘆き節と、悲劇と、盗賊団と、かつて歴史や宗教がそうであったためしがないほど霊的な半神を演じている。支那人、ホッテントット、ボヘミアン、間抜け、ハイエナ、モロク神、昔ながらの気狂い、不気味な悪魔となって、彼らは民衆的で母親じみた芸当を獣のようなポーズと優しさに混ぜ合わせる。彼らは新作ものと「気のいい娘」の唄だって演奏するだろう。曲芸の名人である彼らは、場所と人物を変容させ、催眠劇だってお手のもの。目は燃え上がり、血は歌い、骨は広がり、涙と赤い雫が滴り落ちる。彼らの冷やかしや彼らの恐怖が、いっとき、あるいはまるまる数ヵ月続くのだ。

俺だけがこの野蛮な客寄せ道化芝居の鍵を握っている。

# 古代様式

優雅な牧神の息子よ！　小さな花と漿果の冠をつけた額の周りで、高価な玉であるおまえの目が動く。ワインの茶色の滓のしみがついて、おまえの頬は落ちくぼむ。おまえの牙がキラッと光る。おまえの胸は撥弦楽器《キタラ》に似て、音の余韻がおまえのブロンド色の両腕のなかを循環する。おまえの心臓は二つの性が眠るこの腹のなかで鼓動する。夜になったら、歩き回れ、この腿、この第二の腿とこの左の足をゆっくり動かしながら。

美しき存在《ビーング・ビューティアス》

一面の雪を前にして、背の高い「美しきもの」がひとり。ヒューヒューいう死の擦過音と輪を描く鈍い音楽が、この崇拝された肉体を亡霊のように高め、広げ、震わせる。真紅と黒の傷が見事な肉のなかでむき出しになる。生本来の色彩が、「幻《ヴイジヨン》」の周りで、作業場の上で濃くなり、踊り、浮き出る。そして戦慄が高まり、唸りを上げる、しかも遠く俺たちの背後で、世界がわれらが美の母に投げつける致命的な擦過音と唸るような音楽とともに、これらの効果の猛烈な味わいが充塡されると、――彼女は後退し、彼女は立ち上がる。ああ！　俺たちの骨は恋する新しい肉体を纏っているのだ。

★★★

おお、灰色の顔、馬のたてがみの盾形紋章、水晶の腕よ！　木々と微風の入り乱れる茂みを通って、俺が襲いかからなければならぬ大砲よ！

# 生活

## I

おお、聖なる国の広大な並木道、神殿のテラスよ！　俺に「箴言」を説いてくれた婆羅門僧《バラモン》はどうなってしまったのか？　あの時の、向こうの、老婆たちさえいまも目に見える！　俺は思い出す、俺の肩に田舎の手を感じながら、河のほうへと向かう、銀色に輝く時間と太陽の時間を、そして胡椒の香りのする平原に突っ立ったまま交わされた俺たちの愛撫を。――いっせいに飛び立つ緋色の鳩たちの群れが俺の想念の周りで轟いている。――俺はここに追放されて、すべての文学の劇的傑作を演じる舞台を手に入れたのだ。俺は前代未聞の豊かさをおまえたちに教えてやれるだろう。俺はおまえたちが見つけ出した財宝の歴史を見張っている。俺にはその続きが見えるのだ！　俺の叡智は混沌と同じように侮られている。おまえたちを待ち受けている茫然自失に比べれば、俺の虚無がいったい何だというのか？

## Ⅱ

俺は俺のすべての先人たちよりはるかにずっと賞賛に値する発明家、何か愛の鍵に似たものを発見したまさに音楽家そのものである。いまは地味な空の広がる刺々しい田舎の貴族となったが、物乞いの幼年時代、徒弟時代や木靴を履いてやって来た頃のこと、さまざまな論争、五、六回のやもめ暮らし、そして強情さのあまり仲間と調子を合わせることができなかった何度かの婚礼を思い出しては、心を動かそうとやってみる。俺は自分の神々しい陽気さの古い役まわりなど懐かしんだりはしない。この刺々しい田舎の地味な空気が俺の耐え難い懐疑をとても活発に助長するのだ。だが、いまやこの懐疑は役には立たないし、しかも俺は新たな混乱に身を捧げているのだから、——俺はとても意地悪な狂人になるのを待っている。

## Ⅲ

十二歳のときに閉じ込められた屋根裏部屋で、俺は世界を知り、人間喜劇を例証した。酒蔵で、俺は歴史を学んだ。北方のある都市の何かの夜の祭で、俺は昔の画家たちの描いたすべての女たちに出会った。パリのある古い小路で、俺は古典的な学問を教わった。東洋全体に取り巻かれたある壮麗な住まいで、俺はとてつもない仕事を成し遂げ、わが栄光の隠遁生活を送った。俺は自分の血をかき混ぜた。俺の義務は免除されている。そのことを考えてみることさえしてはならない。俺は実際に墓の彼方にいるが、伝言などない。

# 出発

見飽きた。幻はすべての大気に現れた。
飽き飽きだ。街々のざわめき、夕べに、そして陽のもとで、そしていつだって。
知り飽きた。諸々の生の停滞。――おお、「ざわめき」と「幻」よ！
新たな愛情と騒音のなかへ出発だ！

# 王座

ある日、とても温和な国民の住む国で、一組の素晴らしい男女が公共広場で叫び声を上げていた。《友よ、私は彼女に王妃になってもらいたいのだ！》《私は王妃になりたいのです！》彼女は笑い、震えていた。彼は啓示について、終わった試練について友人たちに語っていた。彼らは互いに寄り添って恍惚となっていた。

実際、彼らは王と王妃だった、真紅の垂れ幕が家々の上に掲げられた午前中と、棕櫚の庭のほうへと進んでいった午後のあいだずっと。

## ある理性に

おまえの指が太鼓を一打ちすると、すべての音がぶっ放され、新しいハーモニーが始まる。

おまえが一歩踏み出すと、新しい人間たちが動員され、そして彼らの進軍とあいなる。

おまえの頭が横を向く、新しい愛だ！　おまえの頭が振り向く、——新しい愛！

《われらの運命を変え、災いをふるいにかけよ、まずは時間から》、とこれらの子供たちがおまえに歌う。《どこでもいい、われらの財産とわれらの願いの内容を高めてくれ》、と人々はおまえに祈る。

つねに変らずやって来て、どこにでもおまえは立ち去ってしまうだろう。

# 陶酔の朝

おお、俺の「善」！　おお、俺の「美」！　すさまじいファンファーレが聞こえても、俺はよろけたりはしない！　夢幻の拷問台！　はじめてのことだが、前代未聞の営みと驚異の肉体に万歳だ！　それは子供たちの笑いのもとで始まり、それで終わるだろう。ファンファーレが向きを変え、俺たちが昔の不調和に戻るとき、この毒は俺たちの血管の隅々に残存しようとしている。おお、いまやこの拷問にこれほどまでにふさわしい俺たち！　その俺たちは創造されたわれらが肉体とわれらが魂に対してなされたこの超人的な約束を熱烈に取り集めるのだ。この約束、この錯乱を！　洗練、科学、暴力を！　俺たちが自分たちのきわめて純粋な愛を導くために、善悪の樹を影のなかに葬り、横暴な正直さを追放することを俺たちは約束されたのだ。それは何かの嫌悪から始まった、そしてそれは終わる——俺たちがただちにあの永遠をつかむことができないので——最後に香りが四散することで終わるのだ。

子供たちの笑い、奴隷たちの慎み、処女たちの峻厳さ、ここにある形象と物体への嫌悪よ、この不眠の夜の思い出によって聖なるものとなれ。それはまったくの無作法から始まっていたのだが、いま炎と氷の天使たちで終わるのだ。

　陶酔のささやかな不眠の夜よ、たとえおまえたちが俺たちに授けてくれた仮面のためにすぎなくても、おまえは神聖なのだ！　俺たちはおまえを肯定する、方法よ！　昨日おまえが俺たちのそれぞれの年齢をたたえてくれたことを俺たちは忘れはしない。俺たちは毒を信じている。俺たちは毎日自分たちの命をそっくりくれてやることができるのだ。

　いまこそ「暗殺者たち」の時だ。

## 文章

びっくりした俺たちの四つの目にとって、世界がたったひとつの黒い森になってしまうとき、——忠実な二人の子供にとって、ひとつの浜辺に——、俺たちの明るく澄んだ共感にとって、音楽の聞こえる家になってしまうとき、——俺はおまえたちを見つけるだろう。

この世に、「未曾有の豪奢」に取り囲まれた、たったひとりの穏やかで美しい老人しかいなくなるのなら、——それなら俺はおまえたちにひざまずく。

俺がおまえたちのすべての思い出を実現したのなら、——俺がおまえたちをがんじがらめにできる女であるのなら、——俺はおまえたちを窒息させてやる。

———

俺たちがとても強いなら、誰が尻込みしたりする？　とても陽気なら、——誰が物笑いの種になるもんか？　俺たちがとても意地悪なら、人は俺たちをどうするだろう？

着飾れ、踊れ、笑え。——俺には「愛」を窓から放り投げることなどけっしてできないだろう。

——————

——俺の仲間よ、乞食女よ、手に負えない子供よ！　おまえにはどうだっていいことなのだ、あれらの不幸な女たちとあれらの駆け引き、それに俺の困惑など。おまえのあり得ない声をはり上げて俺たちにくっついていろ、おまえの声でだ！　このあさましい絶望をいい気にさせるのはそれくらいのものさ。

## 〔無題〕

七月のある曇った朝。灰の味が空中を舞っている、——火床で汗をかく木の香り、——水に漬けられた花々——踏み荒らされた散歩道——畑を通る運河の霧雨——いったいどうしておもちゃとお香ではないのだろう？

★★★

俺は鐘楼から鐘楼へロープを張り、窓から窓へ花飾りを、星から星へ金の鎖を張った、そして俺は踊る。

★★★

高台の池がずっと湯気を立てている。どんな魔女が白い夕映えの上に立ち上がろうとしているのか？　どんな紫色の葉叢が降りてこようとしているのか？

★★★

公共の資金が友愛の祭典で湯水のように使われている間に、薔薇色の火の鐘が雲間に鳴り響く。

★★★

墨汁の心地いい味をかき立てて、黒い粉が俺の夜の上にそっと降り注ぐ。──俺はシャンデリアの明かりを落とし、ベッドの上に身を投げる、そして暗がりのほうを向いて、おまえたちを見る、わが娘たち、わが王妃たちよ！

# 労働者たち

おお、この暖かい二月の朝。時ならぬ南風が吹いてきて、とんでもない赤貧だった俺たちの思い出を、俺たちの若々しい極貧を際立たせた。

アンリカは、前世紀に着用されたに違いない白と焦げ茶の格子縞の木綿のスカート、リボンのついたボンネット、それから絹のスカーフをつけていた。それは喪服よりずっと悲しげだった。俺たちは郊外をひと巡りしていた。お天気は曇り空で、この南の風は荒れ果てた庭と枯れた草地の嫌な臭いをことごとくかき立てていた。

そいつは俺ほどには女房を疲れさせなかったに違いない。前の月の大水のせいでかなり高所にある小道に残されていた水たまりのなかに、とても小さな魚がいると彼女は俺に教えてくれた。

街は、煙といろんな仕事の騒音で、道行く俺たちをとても遠くまで追いかけてきた。おお、別世界よ、空と木陰によって祝福された住まいよ！　南部は俺の幼い頃の惨めな出来事や、俺の夏の絶望や、いつも運命が俺から遠ざけてきたものすごい量の力と知識を俺に思い起こさせるのだった。　いやだ！　俺たちがいつまでも婚約を交わした孤児でしかないようなこのけちくさい国で、俺たちは夏を過ごしたりはしないだろう。俺はこのこわばった腕にもう愛しい面影を引きずってほしくないのだ。

# 橋

灰色をした水晶の空。橋が描く奇妙なデッサン、まっすぐなやつや、丸くなったやつ、他のものは最初の橋の上に降りてきたり、色んな角度で斜めになったりしている、そしてこれらの形象は照らし出された運河の他の迂路のなかに繰り返し現れるのだが、どの橋もあまりに長くて軽いので、円屋根ののしかかる河岸は低くなり、小さくなる。これらの橋のうちのいくつかはまだあばら家を背負っている。マストや標識や華奢な欄干を支えているものもある。短調の和音が交叉し、糸を引き、弦が土手から高まってくる。赤い上着がはっきりと見える、たぶん他の服装と楽器も。それは流行歌なのか、貴族たちの演奏会の片鱗か、公衆の讃歌の名残りなのか？　水は灰色と青色で、入り江のように広い。——ひと筋の白い光線が空の高みから落ちてきて、この喜劇を全滅させる。

# 都市

俺は、都市計画においても、家々の調度品と外観においても、あらゆる既知の趣味がうまく回避されたがゆえに現代的であると信じられているある都市の、つかの間の、そしてさして不満もない市民である。ここではあなたたちはいかなる迷信のモニュメントの痕跡も指摘できないだろう。道徳と言語はとうとう最も単純な表現に縮小されてしまった、やれやれ！　互いに知り合う必要のないこれら幾百万の人々は、ひとしなみに教育と仕事と老いを迎えるので、この人生の流れは、ある馬鹿げた統計が大陸の諸民族について見出しているものより数倍も短いに違いない。だから、なんと俺には、わが祖国であり俺の心のすべてである俺のコテージの前で、石炭の分厚い永遠の煙を通して転がっていく新たな亡霊たちが、——俺たちの森の影、俺たちの夏の夜よ！——新たな復讐の三女神《エリニュス》たちが、窓から見えるのだ、ここではすべてがこれに似ているのだから、——俺たちの甲斐甲斐しい娘と下女である涙なしの「死」、絶望したひとつの「愛」、そして通りの泥のなかで泣き喚く可愛らしいひとつの「罪」に。

## 轍

右手では、夏の夜明けが公園のこの一角の葉っぱと水蒸気とざわめきを目覚めさせ、左手の土手はその紫色の影のなかに湿った街道の無数のすばやい轍をいまもとどめている。次々と繰り出される夢幻劇。たしかにそうなのだ。疾走する二十頭のまだら模様のサーカスの馬たちに引かれた金色の木でできた動物たちと、マストと、けばけばしい布地を積んだ何台もの荷車、そしてこの上なく見事な彼らの獣にまたがった子供と大人たち。——郊外の牧人劇のためにごてごて着飾った子供たちで一杯の、古代の、またはおとぎ話に出てくる屋根付き馬車みたいに、浮き彫りを施され、旗と花で飾られた二十の乗り物。——夜の天蓋の下の柩さえもが、漆黒の羽根飾りを掲げ、速足の青と黒のでかい牝馬に引かれて飛ぶように走っている。

# いくつかの都市

これが諸々の都市だ！　民衆のためにこれら夢のアレガニー山脈とこれらレバノン山脈が聳え立ったのだ！　目には見えないレールと滑車の上を動く水晶と木でできた山小屋。銅でできた巨像と椰子に取り巻かれた古い火口が火のなかで調子よく唸りを上げる。愛の祝祭が山小屋の後ろにぶら下がった運河の上で鳴り響く。カリヨンの放水が渓谷で叫びを上げる。巨大な歌手の同業者たちが頂《いただき》の光のように輝く衣服と幟《のぼり》のなかに駆けつける。淵のまんなかにある台地の上では、ロランたちが自分たちの勇気を告げる。深淵の歩道橋と旅籠の屋根の上では、空の燃えるような熱さがマストを飾り立てる。至上の栄光が崩れ落ち、雪崩のなかを天使のような半人半馬の女たちが動き回る高地の畑とひとつになる。最も高い尾根のさらに上には、アマチュア合唱団の船団と、高価な真珠とほら貝のざわめきに満たされた、ウェヌスの永遠の誕生によって荒れ騒ぐ海、──海は時おり死の輝きを放って暗くなる。斜面では俺たちの武器と俺たちの杯のように大きな花々の収穫が轟く。赤茶色とオパール色のドレスを纏った妖精マブたちの行列が小さな渓谷から上がってくる。上のほうでは、鹿たちが滝と茨のなかに足を踏み入れてディアーナの乳を飲んでいる。郊外のバッカスの巫女たちは泣きじゃくり、月は燃え、そして吠える。ウェヌスが鍛冶屋と隠者の洞窟に入ってくる。鐘塔の群がりが民衆たちの思想を歌う。骨で築いた城から未知の調べが流れ出す。すべての伝説が動き回り、大鹿たちが町の中心部に押し寄せる。嵐の楽園が崩れ去る。野蛮人たちがずっと夜の祭りを踊っている。それで一時だけ、俺がバクダッドのとある大通りの往来のなかに降り立ってみると、連れたちが、濃密なそよ風のもとで新たな労働の喜びを歌い、そこに戻るべきだった山々の架空の亡霊たちから逃れることもかなわずそこを行き来していたのだ。

いったいどんな立派な腕や、どんなうっとりするような時間が、俺の眠りと俺のほんのかすかな動きもそこから到来するあの地域を俺に返してくれるのか？

放浪者たち

哀れな兄貴！　あいつのおかげでなんと多くのひどい夜を過ごしたことか！　《俺はこの企てを熱烈には理解していなかった。俺は奴の欠陥をもてあそんだ。俺の過ちのせいで俺たちは流謫《るたく》の身に、奴隷暮らしに舞い戻ることになるだろう。》俺には不運と非常に奇妙な無邪気さがあるのだとあいつは考えていて、あれこれと不安を掻き立てる理由をつけ加えるのだった。

俺は薄笑いを浮かべてこの悪魔のような博士に応えていたが、最後には窓辺に行ってしまうのだった。俺は、珍しい音楽の幾筋もの帯が横切る田園の向こうに、未来の夜の豪奢という亡霊たちを創造していた。

この何となく衛生的な気晴らしの後で、俺は藁布団の上に身を横たえるのだった。すると、ほとんど毎晩のように、眠るやいなや、口は腐り、くりぬかれたような目をして、――自分が見ていた夢のとおりに！――哀れな兄貴が立ち上がり、奴のくだらない悲嘆の夢をわめき散らしながら俺を部屋のなかに引きずり出すのだった。

なにしろ俺は、まったく真面目な気持ちで、奴を太陽の息子としての原初の状態に返してやる約束をしていたのだ、——そして俺たちは洞窟の水を飲み、街道のビスケットをかじりながら彷徨《さまよ》い歩いていた、俺のほうは急いでいた、場所と方式を見つけ出そうと。

# いくつかの都市

正式なアクロポリスは現代の野蛮についての最も巨大な構想を誇張している。変わることなく灰色のままであるこの空が生み出すくすんだ日の光、巨大な建造物の堂々たる輝き、そして地面の永遠の雪を説明することは不可能だ。人は建築のすべての古典的驚異を奇抜な巨大さの趣味において再現した。俺はハンプトン・コートより二十倍は広い場所で絵画の展覧会を見物する。なんという絵なんだ！　ノルウェーのネブカドネザル王とでも言うべき人物が各省の階段を築かせた。俺の会うことのできた下役たちだってすでに梵天王より尊大だし、俺は巨像の番人と建物の役人を見て震え上がった。閉ざされた中庭とテラスといった、辻公園にある建て込んだ建物によって、御者たちは締め出しをくった。公園は見事な技術によって手を加えられた原始の自然を思わせる。山の手地区には説明しがたい部分がある。とある入り江には、船の姿はなく、巨大な枝つき大燭台のたくさんある波止場の間で青い霰《あられ》の降りしきる水面をうねらせている。ある短い橋は、聖礼拝堂《サント・シャペル》のドームのすぐ下にある隠し戸に通じている。

このドームはおよそ直径一万五千ピエの芸術的な鋼鉄の骨組みである。

銅製の歩道橋や、平屋根や、中央市場と列柱を取り囲んでいる階段のいくつかの地点の上にいると、街の深さを判断できると思ったのだ！　それは俺が気づくことのできなかった驚異である。アクロポリスの上または下にある他の地区の高度はどうなっているのか？　われわれの時代のよそ者にとっては、見分けることは不可能だ。商業地区はただひとつの様式からなる円形広場で、アーケードの回廊がある。店は見えないが、車道の雪は踏みつけられている。ロンドンの日曜日の朝に散歩する人々と同じくらい珍しい幾人かの大富豪たちが、ダイヤモンドの乗合馬車のほうへ歩いてゆく。赤いビロードの長椅子が幾つかあって、八百から千ルピーまでのさまざまな値段の極地の飲み物が供される。この円形広場に劇場でも探してみようと思ったが、店のなかにもかなり暗いドラマが隠されているに違いないと俺は思い直す。警察だってあると思う。だが法律はきっとひどく風変わりなものに違いないので、ここの山師たちについて思いをめぐらせることはやめておく。

パリの美しい通りと同じように洗練された市外区は、光り輝く大気に恵まれている。民主主義者の人員は数百人を数える。そこにはまだ家並みは続いていない。市外区は奇妙なことに田園のなかに消えるのだが、そこは永遠の西洋を不思議な森と農園で満たしている「伯爵領」であり、人付き合いの悪い貴族たちが人の創造した光の下で彼らの年代記を追い求めている。

## 長夜

I

それはベッドの上の、または草地の上の、明るく照らされた休息、熱でも、物憂さでもなく。

それは友人、熱烈でもなく、弱々しくもなく。友人。

それは愛された女、苦しめもしないし、苦しんでもいない。愛された女。

探し求めたわけではない大気と世界。生活。

――つまりそれはこういうことだったのか？

——そして夢が冷えてくる。

Ⅱ

照明が建物の心棒に戻る。平凡な装飾のホールの両端から上昇する調和のとれた線がひとつに合わさる。夜回りの正面にある壁は、帯状装飾の断面、大気の帯、そして地質学的起伏の心理学的連続である。——あらゆる外観のなかにある、あらゆる性格の存在たちを伴った、感情の群れからなる強烈ですばやい夢。

Ⅲ

長夜のランプと絨緞は、夜、船体沿いに、また三等船室のまわりに波の音を立てている。

長夜の海、アメリーの乳房のような。

中ほどの高さにまで吊り下げられたタピスリー、エメラルド・グリーンに染められたレースの雑木林、そこに長夜の雉鳩が飛びかかる。

………………………………………………………………………

黒い暖炉のプレート、砂浜の実在の太陽。ああ！　魔法の井戸よ、今度は、ただ黎明の眺めだけが。

# 神秘的

土手の斜面では、天使たちが鋼鉄とエメラルドの牧草のなかで自分たちの羊毛のドレスをかき回している。

炎の草原が円い丘のてっぺんまで跳び上がる。左手では、尾根の腐植土があらゆる殺人とあらゆる戦闘によって踏みにじられ、あらゆる災いの物音が曲線を紡ぎ出している。右手の尾根の後ろには、東方の、進歩のライン。

そして絵の上のほうにある帯が、海の牙貝と人間の夜の、渦巻き飛び跳ねるざわめきによって形成されている間に、

星々と夜とそれ以外のものの花咲く優しさが、土手の正面に、花籠のように、——俺たちの顔のすぐそばに——、舞い降りてきて、その下に匂い立つ青い深淵をつくるのだ。

# 夜明け

俺は夏の夜明けを抱きしめた。

宮殿の正面ではまだ何も動いてはいなかった。水は死んでいた。影でできた野営地は森の道を立ち去ってはいなかった。俺は歩いた、清々しく生暖かい息を目覚めさせながら、すると宝石がじっと見つめ、そして翼が音もなく舞い上がった。

最初の企ては、爽やかで蒼白い輝きにすでに満たされた小道にあって、俺にその名を告げた一輪の花だった。

俺が黄金色の滝《ヴァッサーファル》に笑いかけると、滝は樅《もみ》の木越しに髪を振り乱した。銀色に輝く梢に、俺は女神を認めた。

それで俺は一枚ずつヴェールをはがしたのだ。並木道では、腕を振りながら。平野を通って、俺は雄鶏に彼女を密告した。大都市では、彼女は鐘楼とドームの間を逃げてゆき、俺は大理石の河岸を乞食のように走って、彼女を追いかけるのだった。

街道を登ったところ、月桂樹の森の近くで、俺は寄せ集めたヴェールで彼女を包んだ、そして俺は少しだけ彼女の巨大な肉体を感じた。夜明けと子供が森の下のほうに落ちてきた。

目覚めると正午だった。

## 花々

黄金の階段席のひとつから、――絹の紐や、灰色の紗や、緑色のビロードや、陽を浴びて青銅のように黒ずむ水晶の円盤の間で、――ジギタリスが銀と目と髪の毛でできた透かし模様の絨緞の上に花開くのが見える。

瑪瑙の上に撒き散らされた黄色い金貨、エメラルドのドームを支えるマホガニーの柱、白い繻子のブーケ、そしてルビーのほっそりとした鞭が、水でできた薔薇を取り囲んでいる。

巨大な青い目と雪の形をした神のように、海と空は大理石のテラスに若くて力強い薔薇の群れを引き寄せる。

卑俗な夜想曲

ひと吹きの風が仕切り壁にオペラ風の突破口を開き、――浸蝕された屋根の回転をかき乱し、――暖炉の境界を散乱させ、――ガラス窓を覆い隠す。――葡萄の木をつたい、樋嘴《ガーゴイル》に片足をかけてもたれかかると、――俺はこの豪華な四輪馬車のなかに降り立ったのだが、凸面ガラスと膨らんだ羽目板と気取ったソファからして、それがどの時代のものなのかおよその見当がつく。孤立した、俺の眠りの霊柩車、俺の愚かしさの牧人小屋であるその乗り物は、忘れ去られた大街道の芝生の上でカーブを切る。すると右の窓ガラスの上のほうにある欠損部分で、木の葉や乳房だろうか、月のように蒼白い形がくるくる回る。――とても濃い緑と青が映像を埋めつくす。砂利がつくる汚れの近くで馬車を馬から切り離す。

――ここで、嵐とソドムに向かって――そしてソリムに――そして猛獣と軍隊に向かって、口笛を吹こうとしているのか、

――(夢の御者と獣たちは、最も息苦しい大樹林の下で再び走り出し、絹でできた

泉のなかに俺を目元まで沈めるのだろうか）
——そして俺たちは鞭打たれ、ぴちゃぴちゃ音を立てる水とこぼれた酒のなかに放り出され、番犬に吠え立てられて転げまわろうとしているのか…
——ひと吹きの風が暖炉の境界を散乱させる。

# 海洋画

銀と銅の戦車――
鋼鉄と銀の舳先が――
泡にぶつかり、――
茨の根株を持ち上げる。
荒地の流れと、
引き潮の巨大な轍が、
輪を描くように、東のほうへ、
森の列柱のほうへ、
埠頭の柱身のほうへと流れ去り、
その角は光の渦と衝突する。

# 冬の祭り

滝がオペラ・コミック風の小屋の後ろで鳴り響いている。回転花火が、蛇行するマイアンドロス河にほど近い果樹園と並木道で、――落日の緑と赤を引き延ばす。第一帝政風に髪を結ったホラティウスのニンフたち、――シベリアの輪舞、ブーシェの描く支那の女たち。

# 不安

「彼女」が絶えず踏み潰されてきた野心を俺に許してくれることなどあり得るのだろうか、——余裕のある最後が赤貧時代の埋め合わせをしてくれることなど、——成功の一日が俺たちの宿命的な不器用さへの恥辱のことで俺たちを眠らせてくれることなど？

（おお、棕櫚よ！　ダイヤモンドよ！——愛よ、力よ！——どんな喜びと栄光よりもなお高く！——ともかく、いたるところで、——悪魔よ、神よ、——まさにこの存在の青春、俺のことだ！）

科学のおとぎ話の偶発事と社会の友愛の運動がはじめの率直さの漸進的復権として慈しまれることなどあり得るのだろうか？……

だが俺たちをおとなしくさせる「女吸血鬼」は、彼女が俺たちに残してくれるもので楽しめと、さもなくばもっと面白おかしく振舞えと命令する。

傷だらけになって、転げまわることだ、うんざりするような大気と海を通り抜けて。

責め苦を受けて、殺人的な水と大気の沈黙を通り抜けて。笑い興じる拷問を受けて、むごたらしくうねるその沈黙のなかを。

## 地下鉄《メトロポリタン》

藍色の海峡からオシアンの海まで、葡萄酒色の空に洗われた薔薇色とオレンジ色の砂の上に、水晶の大通りがいま高まり、交差したのだが、そこには果物屋で食べ物をもらう若くて貧しい幾つかの家族がたちまち住み着いてしまった。豊かなところは何もない。――都市だ！

アスファルトの砂漠から、喪に服した大西洋がつくることのできる最も不吉な黒煙に形づくられた、撓み、後退し、下降する空に、おぞましい帯状に段階的に広がる霧の層とともにまっしぐらに壊走するのは、兜、車輪、小舟、馬の尻。――戦闘だ！

頭を上げろ。あの弓形の木の橋、サマリアの最後の野菜畑、寒い夜によって鞭打たれたランタンの下の、あれらの飾り立てられた仮面、川の下流にいる、けばけばしいドレスを着た間抜けな水の精《オンディーヌ》、一面のエンドウマメ畑のなかの光り輝くあれらの頭蓋骨――そしてその他の夢幻の光景――田園。

かろうじて植え込みのある、沿道に鉄柵と壁の続く街道、そして心および妹と呼ばれるはずのむごたらしい花々、物憂さのあまりうんざりするようなダマスカス、――古代の音楽を受けとめるのにいまもふさわしい、ライン川の向こうや日本やグアラニの、おとぎ話めいた貴族階級の所有地――それにすでにもう永久に開くことのない旅籠がある――王女たちがいるし、そしておまえがそれほどぐったりしていないのなら、星々の研究がある――空。

雪のかけらと、緑の唇と、氷と、黒旗と、青い光線、そして極地の太陽の真紅の香りの間で、おまえたちが「彼女」と格闘した朝、――おまえの力。

野蛮人

日々と季節、また人間たちと国々のずっと後で、
北極の海と花々の絹の上に血を滴らせる肉でできた旗、(そんな海と花などありはしない。)

勇壮なる古めかしいファンファーレから立ち直り――そいつはいまも俺たちの心臓と頭を攻撃している――昔の暗殺者たちから遠く離れて――

おお！ 北極の海と花々の絹の上に血を滴らせる肉でできた旗、(そんな海と花などありはしない。)

甘美よ！

霧氷まじりの突風を受けて降り注ぐ猛火、――甘美よ！――俺たちのために永遠に黒焦げになった大地の心臓が投げつけるダイヤモンドの風の雨のまじった火。――おお、世界よ！――

(いまも聞こえ、臭いのする古めかしい隠れ家と古めかしい炎から遠く離れて、)

猛火と泡。音楽、深淵の旋回と星々への氷塊の衝突。

おお、甘美よ、おお、世界よ、おお、音楽よ！　そしてそこには、形が、汗が、髪の毛が、そして目が漂っている。それに沸騰する白い涙、――おお、甘美よ！――そして北極の火山と洞窟の奥に届いた女の声。

旗が…

# 大安売り

売ります、ユダヤ人たちが売らなかったものを、高貴さも犯罪も味わわなかったものを、大衆の呪われた愛とどうしようもない実直さが知らずにいるものを、時代も科学も認める必要のないものを。

復元された幾つもの「声」、合唱とオーケストラのすべてのエネルギーの友愛に満ちた目覚め、およびそれらの瞬時の適用を。俺たちの五感を解放する唯一の機会を！

売ります、あらゆる人種、あらゆる世界、あらゆる性、あらゆる血統から外れた、値段のつかない「肉体」を！　一足踏み出すごとに迸り出る豊かさ！　検証印なしのダイヤモンドの大安売りだ！

売ります、大衆向きの無政府状態を、高尚な愛好家向きの抑えられない満足を、信者と恋人向きのむごたらしい死を！

売ります、居住と移住を、スポーツとおとぎの国と完璧な安楽、それに騒音と運動、そしてそれらがつくり出す未来を！

売ります、計算の応用とハーモニーの前代未聞の飛躍を。掘り出し物と予想のつかなかった言い回しを、直接的所有、

不可視の壮麗さへの、感覚し得ない喜びへの、気違いじみた無限の躍動、——そしてそれぞれの悪徳向きの、人を動顛させるその秘密を——そして群衆向きのぞっとするようなその陽気さを。

売ります、いろんな「肉体」や、いろんな声や、問題にし得ないほど途方もない贅沢を、けっして人が売ることのないだろうものを。売り手が品切れになることなんかない！　行商人たちはそんなに早く手数料を返さなくていいのだ！

エレーヌのために、汚れのない影のなかの装飾的な樹液と、星の沈黙のなかの冷ややかな光が共謀した。夏の激しさは物言わぬ鳥たちに、そして求められた怠惰は、死んだ愛と薄れていった香りからなる入り江を通る、値のつけられない喪の小舟に委ねられた。

——樵女の歌が始まり、木々の瓦礫の下で急流のざわめきがしばらく聞こえた後で、家畜たちの鈴が鳴り、谷間の木霊が、そして大草原の叫び声がしばらく聞こえた後で。——

エレーヌの子供時代のために、毛皮と影たちが身を震わせた——それに貧しき者たちの胸が、それに天空の伝説が。

そして高価な輝きよりも、冷たい感応よりも、かけがえのない書割りと時の喜びよりも、さらに優れた彼女の両目とダンス。

## 戦争

子供の頃、いろんな空が俺の物の見え方を研ぎ澄ませた。あらゆる性格が俺の顔つきに陰影をつけた。さまざまな「現象」が揺れ動いた。——いまでは、諸々の瞬間の永遠の屈折と数学の無限が、奇妙な少年時代ととてつもない愛情に守られて、俺があらゆる市民的成功をこうむっているこの世界から、俺を追い立てるのだ。——俺はある「戦争」のことを考える、権利または力によって、まったく思いがけない論理によって。

それは音楽の一小節と同じくらい単純なことなのだ。

# 青春

## I

## 日曜日

計算を脇にやると、空の避けがたい下降が、そして思い出の訪れとリズムを演奏する時間が、住まいと頭と精神の世界を占領する。

——一頭の馬が、炭素ペストに刺し貫かれて、郊外の競馬場を、それから農地と植林地に沿って逃げ去る。ドラマに出てくる哀れな女がひとり、世界のどこかで、見捨てられたありそうもない身の上を渇望する。無法者たちが嵐と陶酔と傷を待ち焦がれる。小さな子供たちが川に沿って呪いの言葉を押し殺す。——

群衆のなかに再び集まり高まってくる身をさいなむ仕事の騒音を聞きながら、研究を再び続けようではないか。

## Ⅱ　ソネ

ありふれた体格の男よ、肉は果樹園にぶら下がった一個の果実ではなかったのか、——おお、天真爛漫な日々よ！　肉体は浪費すべき宝ではなかったのか、——おお、愛することは、プシュケーの危難、それとも力か？　大地には、君主と芸術家たちを輩出する斜面があったが、血統と人種がおまえたちを罪と喪の悲しみに駆り立てていた。世界はおまえたちの運命であり、おまえたちの危機だった。だがいまや、この労苦は穴埋めされた、汝、おまえの計算、汝、おまえの苛立ちよ——それらはもはや、固定されず、強いられることのないおまえたちのダンスであり、おまえたちの声にすぎない、もっとも発明と成功という二重の出来事の季節であったとはいえ、——像《イマージュ》なき世界による、友愛に溢れ、慎ましやかな人類にあっては、——力と権利が、いまやっとその価値を認められたダンスと声を反映しているのだ。

## Ⅲ　二十歳

ためになる声は追いやられ…　肉体的な無邪気さは苦々しくもこわばり…　アダージョ。ああ！　青春の果てしないエゴイズム、勤勉なオプティミズムよ。あの夏には、何と世界は花々に溢れていたことか！　歌と形は死んでゆく…　――合唱、無力と不在を和らげるために！　グラスや、夜の調べの合唱…　たしかに神経はたちまち押し流されようとしている。

Ⅳ

おまえはまだアントワーヌの誘惑のあたりにとどまっている。尻すぼみの熱意の浮かれ騒ぎ、子供じみた自尊心の痙攣、衰弱と恐怖。

だがおまえはあの仕事に取りかかるだろう。和声的で建築的なすべての可能性がおまえの席のまわりで打ち震えるだろう。完璧な、思いがけない諸存在がおまえの経験に差し出されるだろう。おまえの周囲には、昔の群衆と懶惰な贅沢への好奇心が夢のように押し寄せるだろう。おまえの記憶とおまえの五感はおまえの創造的衝動の糧でしかなくなるだろう。世界はといえば、おまえが出て行ってしまうとき、どうなってしまうのだろう？　いずれにせよ、いまの外観をとどめるものなど何もない。

# 岬

黄金の夜明けと震える夕暮れが、あの別荘と付属の土地の真向かいに、沖合の俺たちの帆船を見つけるのだが、それらの土地はエペイロスとペロポネソス半島、あるいは日本の大きな島やアラビア半島と同じくらい広大な岬を形づくっている！　行列の帰還によって照らし出される神殿、近代的海岸の防護施設の広大な眺め、熱い花々とバッカス祭で有名になった砂丘、カルタゴの大運河といかがわしいヴェネツィア風の堤防、エトナ山の勢いのない噴火と氷河の花と水でできたクレヴァス、ドイツのポプラに囲まれた共同洗濯場、日本の木の梢を傾けている奇妙な公園の土手、スカーバラまたはブルックリンの「ロイヤル・ホテル」や「グランド・ホテル」の円形ファサード、そしてそれらを結ぶ鉄道が、イタリアとアメリカとアジアの最も優雅で最も巨大な建造物の歴史のなかから選び取られたこのホテルの建物の配置の脇を通り、穴をあけ、その上に張り出しているのだが、いまや豊かな照明と飲み物と微風に溢れたその窓とテラスが、旅人と貴族たちの精神に対して開かれていて——昼の時間には、海岸のすべてのタランテラ踊りに――技巧で名高い谷間のリトルネロにさえも、「岬宮殿」の正面を素晴らしく飾り立てることを許すのだ。

## さまざまな舞台

昔の「喜劇」はその調和を追求し、その「田園詩」を分裂させる。

大道芝居の小屋でできた大通り。

石ころだらけの野原の端から端まで木でできた長い桟橋、そこの、葉を落とした木立の下を野蛮な群衆が進んでいく。

黒い紗の回廊を、ランタンと葉っぱを手に散歩する人たちのあとに従って。

聖史劇の鳥たちは、観客を乗せたたくさんの小舟の浮かぶ群島が揺らす浮き橋に襲いかかる。

フルートと太鼓を伴った抒情的な舞台は、天井の下にしつらえられた狭苦しい片隅で、当世風のクラブのサロンや古代オリエントの部屋のまわりで身をかがめる。

夢幻劇は、雑木林を戴いた階段桟敷の頂上で策を講じている、――あるいは耕地と耕地の稜線の上を動く巨木の陰で、ベオチア人たちに向かって動き回り、抑揚をつけている。

オペラ・コミックは、われわれの舞台の上の、バルコニー席から照明にかけて立てかけられた十の仕切り壁の交わるところで分割される。

# 歴史の夕暮れ

例えば、われわれの経済にまつわるおぞましさから身を引いた無邪気な旅人が姿を見せるある夕暮れに、ひとりの巨匠の手が牧場のクラヴサンに命を吹き込む。池は王妃とお気に入りの愛人たちを呼び出す鏡なのだが、その底で人はトランプに興じ、夕焼け空には、聖人たち、ヴェール、そしてハーモニーの息子たちや、伝説の彩色が見える。

旅人は狩りの一行と遊牧民が通り過ぎると身を震わせる。喜劇が芝生の舞台の上に滴り落ちる。そしてこれらの馬鹿げた平面の上で、貧乏人と弱虫たちの困惑ぶりときたら！

彼の囚われのヴィジョンには、——ドイツがいくつもの月に向かって足場を組み、タタールの砂漠が照らし出される——昔の反乱が支那王朝の中央で、王たちの階段と肘掛け椅子を通してひしめき——青白いぺしゃんこのひとつの小さな世界、アフリカと西洋がいまにも建設されようとしている。それからおなじみの海と夜のバレエ、値打ちのない化学、そしてあり得ないメロディー。

郵便馬車が俺たちを降ろすところにはどこでも同じブルジョワの魔術！　最も基礎的な物理学者といえども、肉体的悔恨の霧が立ちこめるこの個人的な雰囲気に従うことなどもはやできないと感じているのだが、それを確認することはすでにしてひとつの深い悲しみなのだ。

ちがう！――世界が蒸し風呂になり、海は取り除かれ、地下は燃え上がり、惑星が猛り狂い、皆殺しが重大な結果をもたらす瞬間、聖書のなかで、また運命の女神《ノルヌ》たちによってほとんど悪意のない形で示された確信、そして真面目な人間にはそれを監視する機会が与えられるだろう。――しかしそれが伝説の結果にとどまることはあるまい！

ボトム

現実は俺の偉大な性格にとってあまりにも刺々しいので、――それでも俺は「マダム」の家にいて、青灰色のまるまるとした鳥となって天井の刳り型めがけて飛び上がり、夕闇のなかで翼を引きずっていた。

俺は、マダムの大好きな宝石と彼女の肉体的傑作を支えている天蓋の足元で、紫色の歯茎をして、悲しみで白くなった毛をした太った白熊だったが、目はコンソールテーブルのクリスタルガラスと銀の器を見つめていた。

一切が影となり、燃えるような水槽となった。朝には、――戦いを予感させる六月の夜明け、――俺はロバとなって野原へと駆け出した、郊外のサビナの女たちが俺の大きな胸に飛び込んでくるまで、俺の不平不満を触れ回ったり、振りかざしたりして。

# H

ありとあらゆる奇怪さがオルタンスの残忍な身振りを侵害する。彼女の孤独はエロティックな機械仕掛け、彼女の倦怠は愛欲の力学だ。子供時代の監視のもとでは、多くの時代にあって、彼女は人種間の熱烈な衛生学だった。彼女の扉は悲惨に対して開かれている。そこで、今日の人間たちの道徳は、彼女の情熱または彼女の行動のうちに解体される――おお、血まみれの地面と透き通る水素のなかの、うぶな愛の恐るべき戦慄よ！　オルタンスを見つけろ。

# 運動

流れ落ちる河が土手の上に描き出すジグザグの動きが、
船尾の渦が、
傾斜路の急な速度が、
水流のとてつもない気まぐれが、
前代未聞の光と
化学の新しさによって
谷間の竜巻と
潮流《シュトローム》に取り囲まれた旅人たちを連れてゆく。

それは、個人の化学的な富を捜し求める
世界の征服者たちだ。
スポーツと安楽は彼らとともに旅をする。

彼らは、この「船」に乗せて、
諸人種と諸階級と動物たちの教育を連れてゆく。
休息と眩暈を
大洪水のような光へ、
研究にいそしむぞっとするような夜へと。

というのもいろんな器具に囲まれたお喋りから、——血、花々、火、宝石——
この逃亡する甲板でのあわただしい計算から、
——見えるのだ、水力推進路の向こうの突堤のように転がり落ち、
怪物じみた、終わることなく照らし出される、——彼らの研究のストックが。
調和に満ちた陶酔と
発見のヒロイズムへと追い立てられた彼らの姿が。
世にも驚くべき大気の異変で
一組の若いカップルが方舟の上で孤立し、
——昔ながらの蛮行は許されるのだろうか？
そして歌って、部署につく。

# 信心

わが修道女《シスター》、ルイーズ・ヴァナン・ド・ヴォーリンゲンへ。——北海の方を向いた彼女の青い頭巾。——難破者たちのために。

わが修道女、レオニー・オーボワ・ダシュビーへ。バウー——ぶんぶん唸り、悪臭を放つ夏草。——母親と子供たちの熱病のために。

リュリュ——悪魔——へ、こいつはいまだに「女友達」とその不完全な教育の時代の祈禱室への趣味を失ってはいなかった。男たちのために！　＊＊＊夫人へ。

俺がかつてそうであった若者へ。隠遁か布教か、あの聖なる年寄りへ。

貧しき者たちの精神へ。そしてあるとても高位の聖職者へ。

同じく、その時々の憧れやわれわれ自身の深刻な悪徳にしたがって赴かねばならないような記念礼拝の場所とさまざまな出来事のさなかにあるあらゆる礼拝へ。

今宵、魚のように丸々と太り、十ヵ月続いた赤い夜のように火照った、高く聳える氷のシルセトへ、——（その心臓は琥珀と火口《ほくち》）、——あれらの闇の領域のように無言で、あの極地の混沌よりも荒々しい雄々しさに先立つただひとつのわが祈りのために。

どんな代価を払おうとも、あらゆる態度をとって、形而上学的な旅にあってさえ。

——だが、もうそのときなどない。

# 民主主義

《国旗はけがらわしい風景にふさわしく、そして俺たちのお国訛りは太鼓の音をかき消すのさ。

《街の中心で、俺たちは最も恥知らずな売春をはびこらせる。俺たちは理にかなった反抗をめちゃくちゃにしてやる。

《胡椒まみれの、水浸しの国々へ！——産業的または軍事的な最もおぞましい搾取に仕えるためだ。

《ここでさようなら、別にどこだっていいけど。意欲溢れる新米兵士の俺たちは、獰猛な哲学をもつだろう。科学については無知蒙昧、安楽についてはしたたかだ。こんな世界はくたばっちまえ。これがほんとうの行軍だ。前へ進め、出発！》

# 精霊

彼は愛情にして現在だ、泡立つ冬と夏のざわめきに向かって家を開け放ったのだから、飲み物と食べ物を浄めた彼、逃れ去る場所の魅惑であり、立ち止まる場所の超人的喜びである彼だから。彼は愛情にして未来、力にして愛だ、憤怒と倦怠のなかに立ち尽くす俺たちには、嵐の空と陶酔の旗のなかを彼が通り過ぎるのが見える。

彼は、完璧にして再発明された尺度、驚くべき、予見されざる理性である愛だ、そして永遠だ、すなわち宿命的資質に愛された機械。俺たちは全員が彼の譲歩と俺たちの譲歩に激しい恐怖を覚えた。おお、俺たちの健康の喜び、俺たちの能力のほとばしり、自分勝手な愛情と彼への情熱よ、その彼は自らの無限の生のために俺たちを愛しているのだ…

そして俺たちは彼を思い出し、彼は旅をする…　それでもし「崇拝」が消えるなら、告げられる、彼の約束が告げられるのだ。《下がれ、これらの迷信、これらの古い肉体、これら所帯、これらの年代よ。失われたのはこの時代なのだ！》

彼は行ってしまわないだろうし、彼は再び空から降りてこないだろうし、彼は女たちの怒りと男たちの上機嫌とこの罪すべての贖いをやり遂げはしないだろう。というのもそれはすんだからである、彼がいて、彼は愛されているのだから。

おお、彼の息、彼の頭、彼の疾走よ。諸形態と行動の完全さの恐るべき敏捷さ。

おお、精神の豊穣さと宇宙の広大さよ！

彼の肉体！　夢見られた救出、新たな暴力と交叉した恩寵の粉砕だ！

彼の視力、彼の視力！　彼の後にはすべての昔ながらの跪拝と高尚な労苦。

彼の一日！　より強烈な音楽のなかへの、すべての音を出し、動く苦しみの廃棄。

彼の歩み！　古代の侵略より大規模な移住。

おお、彼と俺たちよ！　失われた慈悲より思いやりに溢れた傲慢さ。

おお、世界よ！　そして新しい不幸をうたう明るい歌よ！

彼は俺たち全員を知り、俺たち全員を愛した。知ろうではないか、この冬の夜に、岬から岬へ、荒れ騒ぐ極地から城へ、群衆から浜辺へ、眼差から眼差へ、力みなぎるときも元気のないときも、彼を呼びとめ彼を見て、それから再び彼を送り出し、潮の下と雪の荒野の高みで、彼の視力、彼の息、彼の肉体、彼の一日につき従うすべを。

# 詩篇

# みなし児たちのお年玉

## I

部屋は暗闇に満ち、ぼんやり聞こえるのは
二人の子供の悲しく優しいひそひそ話。
二人の額は、夢のせいでいまなお重く、傾《かし》いでいる
震えて持ち上げられる長くて白い帳《とばり》の下で…
――外では鳥たちが寒そうに身を寄せ合い、
翼は灰色を帯びた空の下で痺れる。
そして新年が、霧に続いて、
雪のドレスの襞を引きずり、
涙とともに微笑み、震えながら歌う…

## Ⅱ

さて、幼子たちは、たなびく帳の下で、
人が闇夜のなかでするように、ひそひそ話をしている。
幼子たちは物思わしげに耳を傾ける、遠くの囁きのように…
ガラスの球のうちに金属製のルフランを
何度も何度も打ちつける朝を告げる呼び鈴の
澄んだ黄金の声に彼らはしばしばびくっとする…
——それから、部屋が凍りつく… 見ると、床に、
ベッドのまわりに散乱した喪服が散らばっている。
戸口で嘆き声を漏らす冬の厳しい北風が
陰気な息吹を家のなかに吹き込むのだ!
こんなことにはどれも何かが欠けているのがわかる…
——つまりこれらの幼子たちには母親がいないのか、
爽やかな微笑みを浮かべ、得意げな眼差をした母親が?

つまり彼女は忘れたのだ、夜、ただ独り身をかがめ、
灰を落として炎を燃え立たせるのを、
ごめんね、と声をかけて彼らのもとを立ち去る前に
幼子たちに毛布と羽根布団を重ねてやるのを。
母親は朝の冷え込みを予想もせずに、
冬の北風に戸口をしっかり閉めておかなかったのか？……
——母の夢、それは温かい絨緞、
それは綿毛に覆われた巣、そこに子供たちはうずくまり、
枝に揺られる美しい鳥たちのように、
白い幻に溢れた甘い眠りを眠っている！…
——そしてそこは——羽毛も、熱もない巣のようだ、
チビたちが寒くて、眠れず、おびえている。
巣はきっと厳しい北風が凍りつかせたにちがいない…

## Ⅲ

あなたたちの心は悟った——これらの子供たちには母親がいない。
もう母親が家にいないのだ！——そして父親もずっと遠くにいる！……
ひとりの年老いた女中が、それで彼らの世話をしていた。
チビたちは二人っきりで凍てついた家にいる。
四歳のみなし児たち、ほら、彼らの頭のうちに
楽しげな思い出がじょじょに目を覚ます…
祈りながら数珠をつま繰るように。
——ああ！　なんて美しい朝だったのだろう、あのお年玉の朝は！
それぞれが、夜の間、自分のお年玉を夢に見ていた
なにやら不思議な夢で、おもちゃや、
金紙で包んだボンボンや、きらきら光る宝石が、
渦を巻き、足音を響かせてはダンスを踊り、
それから帳の陰に逃げては、また再び現れるのが見えていた！

朝になって目を覚まし、喜びいさんで立ち上がる、
舌なめずりして、目をこすりながら…
頭の上にはくしゃくしゃの髪、
お祭りの日のように、目をすっかり輝かせ、
小さなはだしの足で床をかすめて、
両親の部屋の扉にそっと触れに行った…
二人は入っていった！…　それから新年のご挨拶…　寝巻き姿で、
繰り返される接吻、それにはしゃいでも叱られない！

Ⅳ

ああ！　なんて素敵だったろう、何度も口にされたあれらの言葉は！
――でも、なんという変わりよう、かつての家は。
大きな火が、暖炉のなかで、明るくぱちぱちはぜていた、
古びた部屋全体が照らし出されていた。
そして真っ赤な反射が、大きな炉から出てきて、

ニス塗りの家具の上で、くるくる楽しげに廻っていた…
――箪笥には鍵がかかっていなかった！…　鍵なしだって、大きな箪笥が！
茶色と黒のその扉をしょっちゅう眺めたものさ…
鍵がない！…　変だった！…　何度も夢見たものだった
木の脇腹の間で眠りこける神秘を、
そしてぽっかり口を開けた鍵穴の奥に、聞こえたような気がした
遠くのざわめき、おぼろで楽しげな囁きが…
――今日、両親の部屋はすっかり空っぽだった。
どんな真っ赤な反射も扉の下から漏れてはいなかった。
両親も、暖炉も、抜き取られた鍵もない。
だから接吻もないし、甘い驚きもない！
おお！　どれほど彼らにとって元日は悲しいものとなるだろう！
――そして物思いにふけり、彼らの大きな目から
苦い涙が静かに零れるあいだ、
幼子たちは呟く、《お母さんはいったいいつ戻ってくるの？》

………………………………………………………………………………

## Ⅴ

いま、チビたちは悲しそうにまどろんでいる。
チビたちを見て、きっとあなたたちは眠りながら泣いていると言うのだろう、
目を泣き腫らし、吐く息は苦しそう！
幼な子たちの心はこんなに感じやすいのだ！
――でも揺籠の天使が涙をぬぐいに来てくれる、
そしてこの重苦しい眠りのなかに陽気な夢を招き入れる、
あまりに楽しい夢なので、半ば閉じたその唇は
微笑みを浮かべて、何かむにゃむにゃ呟いている…
――チビたちは夢を見る、目覚めのときの優しい仕種で、
小さなぽっちゃりした腕に身を傾げ、額を前に差し出し
そしてぼんやりとした眼差で周囲を見回している…
チビたちは薔薇色の楽園で眠っていると思っている…
輝きに溢れた暖炉では火が楽しげに歌い…

窓からは向こうに美しい青空が見える。
自然は目覚め、日光に酔いしれる…
半ば裸の大地は幸福にも生き返り、
太陽の口づけに喜びのあまり身を震わせる…
そして古い家のなかでは、すべてがあたたかく、朱に染まっている。
陰気な服はもう床に散らばってはいないし、
戸口の下の北風はとうとう口をつぐんでしまった…
まるでそのなかを妖精が通り過ぎたみたいに！…
――子供たちは、大喜びで、声を合わせて叫び声を上げた…ほら、あそこ、
お母さんのベッドのそばの、きれいな薔薇色の光線の下、
そこの、大きな絨緞の上で、何かが輝いている…
それは銀と黒と白のメダイヨン、
螺鈿と黒玉のきらきら反射する、
黒い小さな額縁、ガラスの冠でできていて、
金の文字が刻まれている、《僕たちのお母さんへ！》

……………………………………………………………

# 感覚

夏の青い夕べには、小道を行こう、
麦にちくちく刺され、細い草を踏みつけに。
夢想にふけると、僕の足は草でひんやりするだろう。
風がむきだしの頭を洗うにまかせよう。

話はしないし、何も考えまい。
だが無限の愛が魂のなかにこみ上げてくるだろう、
そして遠くへ、ずっと遠くへ行こう、ボヘミヤンのように、
「自然」のなかを、――女を連れてるみたいに幸せに。

一八七〇年三月

## 太陽と肉

愛情と生の炉である太陽が、
大喜びの大地に燃えるような愛をそそぎ、
そして、谷間に横たわるとき、人は感じるのだ、
大地は妙齢で、血で溢れているのを、
魂がもち上げるその巨大な乳房が
神のように愛からなり、女のように肉からなっているのを、
そして樹液と光線で太る乳房が
ひしめくすべての胚芽を閉じ込めているのを。

そしてすべてが成長し、すべてが伸びる！

――おお、ウェヌスよ、おお、女神よ！

僕は懐かしむ、古代の青春の時代を、
好色な半獣神《サテユロス》、獣のような牧神を、
愛欲から小枝の皮をかじり
睡蓮に囲まれて金髪のニンフたちに接吻していた神々を！
僕は懐かしむ、世界の精気、
河の水、緑の木々の薔薇色の血が、
パンの神の血管のなかにひとつの宇宙を入れていた時代を！
あの頃、緑の地表は山羊の足の下でぴくぴく動き、
澄み渡る牧神笛に柔らかに口づけするその唇は
空の下で大いなる愛の讃歌に抑揚をつけていた。
あの頃、パンの神は草原に立ち、生ける「自然」が
周りで彼の呼びかけに応えるのを聞いていた。
あの頃、木々は囀《さえず》る小鳥をあやし、
大地は人間をあやし、そして青い大西洋のすべてと、
すべての動物たちは愛していた、神のうちに愛していたのだ！

僕は懐かしむ、大いなるキュベレの時代を
並外れて美しいこの大地の女神は、大きな青銅の二輪馬車に乗って、
壮麗な町々を駆け巡っていたという。
その二つの乳房は広大無辺の世界のなかに
無限の生の至純のせせらぎをそそいでいた。
「人間」は幸せそうに祝福された乳房を吸っていた、
女神の膝の上でたわむれるひとりの幼な子のように。
――「人間」は強かったので、純潔で優しかったのだ。

なんてことだ！　いま彼は言う、俺はなんでも知っている、
だから行け、目を閉じて、耳をふさいで、と。
――それなのに、もう神々などいない！　もう神々などいないのだ！
「人間」が王であり、
「人間」が神である！　だが「愛」こそが、大いなる「信仰」なのだ！
おお！　人間がいまでもおまえの乳房から乳を汲んでいたなら、
神々と人間たちの大いなる母であるキュベレよ。

もし人間が不死のアスタルテを見捨てていなければ、
かつて広々と澄み渡る青い波間から、
波に薫る肉の花のように現れ出で、
泡が雪となって降りかかる臍もあらわに
森の鶯と人々の心に愛を歌わせたアスタルテ、
勝ち誇った、黒い大きな目をした女神よ！

Ⅱ

僕はおまえを信じる！　僕はおまえを信じる！　神なる母よ、
海のアフロディーテよ！――おお！　行く手はつらい、
別の神がぼくたちをその十字架につなぎとめてからというもの。
「肉」、「大理石」、「花」であるウェヌスよ、僕が信じているのはおまえだ！
――そう、「人間」は悲しくて醜い、広々とした空の下で悲しげだ、
衣服を纏っているのは、彼がもう純潔ではないからなのだ、
神のものである誇り高い自らの上半身を汚し、

偶像を火にくべるように、そのオリンポスの肉体を
汚れた隷属に投じ、発育を妨げたからだ！
そう、死んだ後でさえ、蒼褪めた骸骨の姿で
彼は生きたいと望む、最初の美を侮辱して！
——そしておまえがあれほどの処女性を注いだ「偶像」、
おまえが僕たちの粘土を神としてあがめた「女」、
「男」が自らの哀れな魂を照らし出し
そして地上の牢獄から日の光の美しさへと
広大な愛のなかをゆっくりと高まることができるためだったのに、
「女」はもはや「遊女」であることさえできないのだ！
——ご立派な茶番じゃないか！　そして世界は嘲笑う
大いなるウェヌスの甘美で聖なる名において！

Ⅲ

あれらの時代が戻ってくればいいのだが、すでに到来した時代が！

——というのも「人間」は終わってしまったからだ！　「人間」はすべての役割を演じたからだ！
真昼間に、偶像を叩き壊すことに疲れ、
彼はすべての神々から自由になって蘇るだろう、
そして、まるで天に属しているみたいに、彼は空という空を探るだろう！
理想、無敵で、永遠の思想、
彼の肉の粘土の下で生きる神のすべてが、
ひたすら高まり、彼の額の下で燃え上がるだろう！
そして古い軛《くびき》を軽蔑し、あらゆる恐れから自由になった「人間」が
地平線全体を測るのをおまえが見るとき、
おまえは彼に聖なる「贖罪」を与えるだろう！
——燦然と、光り輝いて、大海原のただなかに、
おまえは現れるだろう、広大な宇宙に、
無限の微笑に包まれた無限の「愛」を投げかけて！
「世界」は巨大な竪琴のように震えるだろう
巨大な接吻の戦《おのの》きのなかで！

——「世界」は愛に渇いている、おまえはそれを癒しにやって来るだろう。

……………………………………………………………………………………………………

おお！「人間」は再び自由で誇り高いその頭《こうべ》を上げた！
最初の美の突然の光線が
肉の祭壇で神をぴくぴく痙攣させる！
現在の幸福を喜び、耐え忍んだ苦痛に蒼褪め、
「人間」はすべてを探りたいと願う、——そして知ることを！「思想」という、
長いあいだ、あまりに長いあいだ抑圧されてきた牝馬が、
その額から駆け出すのだ！牝馬はその「訳」を知るだろう！……
牝馬は自由に飛び跳ねるがいいのだ、すると「人間」は「信仰」をもつだろう！
——何故に蒼穹は物言わず、空間は測り知れないのか？
何故に金色の天体は砂のようにひしめいているのか？
もし人がいつも上昇しているのなら、その高みに人は何を見るのだろう？
空間への恐怖のなかを進みゆく諸世界の
この巨大な群れをひとりの「牧者」が導いているのか？

広大な天空《エーテル》に抱かれたこれらすべての諸世界は、
ひとつの永遠なる声のアクセントに振動しているのか？
――そして「人間」には見ることができるのか？　私は信ずる、と言うことができるのか？
思想の声は夢以上のものなのか？
人がこんなにも早く生まれるのなら、人生がこんなにも短いのなら、
どこから彼はやって来るのか？　彼は、「胚芽」や、「胎児」や、「胚子」の
深海のなかに、巨大な「坩堝」の底に
沈んでいて、そこから「母なる自然」が
生ける被造物として彼を蘇らせ、
薔薇に包まれて愛を営み、麦に包まれて成長させるのか？……

われわれには知ることができない！――われわれは
無知と狭量な幻想の外套に苦しめられている！
母親の陰門から生み落とされた人間猿よ、
われわれの蒼褪めた理性はわれわれに無限を隠している！

われわれは見たいと願う、——「懐疑」がわれわれを罰する！
陰気な鳥である「懐疑」が、われわれをその翼で打つ…
——そして地平線は永遠の逃亡をきめこんで逃げ去るのだ！…

……………………………………………

大いなる空は開かれた！　神秘は死んだ
力強く　腕を組み、立ちつくす「人間」を前にして、
豊かな自然の果てしない光輝のなかで！
彼は歌う…　そして森は歌い、河は囁く
昼のほうへ昇ってくる幸せに溢れた歌を！…
——それが「贖罪」なのだ！　愛だ！　愛なのだ！

……………………………………………

## Ⅳ

おお、肉の輝きよ！　おお、完璧な輝きよ！
おお、愛の復活、勝利の曙よ、
そこで「神々」と「英雄たち」を足下に屈服させて、
美しい尻をした色白のアフロディーテと小さなエロスは
雪のように降りかかる薔薇に覆われて
女たちと、彼らの足下で花開く花々にそっと触れるだろう！
おお、陽を浴びて白く輝くテーセウスの帆が
向こうの波間に逃れゆくのを眺めながら、岸辺に
おまえの啜り泣きを投げつける大いなるアリアドネよ、
おお、一夜に打ち砕かれた優しい汚れなき子供よ、
泣くのはおよし！　好色な虎と赤茶色の豹に曳かせた
黒い葡萄の刺繍のある黄金の二輪馬車に乗って、
フリギアの野を駆け巡るバッカスは

青い河沿いに暗い苔を赤く染めている。
牡牛であるゼウスは、首の上にのっけたエウロペの裸体を
子供のようにあやし、エウロペはその白い腕《かいな》を
うねりのなかで震える神の力強い首に投げかけるのだが、
ゼウスはぼんやりとした目を彼女のほうへゆっくりと向けるのだ。
エウロペはといえば、花咲く青白い頬をゼウスの額に
いつまでもすり寄せたままにすると、彼女の目は閉ざされ、神の接吻に
身罷《みまか》ろうとしている、すると囁きかける波が
黄金の水泡《みなわ》で彼女の髪に花飾りをつける。
――夾竹桃とおしゃべりな蓮の間を、
真っ白な翼でレダを抱きしめて
夢見心地の大きな「白鳥」が色っぽく滑ってゆく。
――すると驚くほど美しいキュプリスが通り過ぎ、
見事な腰の丸みをくねらせながら
ふくよかな乳房の黄金と
黒い苔の刺繡のついた雪のような腹を誇らしげにひけらかしている間に、

——ヘラクレスよ、「猛獣使い」よ、彼は、まるで栄光に包まれたように
力強く、その巨体に獅子の皮を纏い、
恐ろしくて優しい額を上げて、地平線を進みゆくのだ！

夏の月にぼんやりと照らされ、
ドリュアデスは、裸のまま突っ立って、
重たい波が青く長い髪のしみをつける
金色を帯びた蒼白さに包まれて夢を見ながら、
苔が星のようにきらめく林の空き地で
しんと静まり返った空を見ている…
——おずおずと、美しいエンデュミオンの足の上に
純白のセレネーはヴェールをたなびかせ、
蒼白い光のなかで接吻を投げかける…
——「泉」は長い恍惚に身をゆだね遠くで涙を流す…
水甕の上に肘をついて、
波紋に急き立てられた色白の美しい若者を夢見ているのはニンフだ。

——愛の微風が夜のなかを吹き過ぎ、
そして聖なる森のなか、恐ろしげな大木に囲まれて、
厳かに立っているのは、暗い「大理石像」、
額に鷽《うそ》が巣をつくる「神々」、
——「神々」は「人間」と無限の「世界」に耳を傾けている！

〔十八〕七〇年五月

# オフェリア

星々の眠る静かな黒い波の上を
蒼白のオフェリアが大きな百合のように漂っている、
長いヴェールに身を横たえ、とてもゆっくり漂っている…
――遠くの森で猟師の角笛が聞こえる。

もう千年以上も前から、悲しいオフェリアは、
白い幽霊となって、長くて黒い河の上を通り過ぎ、
もう千年以上も前から、その優しい狂気は
夕べのそよ風にロマンスを囁く。

風はその胸に口づけし、物憂げに水に揺れる大きなヴェールを
花冠のように広げている。

ざわめく柳は肩の上ですすり泣き、
夢見る広い額の上に葦が身をかしげる。

機嫌をそこねた睡蓮がそのまわりで溜息をつく。
時おり彼女は、眠る榛《はん》の木のなかの
何かの巣を目覚めさせ、そこからかすかな羽ばたきが逃げてゆく。
――不思議な歌が黄金の星々から降ってくる。

II

おお、蒼ざめたオフェリアよ！　雪のように美しい！
そう、いとけないおまえは、河に運び去られて死んだのだ！
――ノルウェーの大きな山々から吹き降ろす風が
小声でおまえに荒々しい自由のことを語っていたからだ。

一陣の風が、おまえの豊かな髪をねじって、

おまえの夢見がちな精神に奇妙なざわめきを運び、
木の嘆きと夜々の溜息のうちに
おまえの心が「自然」の歌に耳を傾けていたからだ。

狂った海の声、広大な喘ぎが、あまりに人間的であまりに優しい
おまえのいとけない胸を打ちのめしていたからだ。
ある四月の朝に、ひとりの蒼ざめた美しい騎士が、
ひとりの哀れな狂人が、おまえの膝に黙って座ったからだ！

「空」！「愛」！「自由」！　なんという夢なのだ、おお、哀れな狂女よ！
おまえはその夢に溶けていた、雪が火に溶けるように。
おまえの大いなる幻がおまえの言葉を絞め殺していた
――そして恐ろしい「無限」がおまえの青い目を驚かせたのだ！

## Ⅲ

――そして「詩人」は言う、星々の明かりのもとに、夜になると、おまえは自分が摘んだ花々を探しにやって来る、と、そして蒼白のオフェリアが、長いヴェールのうちに横たわり、水の上に、大きな百合のように漂うのを見たのだ、と。

# 首を吊られた奴らの舞踏会

愛想のいいペンギンみたいな黒い絞首台で
踊るぞ、踊るぞ、遍歴の騎士たちが、
痩せた悪魔の騎士たち、
　サラディン王の骸骨どもが。

悪魔のベルゼビュト閣下は、空の上でしかめっ面をきめこむ
ちっちゃな黒い操り人形のネクタイ引っ張り、
おでこに一発ボロ靴の底を食らわせて、
奴らを踊らせる、昔のクリスマスの音に合わせて踊らせる！

それから操り人形どもはぶつかってひょろ長い腕をからませる。
黒いオルガンみたいに、透かしの入った胸は

昔はお嬢さん連中に抱きしめられたのに、
いまじゃおぞましい愛欲にかられていつまでも衝突し合っているのさ。

やったぜ！　陽気な踊り子たちよ、おまえらはもう太鼓腹じゃない！
飛び跳ねりゃいいのさ、舞台は狭くはないからな！
それっ！　戦いなのかダンスなのかはもう知ったこっちゃない！
ベルゼビュトは気違いみたいにヴァイオリンをギコギコかき鳴らす！

おお、かちかちの踵よ、サンダルだって磨り減るもんか！
どいつもこいつも皮膚でできた肌着とはおさらばだ。
後はすっきりしたもんだし、顰蹙を買うことだってない。
頭蓋骨には雪が白い帽子をのっけているのさ。

罅《ひび》の入ったこれらのおつむには鴉が羽飾りのかわりになるし、
肉の切れ端が痩せた顎のあたりで震えている。
まるで、暗澹たる乱闘のなかできりきり舞いしては、張子の鎧にぶつかる、こちこちになった昔の勇士みたいだぜ。
やったぜ！　北風が骸骨どもの舞踏会でヒューヒューいっている！
黒い絞首台が鉄のオルガンみたいにゴーゴー唸っている！
狼たちが紫色の森から応答しているところさ。
地平線では、空が地獄の赤に染まっている…

おい、これらの陰気な威張り屋どもを俺から振り払ってくれ
陰険なこいつらは、折れたぶっとい指で
青ざめた椎骨の上の愛の数珠玉をつま繰っている。
ここは修道院なんかじゃないぞ、亡者ども！

おお！　ほら、死の舞踏のまっただなかで
気のふれたでっかい骸骨が赤い空に跳び上がるぜ、
馬が後足で立ち上がるみたいに、勢いをつけて逆上し、
それに首にはごわごわの綱の感触がまだ残っているというのに。

大腿骨のあたりでそいつの小さな指を引きつらせると、
せせら笑うみたいな叫びを上げてぼきっと音を立てやがる、
そして道化師が小屋に引っ込むみたいに、
骸骨の歌に合わせて舞踏会でもう一度跳びはねるのさ。

愛想のいいペンギンみたいな黒い絞首台で
踊るぞ、踊るぞ、遍歴の騎士たちが、
痩せた悪魔の騎士たち、
サラディン王の骸骨どもが。

# タルチュフの罰

純潔の黒衣の下で、恋する心を
かき立て、かき立て、うれしそうに、手袋はめて、
ある日、あいつは出て行った、ぞっとするほど優しく、
黄色い顔して、歯のない口から信仰の涎を垂らして、

ある日、あいつは出て行った、《祈りましょうぞ》、――ひとりの悪党が
あいつの殊勝げな耳を荒っぽくつかんで、
あいつに恐ろしい言葉を投げつけた、
じとじとした肌のまわりの純潔の黒衣をひっぱがしながら！

罰だ！…　僧服のボタンがはずれ、
見逃してもらった数々の罪の長い数珠が

あいつの心のなかでひとつひとつつま繰られ、聖タルチュフはまっ青だった！…
だから、あいつは懺悔をしては、祈っていた、ぜいぜい喘ぎながら！
男は胸飾りをもぎ取るだけで満足した…
――へっ！　タルチュフは上から下まですっぱだかだったのさ！

# 鍛冶屋

チュイルリー宮殿、七九二年八月十日頃

巨大なハンマーに腕をかけ、恐ろしいほどの
陶酔と威光をもって、額は広く、
青銅のラッパのように、大口を開けて笑い、
それからものすごい目つきであのデブを睨みつけて、
鍛冶屋はルイ十六世に喋っていた、
「民衆」はそこにいて、まわりを囲み、腹をよじって笑いこけ、
金の羽目板の上で汚い上着を引きずっていた日のことだ。
さて、腹を突き出し棒立ちになったお人良しの王はまっ青だった。
絞首台にかけられる敗残者のように蒼ざめて、
犬のように従順で、反抗なんか全然しなかった。

だっていかつい肩をしたこのごろつきの鍛冶屋から
古臭い言葉と奇妙な話をさんざん聞かされて、
王は、こんな風に、額をぎゅっとつかまれていたからだ。

《ところで、旦那、あんたも知ってのとおり、俺たちゃ鼻歌まじりで
牛たちをちくちく刺して人さまの畑のほうへ追いやっていたんですぜ。
役僧は、金貨を玉につぶして作った澄んだ数珠玉をつま繰って
日向でぶつぶつお祈りを唱えてました。
領主が、角笛を鳴らしながら、馬に乗って通り過ぎたんだが、
役僧は柳の枝で、領主は乗馬用の鞭で、
俺たちをしたたか打ちやがった。――俺たちゃ、牛の眼みたいにぼおーっとして、
涙も流さなかった、ただただ黙々と仕事をこなしていたんです、
それで俺たちが国中を耕したとき、
黒々とした大地にわずかばかりの俺たちの肉を
残したとき…　俺たちゃ心づけをもらいましたよ、
俺たちのあばら家は夜中に燃やされ、

俺たちの子供は黒焦げの菓子みたいになっていたんですから。
……《おお！　文句なんか言っちゃいませんよ。あっしはつまらんことを言ってるけど、
ここだけの話さね。反論したってかまやしないですぜ。
ときに、干草を積んだ車が納屋に入っていくのを
六月になって見たりするのは楽しくないですかい
どでかい車がよ？　芽吹いてくるやつとか、
ちょっぴり雨が降ったときの果樹園とか、赤茶色の草とかの匂いを嗅いだりするのは？
麦また麦を、たわわに実をつけた穂を見て、
パンの備えはちゃんとできてると考えるのは？……
おお！　もっとありますぜ、燃え上がる竈のところに行って、
鉄床《かなとこ》を叩きながら陽気に歌でもうたってやるさね、
もし、人間である以上、最後には！　神様がくれるものを
少しでももらえるのが確かであればね！
——でも、それだって、古臭いいつもの変わりばえのしない話だわ！

《だがいまとなっちゃ、わかってる！　あっしにはよ、もう信じられねえんです、
立派な手が二本、額とハンマーもあっしにはあるんだから、
外套に短剣をぶら下げた男がやって来て、
おい、おまえ、俺の土地に種をまけ、などとぬかすとは、
戦争になると、またしても誰かがやって来て、
あんな風にあっしの息子を家からかっさらうことになるとはね！
――あっしはといえば、ただの人間で、あんたは王様じゃないですか、
あんたはあっしに言うだろうさ、余は欲する！　って…いいですかい、こんなことは
馬鹿げてますぜ。
あんたはあっしがあんたの華麗なあばら家を見たがっていると思ってる、
あんたの金ぴかの将校や、あんたの無数のならず者たちや、
孔雀のように練り歩くあんたの糞ったれの私生児どもを見たがっていると。
奴らはあんたの寝床を俺たちの娘の匂いと
俺たちをバスティーユにぶち込むための許可書で一杯にしたんですぜ、
それで俺たちは言うでしょうよ、いいとも、貧乏人どもよ、ひざまずけ、って！

俺たちは大枚をはたいてあんたのルーヴルを金ぴかに塗りたくるでしょう！
そしたらあんたは酔っ払って、どんちゃん騒ぎをやらかすでしょう。
——これらの旦那たちも、俺たちの頭の上にどかっと座って笑いころげるでしょう
よ！

《ちがう。これらの汚いやり口は俺たちのおやじの時代の話ですぜ！
おお！「民衆」はもう娼婦なんかじゃない。三歩進んで、
俺たちは全員であんたのバスティーユを粉々にしたんですぜ。
このけだものは石のひとつひとつから血の汗を流していたし、
吐き気がしそうだった、俺たちにすべてを語る
しみだらけの壁をはりめぐらせて突っ立つバスティーユってやつは、
そして、そいつはずっと、その影のなかに俺たちを閉じ込めてきたんだ！
——市民よ！　市民よ！　俺たちがあの塔を奪取したとき、
崩れ落ち、ぜいぜい喘いでいたのは、暗い過去だった！
俺たちの心には愛に似た何かがあったし、
俺たちは息子たちを胸に抱きしめていた。

そして、馬のように鼻息荒く、俺たちは誇らしげに力強く進んでいたけど、俺たちの心臓はそこでどきどきしていた……

俺たちは、陽を浴び、頭を上げて進軍していた、――こんな風に、――パリのなかを！　みんな俺たちの汚れた上着の前までやって来た。ついに！　俺たちは自分たちが「人間」であると感じていたんです！　俺たちは青ざめていた、

陛下、俺たちは恐ろしい希望に酔っていたんです。

そして俺たちが黒い主塔の前にいて、

手には槍をもって、俺たちのラッパと帽子の樫の葉っぱを振り回していたとき、

俺たちに憎しみはなかった、

――自分たちはたくましいと感じていて、俺たちは優しくありたいと願っていたんです！

……………………………………………………

……………………………………………………

《そしてその日以来、俺たちは気違いみたいになってますよ！

大勢の労働者が通りを上っていったし、
これらの呪われた者たち、暗い亡霊たちからなる
たえず膨れ上がる群衆は、金持ちどもの戸口に押し寄せます。
このあっしも密告者どもを叩き殺しに駆けつけます。
そしてあっしは、どす黒く、ハンマーを肩に担いで、パリの街中を行くんだ、
容赦なく、それぞれの街角でどこかのいかがわしい奴を一掃しに、
だからもしあんたがあっしを鼻でせせら笑うなら、あっしはあんたを殺してやる！
――それからあんたが当てにするのは勝手だが、あんたの黒ずくめの手下どもと一緒じゃ、高くつくことになりますぜ、奴らは俺たちの請願書を受け取ると、
ラケットで打つみたいにそいつをたらい回しにして、
それから小声で、悪党め！　こう呟くんだから、「なんて馬鹿な奴らだ！」
だらだらと法律を準備し、
薔薇色の素敵な法令といかさま商品で一杯の小さな壺を糊づけし、
人頭税を入念に切り分けては暇をつぶしているんです、
それから俺たちがそばを歩くと、鼻をつまむんです、
――われらが優しい代表者たちときたら、俺たちを垢だらけだと思ってやがる！――

なんにも恐れちゃいない、銃剣以外には、なんにも…、
非常に結構。無駄話の詰まった奴らの煙草入れなんか糞くらえだ！
俺たちゃもううんざりなんですよ、こんな能なしどもと
這いつくばった奴らには。ああ！　あんたは俺たちに
こんな料理を出しているんです、ブルジョワよ、俺たちが残忍になり、
俺たちがすでに王笏と司教杖を打ち砕いているときにね！…》

……………………………………………………

彼は王の腕をつかみ、ビロードのカーテンを
もぎ取ると、それから下にある広々とした中庭を彼に見せるのだが、
そこにはうじゃうじゃといるわ、いるわ、蜂起した群衆が、
うねりのようにどよめく恐ろしい群衆、
牝犬のように吠え、海のようにうなり、
頑丈な棒と鉄の槍をもって、
太鼓や、卸売市場や貧民窟にいるみたいな大声、
赤い縁なし帽から血を流すぼろ着の暗い塊。
開け放たれた窓から、「男」は青ざめて汗をかいている王に

すべてを見せる、王はよろめきながら突っ立っている、
これを見て具合が悪くなったのだ！
　　　　　　　　《「ならず者」ですぜ、
陛下。壁に涎を垂らして、上ってくる、いっぱいいますぜ。
――なにしろあいつらろくに食ってないもんで、陛下、乞食ですよ！
あっしは鍛冶屋です。女房もあいつらと一緒にいます、
女房はいかれてる！　チュイルリーでパンを見つけることができると思ってやがるんだ！
――俺たちパン屋じゃ相手にされねえ。
あっしにはチビが三人います。あっしはならず者です。――あっしは知ってます
縁なし帽のかげでいまも涙に暮れている婆さんたちを、
だって婆さんたち、息子か娘をとられたからです。
これだってならず者です。――ある男はバスティーユにいたんです、
別の男は徒刑囚だった。二人とも市民です、
正直者のね。自由の身になっても、まるで犬同然ですぜ。
彼らは侮辱されてるんですよ！　だから連中にはまだ何かがあるんです、

彼らを苦しめている何かがね！　恐ろしいことです、だから自分が打ちひしがれていると感じ、地獄に堕ちていると感じる原因があるんだし、連中はいまそこにいて、あんたらの鼻の下でわめいているんですよ！ならず者ですぜ。――そのなかには娘たちもいます、卑しい娘たちがね、――だって、――あんたらは女たちが弱いものだってことを知っていたし、――宮廷の殿下たちよ、――いつでもその気になるからです、――あんたらは娘たちの魂に唾を吐いたんだ、虫けらみたいに！あんたらの別嬪さんたちも、今日はそこにいますぜ。これだってならず者ですよ。

《おお！　すべての「不幸な連中」、こいつら全員の背中は猛烈な太陽を浴びて燃え上がり、出てくるわ、出てくるわ、こんな仕事をやらされて頭が割れそうな思いをしている連中が……帽子をとれ、わがブルジョワたちよ！　おお！　こいつらは「人間」なのだ！俺たちゃ「労働者」だ、陛下！　労働者ですぜ！　俺たちは新しい偉大な時代の味方だし、そんな時代には人は知りたいと思うだろうし、「人間」は朝から晩まで鍛錬を重ね、

大いなる結果を追う猟師、大いなる原因を追う猟師になるだろう、
じょじょに勝利者となり、彼は状況を制圧するだろう、
そして馬にまたがるように、「万物」の上に乗るのだ！
おお！　鍛冶屋の燦々たるきらめきよ！　もう苦しみはない！
もうないのだ！――知らないことこそ、たぶん恐ろしい。
俺たちは知るだろう！――ハンマーを手に、知っていることすべてを
ふるいにかけよう、それから、兄弟たちよ、前進だ！
俺たちは時おりこの感動的で偉大な夢を見る、
不快なことは何も言わず、素朴に熱烈に生きる夢を、
気高い愛でもって慈しむ女の
厳かな微笑みのもとで働きながら。
そして鳴り響くラッパのように義務を聞き届けながら、
一日中誇りをもって働くだろう。
そして人は自分がとても幸せだと感じるだろう、誰ひとり、
おお！　とりわけ、誰ひとりあんたらを服従させようとはしないだろう！
銃は暖炉の上に掛けてあるだろう…

……………………………………………………………………

《おお！　だが大気は硝煙の臭いで一杯になっている！
あっしはあんたに何を言っていたんだっけ？　俺は賤民ですぜ！
まだ密告者と私腹を肥やす奴らがいるんです。
俺たちは自由だ、俺たちは！　俺たちには恐怖《テロル》があるし、
そこでは俺たちは自分を偉大だと感じる、おお！　とても偉大だとね！
ついさっき、あっしは穏やかな義務や、住まいのことを喋ってた…
なら空を見てみろ！――俺たちには小さすぎるぜ、
暑くてまいっちまう、俺たちはひざまずいてしまうだろう！
だから空を見てみろよ！――あっしは群衆のなかに戻る、
ぞっとするような大いなる賤民のなかに、あいつら
陛下よ、汚い敷石の上であんたの古い大砲を転がしてるんだ。
――おお！　俺たちが死ぬときは、そいつを血で洗ってやる、
――そして、もし俺たちの叫びを前にして、俺たちの報復を前にして、
金褐色の老いぼれ国王たちの四つ足が、フランスに
奴らの正装した軍隊を押し進めてきたら、

いいか、そのときは、おまえら、――そんな犬どもには糞をひっかけてやるぞ！》
……………………………………………………………
――鍛冶屋は再びハンマーを肩にかついだ。
群衆は、
この男のそばで酔い心地だった、
そして広い中庭や、家のなかで、
パリがわめき声を上げながらあえいでいたのだが、
ひとつの戦慄が数知れぬ下層民たちを揺さぶった。
そのとき、垢だらけの大きく立派な手で、
太鼓腹の王が汗をかいているのにおかまいなく、鍛冶屋が
恐ろしい形相で、王の額めがけて赤い縁なし帽を投げつけたのだ！

## 〔九二年と九三年の死者たちよ〕

「…七〇年のフランス人たちよ、ボナパルト主義者も共和主義者も、九二年における諸君の父祖たちを思い出したまえ、等々」
——ポール・ド・カサニャック
——「祖国」紙——

九二年と九三年の死者たちよ、
君たちは、自由の力強い接吻に青ざめたが、
平然と、木靴の下で、
人類全体の魂と額に重くのしかかる軛《くびき》を打ち砕いていた。

動乱のさなかにあっても恍惚として偉大な人々よ、

君たちの心はぼろ着の下で愛にはずんでいた、
おお、高貴なる「恋人」、「死神」によって、
蘇りのために、すべての古い畝に蒔かれた兵士たちよ。

君たちの血は汚されたあらゆる偉大さを洗い清めていた、
ヴァルミーの死者たち、フルーリュスの死者たち、イタリアの死者たちよ、
暗くて優しい目をした無数のキリストたちよ。

われわれは君たちを共和国とともに眠らせておいた、
棍棒でも食らったように王たちに服従してきたわれわれ、
——カサニャックの手合いどもが再びそのわれわれに君たちのことを語っているのだ！

マザスにて作成、一八七〇年九月三日。

# 音楽に寄せて

シャルルヴィル、駅前広場

しみったれた芝生を刈り込んだ広場には、
木々も花々も、すべてがきちんとした小公園があって、
暑さで窒息しかけの息を切らせたブルジョワたちが、
木曜の宵には、妬み深いくだらぬ話題をひっさげやって来る。

——軍楽隊が、庭園のまんなかで、
「横笛のワルツ」に合わせてシャコ帽を揺すっている。
——まわりの一列目には、これ見よがしの伊達男、
公証人はイニシャルの入った時計の鎖の飾り物をぶらぶらさせている。

鼻眼鏡の金利生活者たちは調子はずれの音をいちいち指摘する。
むくんでぶくぶくの役人たちはデブの奥方たちを引き連れ、
その傍らには、もぐりの象使いみたいな女たちが
広告みたいに見える裾飾りをつけてうろついている。

緑のベンチの上は、隠居した食料品屋のクラブ、
握りのついた杖で砂をかき立て、
大真面目に条約を論じては、
銀のケースのかぎ煙草を嗅いで、話を続ける、《結局のところはですな！……》

ベンチの上にぶよぶよした腰をぺったり押しつけて
フランドル人みたいな太鼓腹、ぴかぴかボタンをつけたブルジョワが、
オネーン・パイプをくゆらすが、そこから煙草が
ちょっぴり溢れている——いいですかい、こいつは密輸品ですぜ——

緑の芝生沿いに、薄ら笑いを浮かべているのはチンピラどもさ。

それからトロンボーンの調べに恋心をかきたてられた兵隊たち、とっても無邪気に、気取った薔薇色煙草を吸って、子守女をひっかけようと赤ん坊を撫でている…

――俺はといえば、学生みたいにだらしのない身なり、緑のマロニエの下で溌溂とした少女たちを目で追っている。少女たちはちゃんとそれを知っていて、笑いながら俺のほうへ、慎みのないあれやこれやに溢れた目を向ける。

俺は一言だって口をきかない。ずっと見ているだけさ、乱れた髪の房が刺繍する白いうなじの肉を。俺は目で追う、胴着と華奢な衣装の下の肩の曲線につづく見事な背中を。

俺はすぐに探し出した、ブーツや、長靴下を…
――ひどい熱に身を焦がし、俺は少女たちのからだを復元する。

彼女たちは俺を変な奴だと思って、ひそひそ話し合う…
——すると俺は接吻が唇の上に触れてくるのを感じるのさ…

# 水から生まれたウェヌス

ブリキでできた緑の棺桶から出てくるみたいに、
べっとりポマードを塗りたくった褐色髪の女が、
古ぼけた浴槽から、間抜け面してのろのろ現れる、
繕いそこねた欠陥だらけのままで。

それから脂ぎった灰色の首、張り出した
広い肩甲骨、出たりすっ込んだりする短い背中、
それに腰の丸みはまるで弾けんばかり、
皮下脂肪は平たい葉っぱでできてるみたい。

背筋のあたりは少し赤味がかっているし、全身から
なんだか妙に嫌な感じを受ける、特に目につく奇怪さは

虫眼鏡で見てみなけりゃわからない…

腰には二つの言葉が彫られてある、輝けるウェヌス、って。

——そしてこのからだ全体がもぞもぞ動いて、でっかい尻を突き出すのだが、

肛門にできたおできでおぞましいくらいに美しい。

## 最初の宵

《――あの娘《こ》はしどけなく肌もあらわだったし
慎みのない大木が
窓ガラスに葉陰を投げかけていた
抜け目なく、ごく近く、ごく近くに。

俺の大きな椅子に座って
半分裸の彼女は両手を組んでいた。
床の上で心地よさそうに震えていたのは
とてもほっそりした、とてもほっそりしたその小さな足だった。

――蠟のような顔色をして、俺は見ていた
藪のあいだの一筋のかすかな光が

その微笑みや、乳房の上を
ひらひら飛びまわるのを、——薔薇の木にたかる蝿のように。

——俺はそのきゃしゃな踝《くるぶし》に口づけした。
彼女は突然甘い笑い声をもらした、
明るいトリルとなってころころと零れ落ちる
かわいらしい水晶の笑い声だった。

小さな足は肌着の下に
逃げ込んだ、《よしてったらあ！》
——最初のずうずうしさが許されると、
笑いがとがめる振りをしていた！

——俺の唇の下で、かわいそうにぴくぴく動く
彼女の目に、俺はそっと口づけした。
——彼女はとってつけたように頭を後ろに

のけぞらせて、《おお！　こっちのほうがまだいいわ！…
ねえったら、あんたにちょっと言うことがあるの…》
——俺はその他のことを接吻ひとつにこめて
彼女の胸に投げかけると、彼女は笑い出した、
いいわよと言わんばかりの素敵な笑いで…

——あの娘はしどけなく肌もあらわだったし
慎みのない大木が
窓ガラスに葉陰を投げかけていた
抜け目なく、ごく近く、ごく近くに。

# ニナの即答

彼——俺の胸に君の胸を重ねて、
　ねえ？　一緒に行くんだろ、
鼻の孔いっぱいに空気を吸って、
　昼間の酒で

君たちを浸す、素敵な青い朝の
　爽やかな光のほうへ？……
森全体がわななき
　恋のために押し黙り

どの枝からも、緑の雫を、
　明るい新芽の血を滴らせるとき、

開かれた事物のなかに
　肉が身震いするのがわかるのさ。

君はウマゴヤシのなかに
　白い化粧着を沈め、
君の大きな黒目を縁取る
　あの青を風にさらして薔薇色に染める、

君は田舎に恋して
　いたるところに撒き散らす、
シャンパンの泡みたいに、
　君の気違いじみた笑い声を。

君は俺に笑いかけるが、俺は陶然として粗暴になり
　君をつかまえるだろうよ。
こんな風に、――美しい三つ編みを、

ああ！――俺は飲むだろう
木苺と苺にそっくりな君の味を、
　おお、花の肉体よ！
盗っ人みたいに、君に口づけする
　強い風に君は笑いかける、

愛想よく
　君をうるさがらせる野薔薇に、
おお、頭のいかれた女よ、君は笑いかける
　とりわけ君の恋人に！……

……………………………………………………

十七歳だ！　君は幸せになるだろうよ！
　ああ！　大きな牧場！

恋する広い田舎！
　　――ねえ、もっとそばに来てくれよ！…

――俺の胸に君の胸を重ねて、
　　二人の声を混ぜ合わせ、
ゆっくりと、俺たちは小さな渓谷に辿り着くのだろう、
　　それから大きな森に！…

それから死んだ子供みたいに、
　　気絶しかけになって、
君は俺に運んでほしいと言うだろう、
　　半ば目を閉じたまま…

ドキドキしている君を俺は運んでいくだろうよ、
　　小道に沿って。
鳥がアンダンテを引き延ばすように囀《さえず》るだろう、

「ハシバミの木に」という曲を…

君の口のなかに俺は語りかけるだろうよ、
　俺は行くだろう、君のからだを、
幼な子を寝かしつけるみたいに、急き立て、
　血に酔っ払い

薔薇色がかった君の白い肌の下を
　流れる、青い血に。
そしてあけすけな言葉を君に語るのさ…
　ねえったら！…――わかってるよね…

俺たちの大きな森には樹液の匂いがたちこめ
　そして太陽は
緑と真紅の大いなる夢に
　純金の砂を撒き散らすだろうよ。

……………………………………

日暮れになれば?…俺たちは引き返すだろう
　白く延びる街道を、
草をはむ羊の群れみたいに、ぶらぶらしながら、
　あたりには

青い草の生えた素敵な果樹園、
　ねじれたリンゴの木だってあるさ!
なんとゆうに一里は匂っている
　強いリンゴの香りが!

半分だけ黒い空の広がる村に
　俺たちは辿り着くだろう。
するとミルクの匂いがするだろう

夕暮れの大気のなかで。
あったかい厩肥《うまやごえ》でいっぱいの
　牛小屋の臭いがするだろう、
ゆるやかな息のリズムと
　大きな背中で小屋は溢れ

何かの光の下に白く浮かんでいる。
　そして、ずっと向こうのほうで、
一頭の牛が糞をするだろう
　一足ごとに威張りくさって…

——ばあさんの眼鏡と
　長い鼻は
ミサ典書に突っ込まれ、ビールのジョッキには
　鉛の輪がはめられている、

そいつはでっかいパイプの間で泡立ち、
　パイプは威勢よく
煙を出している。ぞっとするような分厚い下唇が
　もくもく煙を吐きながら、

フォークでハムをぱくつく
　がつがつと、さらにもっと。
火が簡易ベッドと食器棚を
　照らしている。

肥満児が
　つやつやの太った尻をして、
膝をついて、茶碗のなかに
　白い鼻面を突っ込むと

がさつ者が顔を近づけて
　優しい口調でぶつぶつ文句を言い、
愛しいチビの
　丸い顔をなめまわす…

椅子の端っこで黒くなったり、赤くなったり
　恐ろしい横顔、
燠火の前でひとりの老婆が
　糸を紡いでいる。

ねえったら、こんなあばら家のなかにも
　いろんなものがきっと見えるだろう
炎が灰色の格子ガラスを
　明るく照らすときには！…

――それから、黒くて、みずみずしい

　　リラの茂みのなかには
小さくて、すっかり隠れた、人目につかない窓ガラス、
　そいつが向こうのほうで笑っている…
おいでよ、おいでよ、君が好きさ！
　きっと素晴らしいぜ。
おいでよ、ねっ、それどころか…

彼女——それであたしの仕事場は？

# おびえた子供たち

雪のなかと霧のなかに黒々と、
明るく灯った大きな明り取りから見えるのは
　輪になった彼らのお尻

ひざまずいた五人のちびっ子は、――かわいそうに！――
パン屋が重たいブロンド色のパンを焼くのを
　見つめている…

灰色のパン生地をこね、
窯の明るい穴のなかにそいつを入れる
　白く逞しい腕が見える。

おいしそうなパンが焼ける音が聞こえる。
パン屋は、脂ぎった微笑みを浮かべて
　古い歌を口ずさむ。

うずくまったまま、身動きする者などひとりもいない、
乳房みたいに温かい
　赤い明り取りの風に吹かれて。

そして真夜中の鐘が鳴るあいだ、
焼き上がり、パチパチはぜる黄色いパンが
　取り出されるとき、

煙ですすけた梁の下で
香ばしいパンの皮とコオロギたちが
　歌をうたうとき、

この熱い穴が命を吹き込むとき、
ボロ着の下で
　彼らの魂はうっとりして、

もう一度ちゃんと生きている気がするのだ、
霧氷に覆われた哀れなちびっ子たち！
　——なんと彼らはそこにいる、全員が、

小さな薔薇色の鼻面を金網にはりつけて、
穴のあいだで、何かの文句を
　歌いながら、

だが、とても低い声で、——まるで祈りのように…
再び開いた天空の
　あの光のほうへからだを折り曲げて、

――あまりに強くやったものだから、ズボンは破け、
――白いおしめが、冬の風に
かすかに震えている…

〔一八〕七〇年九月二十日

# 小説

## I

十七歳にもなれば、真面目なんかじゃいられない。
――美しい晩には、ビールの小ジョッキもレモネードも
シャンデリア輝く騒々しいカフェも糞くらえ！
――散歩道の緑の菩提樹の下を行くんだから。

六月の素敵な晩には、菩提樹はいい匂いがするよ！
時おり大気は甘く、瞼を閉じてしまうほど。
ざわめきに満ちた風は、――街は遠くはないんだ、――
葡萄の香りとビールの香りがする…

## Ⅱ

ほら、見えるだろ、小さな枝に囲まれた、
暗い空色をしたちっちゃな雑巾が、
不吉な星が縫いつけてあるが、小さくて真っ白なその星は
優しく震えながら溶けてゆく…

六月の夜！　十七歳！――ほろ酔い気分でいてやるさ。
精気はシャンパンでできているんだし、あんたの頭にかっとくる…
支離滅裂なことを喋って、唇には接吻を感じるのさ
そいつは小動物みたいにそこでぴくぴく震えている…

## Ⅲ

いろんな小説を横切って、狂ってしまったロビンソンの心、

——青白い街灯の明かりのなかを
ちょっといかした風情のお嬢さんが
父親の恐ろしげなカラーのかげに隠れて通り過ぎるとき…
それにあんたのことをとんでもなくうぶな男と思ったものだから、
小さな半ブーツで小走りに駆けながら、
女はすばやく、きびきびした動作で振り返る…
——そのときあんたの唇でオペラの歌曲が死んじまう…

## Ⅳ

あんたはぞっこんさ。八月までは予約済み。
あんたはぞっこんさ。あんたのソネは女を笑わせる。
友だちはみんないなくなり、あんたは悪趣味だというわけさ。
——それからある晩、憧れの君があんたに手紙をくれたんだ…！

——そんな晩には……——あんたは輝くカフェに戻って、
ビールの小ジョッキかレモネードを注文する……
——十七歳にもなれば、真面目なんかじゃいられない
それに散歩道で菩提樹が緑に色づくときには。

〔一八〕七〇年九月二十日

# 悪

砲撃の赤い痰が青空の無限のあちこちで
一日じゅうヒューヒュー音を立て、
緋色や緑の大隊が、自分たちを馬鹿にする王のそばで、
火のなかにどっと倒れていくのに、

恐ろしい狂気が、何十万もの人々を
押しつぶし、くすぶる死体の山に変えるのに、
——夏と、草と、おまえの喜びのなかにいる、哀れな死者たちよ！
自然よ！　おお、かつて敬虔にもこれらの人間たちをつくった汝よ！……

——ひとりの神がいて、ダマスク風の祭壇布や、
お香や、大きな黄金の聖杯に笑いかけたり、

讃歌《ホサナ》に揺られてまどろんでは、

それから目を覚ますのだ、母たちが、
不安のうちに身を縮め、古びた帽子のかげで泣きながら、
ハンケチにくるんで結わえた、でっかい銅貨を神に差し出すときには！

# 皇帝たちの憤怒

青ざめたその男は、花咲く芝生に沿って、
黒い燕尾服姿で、葉巻を歯にくわえて、歩いている。
青ざめた男はチュイルリーの花々のことに再び思いを馳せる
――そして時おり男のくすんだ目は熱っぽい眼差を帯びる……

だって皇帝のやつ乱痴気騒ぎの二十年にいまも酔っているのだから！
彼はかつてこう思っていた、《自由を吹き消してやる、
そっと慎重に、蠟燭みたいに！》
自由は蘇ったのだ！　やつは自分がへとへとに疲れきったと感じている！

皇帝は囚われの身なのだ。――おお！　物言わぬその唇の上でどんな名前が
おののいているのか？　どんな容赦のない悔恨が彼を責めさいなむのか？

人がそれを知ることはないだろう。皇帝の目は死んでいる。

皇帝はたぶん眼鏡をかけた相棒のことを思い返している……

——そして火のついた葉巻から、

サン－クルーでの夜々のように、青く細い雲が立ち昇るのを見つめている。

# 冬の間に夢見て

「彼女」……に

冬になれば、青いクッションつきの
　薔薇色の小さな客車に乗って出かけよう。
ご機嫌だろうよ。やわらかい客車の四隅には
　狂おしい接吻の巣ができる。

君は目を閉じ、窓ガラスを通して夕暮れの暗がりがしかめ面をするのを
　見まいとするだろう、
黒い悪魔と黒い狼の
　不機嫌で、下卑たあれらの怪物じみた姿を。

それから君はほっぺたを引掻かれた感じがするだろう…
軽い口づけが、狂った蜘蛛みたいに
　君の首のあたりを走るだろう…

するとは君は俺に言うだろう、《探して！》、首をかしげながら、
――この虫けらを見つけるには時間がかかるのさ
　――こいつは大いに旅をするのだから…

車中にて、〔一八〕七〇年十月七日

# 谷間に眠る男

緑繁る穴があり、そこで川の流れが銀色のぼろを
狂ったように草にひっかけて、歌をうたっている、
太陽が堂々たる山から輝き出す、
そこは日光に泡立つ小さな谷間だ。

若い兵士がひとり、口を開け、帽子もかぶらず、
うなじをみずみずしい青いクレソンに浸して
眠っている、兵士は草のなかに横たわり、雲の下、
光が雨のように降り注ぐ緑のベッドのなかで青ざめている。

グラジオラスのなかに足を突っ込んで、彼は眠っている。まるで病気の子供が
微笑むような笑みを浮かべて、彼はひと眠りしている。

自然よ、彼を暖かくあやしてやれ、彼は寒いのだ。
芳しい香りに鼻孔を震わせることもなく、
彼は太陽を浴びて眠っている、静かな胸の上に手を
置いて。右の脇腹には二つの赤い穴が開いている。

## 緑亭にて

### 夕方の五時

八日前から、石ころだらけの道のせいで
俺はブーツをぼろぼろにしていた。シャルルロワに戻るところだった。
——緑亭で、俺はバターを塗ったパン切れと半分冷えたハムを注文した。

うまい具合に、俺は緑色のテーブルの下に足を伸ばした。
俺はタペストリーのいかにも無邪気な絵柄を
眺めた。——すばらしかった、
馬鹿でかいおっぱいの、目をきらきらさせた娘が、

——この娘、キスしたくらいで怖がるようなたまじゃない！——
笑いながら、色のついた皿にのせて、

バターを塗ったパン切れと生ぬるいハムを運んできたときは、ひとかけらのニンニクで香りをつけたピンクと白のハムだった――それから娘は巨大なジョッキになみなみと注ぎ、その泡を時代遅れの陽の光が黄金に染めるのだった。

〔一八〕七〇年十月

# いたずら娘

ニスと果物の香りに満ちた
茶色の食堂で、俺はくつろいで
なんだかわからないベルギー料理の皿にかぶりつき、
大きな椅子にのびていた。

食べながら、俺は柱時計の音を聞いていた、——幸せな気分で、ぼおっとして。
風が吹き込み、調理場の扉が開く、
——すると女中がやって来た、なぜかは知らないが、
肩掛けは半分はずれ、いたずらっぽい髪型で

それから、薔薇色と白の桃みたいなビロードのほっぺたに
小さな震える指をあちこちはわせて、

子供っぽい唇でふくれっ面をしながら、

俺のそばに皿を並べてくれると、気分がいい。

——そうして、こんな風に、——もちろん、キスしてほしいのさ、——

小さな声で、《ねえ、臭いをかいでよ、あたし、ほっぺが冷たくなっちゃった…》

シャルルロワ、〔一八〕七〇年十月

# ザールブルックの輝かしい勝利

皇帝万歳！という叫びによって勝ち取られた勝利

まばゆい彩りのベルギーの版画はシャルルロワで三十五サンチームで売られている

まんなかには皇帝陛下、青と黄色のフィナーレのうちに、
けばけばしいお馬さんにまたがり、しゃちこばって退場する、
とってもご満悦で――だってすべてが薔薇色に見えるから、
ゼウスのように残忍で、パパのようにお優しい。

下のほうには、立派な兵隊さん、
金ぴか太鼓と赤い大砲のそばで昼寝を決め込んでいたのに、
おとなしく立ち上がる。ピトゥは上着を着ると、
陛下のほうに向き直り、お偉方の名前にうっとりだ！

右手にはデュマネ、シャスポー銃の銃床に
寄りかかり、ブラシで撫でつけた首筋が身震いするのを感じている、
そして《皇帝万歳!!》——隣のやつはびっくりして声も出ないまま…
軍帽が不意に現れる、黒い太陽みたいに…——まんなかでは、
赤と青の軍服姿のボキヨンが、とても無邪気に腹を突き出し
立ち上がると、——尻を見せながら——《何事だい?…》

七〇年十月

# 戸棚

それは彫りのある大きな戸棚、黒っぽいオーク材、
とても古くて、年寄りみたいに善良な姿をしていた。
戸棚は開けっ放しで、その影のなかに
大量の古い葡萄酒みたいに、人を魅きつける香りをまき散らしている。

なかはいっぱいで、古ぼけたガラクタの山、
臭いのする黄ばんだ下着、女や子供の
ぼろ着、色褪せたレース、
グリフォンが描かれたおばあさんの肩掛け。

——ロケット、白髪や金髪の房、肖像画、
果物の匂いが混じった匂いのするドライフラワーだって見つかるさ。

——おお、年代物の戸棚よ、おまえはいろんな話を知っている、
それにおまえは自分の話をしてみたいんだろ、だから
黒くて大きなおまえの扉がゆっくりと開くとき、おまえはかすかな音を立てるのさ。

# わが放浪
（幻想曲）

俺は出かけたものさ、破れたポケットに拳骨を突っ込んで、
俺の外套もまた非のうちどころのないものになっていた。
俺は大空の下をどんどん歩いた、ミューズよ！　それに俺はおまえの忠僕だった。
いやはや！　俺はなんと多くの輝ける愛を夢見たことか！

俺の一張羅のズボンにはでっかい穴があいていた。
――夢見る親指小僧の俺は、うろつきながら
韻をひねり出していた。俺の旅籠は大熊座にあった。
――空に輝く俺の星々はカサカサと優しい音を立てていた。

そして俺は道端に座って星々が語るのを聞いていた、

これらの九月の素敵な晩に、気つけの酒みたいに、
俺の額に夜露のしずくを感じていた、

幻想的な影のまんなかで韻を踏み、
俺は心臓のそばに片足を持ち上げて、
竪琴みたいに、おんぼろ靴のゴム紐をひっ張っていた！

# 鴉たち

主よ、草原が寒気に見舞われるとき、
取り壊された集落で、
お告げの鐘が黙り込んだとき…
しおれた自然の上に
大空から襲いかからせよ
うっとりするような愛しい鴉たちを。

厳しい叫びを上げる奇妙な軍団よ、
寒風がきみたちの巣を攻撃する！
さあ、きみたち、黄ばんだ河沿いに、
いくつもの古い十字架の立ち並ぶ街道の上に、
溝と穴ぼこの上に、

散り散りになっては、集結せよ！

一昨日の死者たちがそこに眠る、
フランスの野の上を、幾千となく群がって、
旋回せよ、そうではないか、冬になれば、
道行く人たちひとりひとりが思い返すように！
だから義務を叫ぶ者となれ、
おお、われらが不吉な黒い鳥よ！

だが、空の聖者たちよ、魔法をかけられた夕暮れに
まぎれた帆柱のようなナラの梢には、
五月の鶯たちを残しておくがいい
森の奥深く、逃れることもかなわぬ草葉の蔭に
未来のない敗北の
定めにつながれた者たちのために。

# 座り込んだ奴ら

嚢胞で皮膚は黒ずみ、あばた面で、目のまわりには緑の隈ができ、
イボだらけの指は大腿骨のあたりでこわばり、
頭蓋骨の前頭部にはりついた、どことなく邪険なところは
まるで古い壁がしみだらけになって花が咲いたよう。
奴らは癲癇みたいな愛に包まれて
自分たちの気まぐれな骨格を、奴らの椅子の黒く大きな骸骨に
接木した。奴らの足は佝僂病《くるびょう》の柵のところで、
朝も晩もからみあっている！

これらの老いぼれどもはずっと奴らの腰掛けにゆわえつけられて、
強烈な太陽が皮膚を綿布のように薄くするのを感じたり、
あるいは雪が溶ける窓ガラスに目をやっては、

蟇蛙の苦しげな震えのように震えている。

そして「腰掛け」は老いぼれどもには親切だ。茶色になるまで
古ぼけて、藁は奴らの腰の角度に合わせてたわんでいる。
古い太陽の魂は燃え上がる、穀粒の発酵した
あれらの麦穂の組み紐にしっかりくるまれて。

そして「座り込んだ奴ら」は、膝に歯をくっつけた緑色のピアニスト、
腰掛けの下の十本指は、太鼓の轟きに合わせて、
悲しい舟歌がぴちゃぴちゃ音を立てるのを聞いている、
そして奴らの頭は愛の横揺れのなかを進みゆく。

——おお！　奴らを立たすんじゃねえ！　難破しちまうぜ…
奴らは、ひっぱたかれた猫みたいに唸りながら、
ゆっくりと肩甲骨を広げながら突然頭を出す、おお、激怒してるぜ！
奴らのズボンはむくんだ腰のあたりですっかり膨らんでる。

そしてあんたらは聞いている、奴らが、黒ずんだ壁に
はげ頭をぶっつけて、ねじれた足を何度もタックルする音を、
そして奴らの服のボタンは野獣の瞳で、
廊下の奥からあんたらの目に襲いかかるのだ！

それから奴らには人を殺す日には見えない手が一本あるのさ。
見返すときの奴らの眼差からは、殴られた牝犬の
病気の目を満たすあの黒い毒液がしみ出て、
あんたらはむごたらしい漏斗にはまって汗まみれ。

また座り込んでは、拳骨を汚れた袖口に沈め、
奴らは自分たちを立ち上がらせた者たちに思いを馳せる、
そして明け方から夕べまで、扁桃腺の房が
貧相な顎の下で破裂するくらいにぶらぶら揺れ動く。

厳めしい眠気のせいで帽子のひさしがこっくり下がったとき、
奴らは、腕を枕に、孕ませた腰掛けの夢を見るのさ、
偉そうな書斎机をきっと縁取ることになる
赤ちゃん紐のついた椅子のちっぽけな真の愛の夢を。

コンマの形の花粉を吐き出すインクの花が
奴らをあやしている、うずくまった萼に沿って、
一列に並んだグラジオラスに沿って飛び回るトンボみたいに
——すると奴らの陰茎は穂先のひげにいらいらするのさ。

# 牧神の頭

金をまぶした緑の宝石箱みたいな葉叢《はむら》のなかに
はっきりしない、花を咲かせた葉叢のなかに
接吻の眠る輝ける花々、
鮮やかで、優美な刺繡を破裂させる、

おびえた牧神が目玉を二つのぞかせ
白い歯で赤い花々に嚙みつくと
古い葡萄酒みたいに茶色で血まみれの
その唇が枝の下で笑いはじける。

そして牧神が逃げ去るとき――まるで栗鼠のように――
その笑いは葉っぱごとになおも震え

そして一羽の鷽《うそ》にぎょっとした「森」の黄金の「接吻」が見えるのだが、森はひっそりと物思いにふけっている。

# 税官吏

こん畜生、と言う者たちや、とんでもない、と言う者たち、
兵士や、水兵や、帝国の残り滓や、退役軍人も
かたなしだ、まったくのかたなし、「条約の兵士」を前にしては、
奴ら、大鉈をふるって国境の蒼空を切り刻む。

パイプをくわえ、剣を手にし、深刻ぶって、飽きもせず、
牛の鼻面みたいに闇が森に涎を垂らす頃、
奴らはブルドッグの手綱を引いてお出かけだ、
夜陰に乗じてとんでもない馬鹿騒ぎをやらかすために！

奴らは現代の法をたてに牝の牧神たちを告発する。
ファウストとディアヴォロたちを捕まえる。

《そいつは駄目だ、年寄りども！　荷物をおろすんだ》

平静を装って若い娘に近づくときは、
税官吏の野郎、胸元の検査だけで満足する！
奴の手のひらに触れられた「違反者」たちは地獄行き！

# 夕べの祈り

床屋に髭をあたってもらう天使のように、俺は座ったままで暮らしている、
深い溝の入ったジョッキを握りしめ、
腹と首をそらせて、安物のパイプをくわえ、
帆のかすかなそよぎに膨らんだ大気の下で。

古びた鳩小屋のほかほかの糞のように、
俺のなかの千の夢が甘い火傷の跡をつける。
そして時おり俺の悲しい心は、溶けて漏れ出した
若くて暗い黄金が血で汚す白太《しらた》のようになる。

それから、入念に夢を飲み込むと、
俺は振り向いて、三十か四十杯のジョッキを飲み干して、

どうにもならない欲求を解き放とうと物思いに沈む。

大きなヒマラヤ杉と小さな柳薄荷《ヒソプ》の「主」のように心優しく、

俺は茶色の空に向かって小便する、とても高く、とても遠くに、

大きなヘリオトロープの同意を得て。

# パリの軍歌

春が来たのは間違いない、というのも
緑の領地の中心から
飛び立つティエール大統領とピカール自治大臣が
その華麗さを大きく広げたままにしておくからだ

おお、五月よ！　なんというとんでもない丸出しの尻どもなんだ！
セーヴル、ムードン、バニュー、アスニエールよ、
いいから聞けよ、待ちに待った客人が
春のあれこれを撒き散らす音を！

奴らにはシャコ帽とサーベルとタムタムがあるが、
古い蠟燭箱なんぞはお持ちでないし、

それに漕いだためしのないボートが
赤い水をたたえた湖をかき分けてくるのだ！

俺たちはかつてないくらい浮かれ騒いでいるのさ
特別な夜明けに
黄色いカボション宝石が
俺たちのあばら家の上にばらばらと落ちてくるんだから！

ティエールとピカールは能なしの色気違い、
ヘリオトロープの盗っ人だ、
石油を使ってコローばりの絵を描いている、
ほら見ろよ、奴らの部隊をコガネムシにしちまうぜ…

奴ら、いかさま大王とは大の仲良しだ！…
グラジオラスのなかに横たわり、ファーヴルの野郎
目をぱちぱちやって空涙を流し

胡椒でも嗅いだみたいに鼻を鳴らしてる！
おまえらが石油のシャワーを浴びせても
大都会の敷石は熱く焼けてるし、
どう考えても俺たちが
仕事にはげめとおまえらをどやしつけねばならないのだ…

そして長々としゃがみ込み
のうのうとしている田舎者たちは
赤い砲弾の飛び交うなかで
小枝が折れる音を聞くだろう！

# 俺のかわいい恋人たち

涙の香りのする蒸留水が
　キャベツ色の空を洗う。
涎を垂らす若芽を吹く木の下で、
　おまえらのゴム靴を

丸い涙の跡をつけた
　一風変わったお月様で白くして、
おまえらの膝当てを互いにぶつけ合わせろ、
　俺のブス女たちよ！

あの頃俺たちは互いに愛し合っていた、
　青い髪のブス女よ！

半熟卵を食ってたよな
　それからハコベを！

ある晩、おまえは俺を詩人だと言ってくれた、
　金髪のブス女よ。
ここまで降りて来い、俺の膝に乗せて
　鞭で打ってやるからさ。

俺はおまえの髪油を吐き出した、
　黒髪のブス女よ、
おまえは俺のマンドリンの弦を切っちまうだろう、
　おでこの線に沿って。

うっ！　からからになった俺の唾が、
　赤毛のブス女よ、
丸みを帯びたおまえの胸のくぼみで

いまも臭ってるぜ！

おお、俺のかわいい恋人たちよ、
どれほど俺はおまえらを憎んでることか！
おまえらの醜いおっぱいを
痛ましいボロ布で覆ってしまえ！

感情の詰まった俺の古い鉢など
踏みつぶしてしまえ。
——それっ！　しばらくは
俺のバレリーナでいてくれや！……

おまえらの肩甲骨が脱臼するぞ、
おお、俺の恋人たちよ！
びっこの腰を振りふりスター気取りで、
くるくる回転技でもやってみろ！

それでも俺が詩を書いたのは
　こんな羊の肩肉のためなのか！
俺はおまえらの腰の骨を折ってやりたい
　愛してやったんだからな！

落ちぶれたスターたちのさえない山よ、
　隅っこにすっ込んでろ！
——さもしい心配しょい込んで
おまえらは神のもとでくたばるんだ！

丸い涙の跡をつけた
　一風変わったお月様の下で
おまえらの膝当てを互いにぶつけ合わせろ、
　俺のブス女たちよ！

# しゃがみ込んで

ずっと遅くに、胃がむかむかする頃、
ミロテュス修道士は、天窓に目をやると、
そこから磨きあげた大鍋みたいに明るい太陽が照りつけて、
頭は痛むし、目はくらむし、
シーツのなかで坊主の太鼓腹をもぞもぞ動かす。

灰色の毛布の下で暴れ回ると、
震える腹に膝をくっつけ、
嗅ぎ煙草を飲み込むじいさんみたいにうろたえて、ベッドを降りる、
というのも、白いおまるの取っ手を握り締めて、
腰のあたりまでシャツをまくり上げねばならないからさ！

さて、寒がりの修道士、足の指を折り曲げて、うずくまり、
紙を貼った窓ガラスにブリオッシュの黄色を塗りたくる
明るい陽に照らされて、ぶるぶる震えている。
それからぎらつくラッカーみたいなやっこさんの鼻は、
肉でできた珊瑚のポリプ母体のように、陽の光にぐすぐすいわせている。

……………………………………

やっこさん、とろ火で煮られる、両腕をねじ曲げ、分厚い下唇を
腹にくっつけて。股ぐらが火のなかに滑り落ち、
股引が焦げ、パイプの火が消えるような気持ちがするのさ。
まるで臓物の山のように穏やかな腹のあたりで
小鳥のような何かがちょこっと動いている。

まわりでは、垢まみれのボロ着にまみれ、汚い腹を突き出して、
ぼうっとなった家具のガラクタの山が眠っている。
奇妙なヒキ蛙みたいな踏み台が、暗い隅っこで

縮こまっている。食器戸棚は、すさまじい食欲でいっぱいの
眠気のせいでだらしなく開いた聖歌隊みたいな口をあけている。

むかつくような暑さが狭い部屋を満たしている。
やっこさんの頭のなかにはぼろ切れが詰まったままさ。
ジトっとした肌に毛がのびる音が聞こえる、
そして時おり、すごく重々しいくらいに滑稽なしゃっくりをして、
ぐらぐらしている衝立をガタピシいわせながら逃亡する……

……………………………………………………

そして晩になると、尻のまわりに
光のにじみをつくり出す月の光を浴びて、
立葵のように、薔薇色の雪を背景に、
くっきりとした人影がひとつしゃがみ込む……
気まぐれに、鼻が深い空に金星を追いかける。

# 七歳の詩人たち

P・ドメニー氏に

そこで母親は、宿題帳を閉じると、
満足して、そしてとても誇らしげに出て行った、
青い目と、ひいでた額の下に
嫌悪にゆだねられた息子の魂を見ることもなく。

一日中、彼は服従の汗をかいていた、とても
頭が良かったが、それでも不吉な癖や、いくつかの表情が
内に秘めた苦い偽善を示しているようだった。
壁紙から黴の臭いがする廊下の暗がりで、
彼は通りすがりに、両方の拳骨を鼠径部に当てて、
舌を出し、それから閉じた目のなかに点々を見ていた。

日が暮れて扉が開け放たれると、ランプの光に照らされて、屋根からぶら下がった夕陽の入り江の下で、あの上のほうで、手すりにもたれてぶつぶつ言っている彼の姿が見えるのだった。特に夏などは、打ちひしがれて、馬鹿のようになり、彼は頑固にひんやりとした便所のなかに閉じこもっていた。彼はそこで静かに、鼻の穴をふくらませて物思いにふけるのだった。

昼の匂いを洗い流した、家の裏手にある小庭が、冬に、月光に照らされていたとき、彼は壁際に横たわり、泥灰土のなかに埋もれ、そして眩暈のする彼の目を押しつぶす幻をもとめて、汚らしい果樹墻がうごめく音を聞いていた。かわいそうに！　親しい者といったら、虚弱で、帽子もかぶらず、頬の上の目も白っぽく、泥で黒くなった黄色い痩せた指を下痢便の臭いのする服の下に隠し、みんなジジ臭くて、白痴みたいな甘ったるい口をきいて話をしていたあれらの子供たちだけだ！
そして、息子がけがらわしい同情にさらされる現場を目撃して、
母親が肝をつぶすとしても、子供の深い愛情は
この驚きに飛びかかるのだった。
それは良いことだった。母親の眼差は青かった、——嘘をついているのだ！

七歳で、彼は小説を書いていた、大いなる砂漠の
暮らしについて、そこではうっとりするような「自由」が輝いていた、
森、太陽、岸辺、サヴァンナ！——絵入りの新聞が
助けになってくれたが、彼は新聞のなかでスペインやイタリアの女たちが
笑うのを顔を赤らめて眺めていた。
茶色の目をして、いかれた、インド更紗の服を着たお転婆、
——八歳の、——隣の職人の娘がやって来て、
お下げ髪を振り乱しながら、片隅で彼の背中に飛びかかったとき、
彼女の下敷きになりながら、彼は尻に噛みついたものだ、
だって彼女はズロースなんてつけてはいなかったから。

——そして、彼女に拳骨と踵で打撲傷を負わされたけれど、
彼女の肌の味わいを部屋まで持ち返るのだった。
彼は十二月のどんよりした日曜日をこわがっていた、
それはポマードをつけて、マホガニーの円卓で、
キャベツのような緑色の小口の聖書を読む日だった。
寝台では夜毎いくつもの夢が彼の胸を締めつけていた、
彼は神ではなく、人間たちが好きだったが、鹿毛色の夕暮れどきに、
ジャンパーを着た、黒ずくめの彼らが場末の街に帰っていくのを眺めていた、
その街では、勅令を告げる町の役人が太鼓を三度どろどろ轟かせ、
告示の周りで群衆をどっと笑わせたり、ぶつぶつ不平を言わせたりしている。
——彼は愛の牧場を夢見ていたが、そこでは光り輝くうねりや、
健康にいい香りや、生え始めた金色の毛が、
静かに揺れ動き、そして飛び立つのだ!

それに彼はとりわけ陰気なものを好んで楽しむたちだったので、

鎧戸を閉ざした、家具のない、
天井が高くて青っぽい、ひどくじめじめした部屋で、
重苦しい黄土色の空と水浸しの森、
広がった星の森一面に咲く肉の花に溢れた、
絶えず心を離れない自作の小説を読むときには、
眩暈、崩壊、壊走、憐憫よ！
——下のほうで、町のざわめきが聞こえているあいだ、
——たったひとりで、継ぎはぎの生の布地の上に寝そべって、
烈しく帆船を予感するのだ！

一八七一年五月二十六日

# 教会の貧民たち

生温かい息にあたためられて悪臭を放つ教会の片隅で、
樫の木のベンチに押し込められて、
彼らすべての目は、金メッキに輝く内陣と、敬虔な讃美歌をわめく
二十の口を開けた聖歌隊のほうへ向けられる、

まるでパンの香りのように蠟燭の匂いを吸い込み、
幸せそうに、殴られた犬みたいに辱められて、
「貧民たち」は、守護聖人にして殿様である神さまに
滑稽で頑固な祈りを捧げている。

女たちにとって、ベンチをつるつるにするのはなんとも気持ちがいい、
神が彼女たちを苦しめた暗黒の六日間の後だから！

彼女たちは、死なんばかりに泣きわめくガキどもを
奇妙な毛裏のついたコートにねじ込んであやしている。

垢だらけの胸をはだけ、スープばかりを食ってるこれらの女たち、
祈りを捧げる目をしているが、けっして祈ってはおらず、
形のくずれた帽子をかぶったお転婆娘の一団が
反抗的な態度でこれ見よがしに歩き回るのを見ている。

外には、寒さ、飢え、のんだくれの亭主。
ここは快適。まだ一時間はあるわ。後は、名づけようのない苦しみだ！
――それでも、まわりでは、愚痴を言い、鼻声を出し、ひそひそ話をしている
喉の肉が垂れた婆さんたちが一揃い。

あれらのおびえ切った連中がそこにいる、それに癲癇病みたちも、
昨日、四辻でみんなが顔をそむけた連中だ。
そして時代物のミサ典書のなかに鼻を突っ込んで嗅ぎまわる、

犬に引かれて中庭までやって来たあれらの盲人たち。

そしてみんなが物欲しげで愚かな信仰を涎のように垂れ流し、
イエスに際限のない泣き言を並べ立てているのだが、
イエスは鉛色のステンドグラスに黄色に染まって、高みで夢を見ている最中だ、
邪悪なやせっぽちと意地悪な太鼓腹から遠く離れ、

肉とかび臭い布地の香りから遠く離れて、
むかつくような身振りの、衰弱しきった陰気くさい茶番劇。
――そして祈りは選りすぐりの言い回しに花を咲かせ、
そして神秘の気配が切迫した調子を帯びる、

そのとき、太陽が消える外陣のあたりには、ありきたりの絹の襞をつけ、
若づくりの微笑みを浮かべたお屋敷町のご婦人方がいて、
――おお、イエスよ！――肝臓を病んだ人たちが
黄ばんだ長い指を聖水盤に接吻させるのだ。

一八七一年

# 道化師の心臓

俺の悲しい心臓は船尾で涎を垂らす、
俺の心臓は安煙草でいっぱいだ。
奴らはそいつにぷぅーとスープをぶっかける、
俺の悲しい心臓は船尾で涎を垂らす。
どっと笑い声を立てる
兵隊の一団の冷やかしを浴びて
俺の悲しい心臓は船尾で涎を垂らす、
俺の心臓は安煙草でいっぱいだ！

男根をおっ立て、兵隊根性丸出しの
奴らの侮辱のせいで俺の心は堕落した！
夕暮れになると、男根をおっ立て、兵隊根性丸出しの奴らは一大絵巻を繰り広げる。
おお、アブラカダブラ、魔除けの波よ、
俺の心臓をとって、そいつを救ってくれ。
男根をおっ立て、兵隊根性丸出しの
奴らの侮辱のせいで俺の心は堕落した！

奴らが噛み煙草を切らせるときには、
どうすればいいのやら、おお、盗まれた心臓よ？
酔っ払いの繰言を聞かされるだろうよ、
奴らが噛み煙草を切らせるときには。
俺の胃はびっくりして飛び上がるだろうよ、
もしも俺の悲しい心臓を飲み込んだりしたら。
奴らが噛み煙草を切らせるときには、
どうすればいいのやら、おお、盗まれた心臓よ？

一八七一年五月

# パリの乱痴気騒ぎ
# または再びパリは大賑わい

おお、臆病者どもよ、さあ、着いたぞ！　停車場へ溢れ出ろ！
太陽はその焼けつく肺で拭い去ったのだ
ある晩、「野蛮人」たちに埋め尽くされたいくつもの大通りを。
そこは西方に腰をおろした聖なる「都」！

さあ！　火事がおさまるのを防ぐがいい、
河岸があり、大通りがあり、軽やかな青空に面した
家々があって、空は四方に広がり、
ある晩には砲弾が空を真っ赤に染めて星をちりばめた！
死んだ宮殿など板でできた犬小屋に隠しておけ！

おびえた昔日《せきじつ》はおまえたちの眼差を蘇らせる。
腰をくねくねさせて赤毛の女たちの一団がやって来た。
狂え、おまえらは、取り乱して、おどけていればいいのだ！

脂っこい食い物をあさるさかりのついた牝犬の群れ、
金ぴかの娼家からの叫び声がおまえらに要求する。飛べ！
食え！　深い痙攣をともなった喜びの夜がやって来た、
そいつは街のなかに降りてくる。おお、悲嘆にくれた酒飲みたちよ、

飲め！　強烈で気違いじみた光がとどき、
おまえらのそばに、輝く豪奢を探し回るとき、
遠くの余白に目をさまよわせ、身振りも、言葉もなしに、
おまえらはグラスのなかに涎を垂らそうとしているのではないのか？

飲み干せ、尻軽「女王」のために！
愚かで悲痛なしゃっくりの効力に耳を傾けろ！

灼熱の夜々に、文句たらたらの間抜け、じじい、操り人形、ゲスどもが
飛び上がる音を聞け！

おお、汚物でできた心臓、おぞましい口よ、
もっときばって働け、悪臭を放つ口よ！
これらのさもしいけだるさのための酒を、これらのテーブルに…
おまえらの腹は恥辱で溶けている、おお、「勝利者」どもよ！

素晴らしい反吐の臭いに鼻の穴を開け！
おまえらの首のロープを劇毒に浸せ！
おまえらの子供っぽいうなじに組んだ手をおろして
「詩人」はおまえらに言う、《おお、臆病者ども、気違いになれ！

おまえらは「女」の腹をまさぐっているのだから
「女」がひきつけを起こすのがまだ怖いんだな、
そいつは叫び、胸の上で、恐ろしい圧力で、

おまえらの醜悪なひな鳥たちを窒息させるのだ。

梅毒病み、狂人、王、操り人形、腹話術師たちよ、
いったい淫売のパリをどうすることができるというのか、
おまえらの魂とおまえらの肉体、おまえらの毒とおまえらのボロ着で？
おまえらは振り落とされるだろう、闘志むきだしの腐れ野郎よ！

そしておまえらがへばり、はらわたをさらして泣き言をいい、
脇腹が死に、狂ったようになって、おまえらの金を要求するとき、
戦闘用のごつい胸をした赤い遊女は
あっけにとられたおまえらを尻目に自分の厄介な拳骨をねじるだろう。

怒りに駆られておまえの足があんなに激しくダンスを踊ったとき、
パリよ！　おまえがあんなに多くの短刀の一撃を受けたとき、
おまえの明るい瞳のなかに、少しばかりの鹿毛色の春の優しさをとどめて
おまえが横たわるとき、

おお、苦悩の都、おお、瀕死の都よ、
おまえの蒼白さの上にその無数の扉を開いて、
「未来」のほうへと投げつけられた頭と両の乳房よ、
暗い「過去」が祝福するかもしれぬ都よ。

とてつもない苦しみのために再び催眠術をかけられた肉体よ、
おまえはだから恐ろしい命を再び飲むのだ！　おまえは感じる
おまえの血管に大量の蒼白い蛆虫が湧き出し、
そしておまえの明るい愛の上に冷ややかな指が這い回るのを！

それに悪いことじゃない。蛆虫、蒼白い蛆虫が
おまえの「進歩」の息吹を妨げることはないだろう、
星金《オール・アストラル》の涙が青い階段から落ちてきた女像柱《カリアチード》の目を
夜の吸血鳥が失明させなかったのだから。》

こんな風におまえが覆い隠されるのをまた見るのはぞっとすることだとはいえ、
ひとつの都を、緑の「自然」よりもっと臭う潰瘍には
けっして変えられなかったとはいえ、
「詩人」はおまえに言う、《おまえの「美しさ」は壮麗だ！》

嵐がおまえを至上の詩として聖別した。
諸力のとてつもない動きがおまえを救う。
おまえの営みは煮えたぎり、死は唸りを上げる、選ばれた「都」よ！
こもったラッパの音のまんなかに甲高い音を寄せ集めよ。

「詩人」は「汚辱に塗れた者たち」の啜り泣きを、
「徒刑囚たち」の憎しみを、「呪われた者たち」の叫喚を取り上げるだろう。
すると彼の愛の光線が「女たち」を鞭打つだろう。
彼の詩句は飛び跳ねるだろう。ほら！　そこだ！　悪党どもめ！

——社会よ、何もかもが元通りだ。——乱痴気騒ぎは

昔ながらの女郎屋で昔ながらのあえぎ声を上げて泣いている。
そして錯乱したガス灯が、赤く染まった壁際で、
蒼白い蒼穹にむかって不吉な炎を上げているのだ！

一八七一年五月

# ジャンヌ－マリーの手

ジャンヌ－マリーは丈夫な手をしている、
夏が日焼けさせた黒ずんだ手、
死人の手のように蒼ざめた手。
――それはジュアナの手なのか？

快楽の沼で
褐色のクリームをつかんだのか？
澄み渡った池に浮かぶ
月のなかに浸したのか？

魅惑の膝の上で静かに、
野蛮な空を飲んだのか？

葉巻を巻いたり、
　ダイヤの密売をしたのか？

聖母マリアの焼けつくような足の上で
黄金の花々をしおれさせたのか？
その掌のなかでほとばしり、眠るのは
ベラドンナの黒い血だ。

蜜腺をめざして、夜明けを青く染めながら、
ブンブン唸る双翅類の
狩りをする手なのか？
毒の上澄みをすくう手なのか？

おお！　伸びをするときに、
どんな「夢」がこの手をつかんだのか？
聞いたこともないアジアの夢、

ケンガヴァールの、それともシオンの夢か?
——これらの手はオレンジを売らなかったし、
神々の足の上で日焼けしたこともない。
これらの手は、目も見えぬ重たい赤ん坊の
おしめを洗ったことはない。

それは従妹の手ではなく、
瀝青《タール》に酔った太陽が
工場臭い焚き木のなかで焼き焦がす
おでこの大きな女工たちの手でもない。

それは背骨を曲げる手、
けっして痛めつけたりしない手だ、
機械よりも致命的で、
まるまる馬一頭よりも強力だ!

猛火のように揺れ動き、
そのすべての戦慄を振り払う、
それらの肉はマルセイエーズを歌い、
けっして「憐れみ給え《エレイソン》」は歌わない！

そいつはおまえたちの首を絞めるかもしれない、おお、邪悪な
女たちよ！　そいつはおまえたちの手をへし折るかもしれない、
貴族の女たちよ、白粉と紅にまみれた
おまえたちのおぞましい手を。

恋するこれらの手の輝きが
神の僕《しもべ》たちの頭蓋骨の向きを変える！
味わい深いその指骨に
大いなる太陽がルビーをはめる！

下層民のひとつのしみが
それらの手を昨日の乳房のように褐色に染める。
これらの「手」の甲は、
誇り高いあらゆる「叛徒」が接吻した場所なのだ！

それは蒼ざめたのだ、驚異の手よ、
愛をたたえた大いなる太陽のもとで、
機関銃のブロンズの上で、
蜂起したパリのいたるところで！

ああ！　時として、おお、聖なる「手」よ、
おまえたちの拳骨に対して、けっして酔いをさますことのない
俺たちの唇が震えて接吻する「手」よ、
明るい指輪をつけろと一個の鎖が叫ぶのだ！

そして俺たちの存在のなかには

奇妙な身震いが走る、時おり
おまえたちの指から血を流させて、
天使の「手」よ、おまえたちの日焼けの跡を消そうとするときには！

# 愛の修道女たち

輝く目をした若者、肌は褐色、
二十歳の美しい肉体はきっと裸で歩くにちがいない、
そしてペルシアでなら、銅の輪を額にはめた見知らぬ「精霊」に、
月の下で崇められたにちがいない、

血気にはやり、汚れのない暗い優しさがあり、
もともとの頑固を誇り、
ダイヤモンドの寝床を輾転反側する夏の夜の涙、
若い海にそっくりだ。

若者は、この世の醜さを前にして
大いに苛立った心のなかで身震いする、

そして永遠の、深い傷に覆われて、
己れの愛の修道女を求めはじめる。

だが、臓物の山、優しげな憐れみ、おお、「女」よ、
おまえはけっして愛の修道女などではない、けっして、
黒い眼差でも、赤茶色の影がまどろむ腹でも、
軽やかな指でも、見事な形をした乳房でもない。

巨大な瞳をして、目覚めることのない盲人よ、
俺たちのどんな抱擁もひとつの問いにすぎないのだ。
乳房をぶらさげて、俺たちにぶらさがるのはおまえだ、
俺たちはおまえをあやす、魅力的で重々しい「情熱」よ。

おまえの憎しみ、おまえの動かしようのない無気力、おまえの弱さ、
そしてかつて耐え忍んだ暴力、
おまえは俺たちにすべてを返す、おお、「夜」よ、だが悪意はなしに、

まるで毎月溢れ出す過剰な血のように。

——一瞬だけ抱いた女が、彼をおびえさせるとき、
「愛」、生の呼び声にして行動の歌よ、
緑のミューズと熱烈な正義の女神がやって来て、
いかめしい妄想で彼を引き裂くのだ。

ああ！　たえず光輝と静けさに飢え、
情け容赦のない二人の修道女に見捨てられ、甘い言葉で
養い親の腕をもつ科学に愚痴をこぼし、
彼は花咲く自然に血のしたたる額を向ける。

だが黒い錬金術と聖なる研究は、
この傷ついた若者、思い上がった暗鬱な学者に嫌悪を催させる。
彼は耐え難い孤独が自分を踏みつけにしていくのを感じる。
だから、つねに美しく、棺に嫌悪を覚えることもなく、

どうか彼が、気宇壮大な目的、
「真理」の夜々を貫く、途方もない「夢」や「逍遥」を信じ、
そして病んだ自らの魂と四肢のうちにおまえに呼びかけんことを、
おお、謎の死神よ、おお、愛の修道女よ。

一八七一年六月

# 母音

A《アー》は黒、E《ウー》は白、I《イー》は赤、U《ユー》は緑、O《オー》は青。母音よ、
俺はいつかおまえたちの隠れた誕生を語るだろう。
A、耐え難い悪臭のまわりでブンブン唸る
色鮮やかな蠅たちの毛むくじゃらの黒いコルセット、

影でできた入り江よ。E、靄とテントの純真さ、
誇らしげな氷河の槍、白い工たち、散形花序の震えよ。
I、緋色、吐き出した血、
怒り、あるいは悔悛の陶酔のなかの、美しい唇の笑いよ。

U、循環、緑がかった海原の神々しい振動、
動物の点在する荒れた放牧地の平和、勤勉な

広い額に錬金術が刻む皺の平和よ。

O、奇妙な鋭い響きに満ちた至上の「ラッパ」、
「諸世界」と「天使たち」のよぎる静寂よ。
——O「オメガ」、「かの人の目」の紫の光線よ！

〔星はおまえの耳のまんなかで……〕

星はおまえの耳のまんなかで薔薇色の涙を流した、
無限はおまえのうなじから腰にかけて白く転がった
海はおまえの朱色の乳房で赤茶色の雫となった
そして「人間」はおまえの至高の脇腹で黒い血を流した。

# 正義の人

「義人」はがっしりとした腰つきで姿勢を崩さなかった。
一筋の光線が彼の肩を黄金に染めていた。汗が
俺をとらえた、《おまえは流星がきらめくのを見たいのか？
それから、立ったままで、乳色の星々の月経が、
それに小惑星群がブンブン唸るのを聞きたいのか？

《夜の茶番によっておまえの額は見張られている、
おお、「義人」よ、軒下に入らねばならない。おまえの祈りを口にしろ、
罪を償ったおまえのシーツにそっと口を埋めて、
そしてもしどこかの迷える者がおまえの戸口を傷つけるなら、
言ってやれ、兄弟よ、あっちへ行きな、俺は片輪者なんだ！》

そして「義人」は立ったままだった、太陽が死んだ後の
芝生の青味がかった恐怖のなかで。
《それじゃあ、おまえさんは、自分の膝当てを売り出そうっていうのかい、
おお、じいさんよ？　聖なる巡礼者！　アルモールの吟遊詩人よ！
橄欖《オリーヴ》山の泣き男！　憐れみが手袋をはめた手よ！

《家の髭面と都の拳骨男、
とても柔和な信心家よ。おお、聖杯のなかに落っこちた心臓、
尊厳と美徳、愛と盲目、
「義人」よ！　牝の猟犬よりも愚かで嫌な野郎だ！
俺は苦しみ、叛逆した者なのだ！

《腹ばいになって泣いちまうぜ、おお、間抜けめ、
それに笑わせるぜ、おまえの許しへの名高い希望など！
俺は呪われているんだ、いいか！　俺は酔っ払いで、気違いで、青ざめている、
おまえの望みどおりにな！　いいから寝に行けよ、さあさあ、

「義人」よ！　おまえの麻痺したおつむに用などないわ。
《おまえこそ「義人」、とにかく「正義の人」だ！　もうたくさんだ！
たしかに穏やかなおまえの優しさと理性は
鯨のように夜のなかでクンクン鼻を鳴らしている！
たしかにおまえは追放され、壊れた杖の握りにもたれて
挽歌をぺちゃくちゃ喋っている！
《おまえこそ神の目だ！　卑怯者！　神の足の
冷たい足裏が俺の首の上を通り過ぎるかもしれないとき、
おまえは臆病風を吹かせている！　おお、おまえの額はシラミの卵がうようよしてる
ぜ！
ソクラテスたちとイエスたち、「聖人」たちと「義人」たち、吐き気がするぜ！
血まみれの夜の至高の「呪われた者」を尊敬するがいい！》
俺は大地の上でそれを叫んでいたのだった、そして夜が、

静かな白夜が、俺が熱に浮かされているあいだ空を領していた。
俺は再び額を上げた。亡霊は逃げ去っていた、
俺の唇のむごたらしい皮肉を奪い去って…
――夜の風よ、「呪われた者」のもとにやって来い！　この男に語れ！

そのあいだにも、蒼穹の柱の下で静まり返り、
災害のない巨大な動きである、
彗星の尾と宇宙の結び目を長く伸ばしながら、
永遠の夜警である秩序は、光り輝く空に船を漕ぎ、
燃え盛る浚渫《しゅんせつ》船から星屑が飛び去るにまかせている！

ああ！　あんな奴は行っちまえ、恥辱に
喉を締めつけ、ずっと俺の倦怠を反芻して、
虫歯にしみる砂糖みたいに甘ったるい奴だ。
――獰猛なワンワンに襲われた後、
食いちぎられたはらわたが垂れ下がる脇腹をなめている牝犬みたいに。

ほざくがいい、垢にまみれた慈善やら進歩やらを……
——俺は太鼓腹の支那人たちのあれらすべての目が大嫌いだ、
それから死にかけの大勢の子供たちのように、ナナと舌足らずに歌う奴、
突然歌い出す甘ったるい間抜けどもが。
おお、「義人」たちよ、俺たちは砂でできたおまえたちの腹に糞をしてやる！

# 花々に関して詩人に言ったこと

テオドール・ド・バンヴィル氏に

## I

こうして、ずっと、そこでトパーズの海が揺れる
黒い蒼穹に向かって、
「百合」たちが、あれらの恍惚の浣腸が、
おまえの夕暮れのなかで仕事をするだろう！

われらがサゴ椰子の時代に、
「植物」たちが労働者となるとき、
「百合」はおまえの敬虔な「散文」のなかから

青い嫌悪を飲むだろう。

――ケルドレル氏の百合、
一八三〇年の十四行詩《ソネ》、
撫子《なでしこ》と葉鶏頭《はげいとう》とともに
「吟遊詩人《ミンストレル》」に授けられる「百合」！

百合！　百合！　どこにあるっていうんだ！
なのにおまえの「詩句」のなかで、
そっと歩む「女の罪びと」たちの袖のように、
いつもこれらの白い花々が震えている！

いつも、親愛なる人よ、おまえが水浴するとき、
脇の下が金色になったシャツが、
けがらわしい勿忘草《わすれなぐさ》の上を吹き渡る
朝のそよ風にふくれ上がる。

愛がおまえの入市税として渡すのは
リラの花だけ、——おお、くだらない話さ！
それに「森」の「菫」、
黒い「ニンフ」たちの甘ったるい唾だけだ！……

Ⅱ

おお、「詩人」たちよ、たとえおまえたちが
「薔薇」を、月桂樹の茎の上で赤く咲き、
千のオクターヴではれ上がった、
むくんだ「薔薇」を持とうとも！

たとえ「バンヴィル」が、
血に染まり、くるくる回る薔薇を雪のように降らせて、
悪意に満ちた読者たちの

異邦人の狂った目を殴りつけようとも！
おまえたちの森とおまえたちの牧場、
おお、なんとも平和な写真だ！
「植物種」は、ほとんど
カラフの栓のようにいろいろある！

いつもフランスの植物ばかり、
気難しくて、肺病病みで、滑稽だ、
黄昏時には短足犬の腹が
そこを静かに行き来する。

いつも、青い蓮やヒマワリの
おぞましいデッサンの後には、
聖体拝領する若い娘のための
聖なる主題の、薔薇色の版画！

「アソカ樹の頌歌」は、
娼婦の窓辺に聞こえる詩節と調子を合わせ、
重々しい派手な蝶々は
「雛菊」の上に糞をする。

古びた草木に、古臭い飾り章！
おお、植物のクッキー！
古めかしいサロンの幻想的な花々！
――黄金虫向きだが、ガラガラ蛇向きじゃない、

泣きじゃくる植物の赤ん坊は
グランヴィルなら森のはずれに捨てただろうが、
ひさしのついた性悪な星々が
色とりどりの乳を飲ませたのだ！

そうとも、牧人笛から垂れたおまえたちの涎が
貴重なブドウ糖をつくり出す！
——古びた帽子のなかには沢山の炒りタマゴ、
百合とアソカとリラと薔薇！……

Ⅲ

おお、白い「狩人」よ、おまえは靴下もはかずに
パンの神の荒地を駆け抜けるが、
おまえは少しは植物学を
知っておくことはできないのか、知っておくべきではないのか？

おまえが赤茶色の「蟋蟀《こおろぎ》」の次に
「斑猫《はんみよう》」をもち出すのじゃないかと俺は恐れている、
ラインの青の次にリオの黄金を、——
要するに、ノルウェーの次にフロリダを。

だけど、親愛なる人よ、「芸術」とは、いまじゃ、
――それが真実だ、――驚くべきユーカリの樹に
六脚の詩句の大蛇を
認めることではない。

ほら!…　あたかも「マホガニー」は、
われらがギヤナにおいてさえ、
尾巻猿の滝や、蔓植物の重たい錯乱にしか
役立たないかのようだ!

――結局のところ、「花」というのは、「ローズマリー」であれ、
「百合」であれ、生きていようと死んでいようと、
海鳥の糞ほどの値打ちがあるのだろうか?
蠟燭のひと滴の涙ほどの値打ちがあるのだろうか?

――それに俺は自分が言いたいことを言ったまでだ！
おまえは、まさにむこうの竹の「小屋」のなかに
座り、――鎧戸を閉め、
褐色のインド更紗の垂れ幕を引いて、――
常軌を逸したオワーズ河にふさわしい
満開の花をぞんざいにでっち上げるだろう！……
――詩人よ！　それこそ尊大にして
滑稽な理屈なのだ！……

Ⅳ

語れ、ものすごい反乱で黒く埋まった
春の大草原ではなく、
煙草や、綿の木のことを！
異国の収穫のことを語れ！

語れ、ポイボスに焼かれた白い額よ、
ハバナのペドロ・ヴェラスケスには
何ドルの年金が支払われるのかを。
白鳥が幾千となく行き交う

ソレントの海など糞まみれにしてやれ。
おまえの詩節などただの広告になればいい、
ヒュドラと波が掘り起こす
切り倒されたマングローブの山のために！

おまえの四行詩は、血まみれの森深くわけ入り、
白砂糖と、咳止めに効く植物と、ゴムといった
いろんな題材を「人間」たちに
提供するために戻ってくる！

「おまえ」を通して知ろうじゃないか、熱帯近くの
雪を頂く「尖峰」の金色の輝きが
産卵する昆虫なのか、それとも
顕微鏡でしか見えない地衣類なのかどうかを！

見つけろ、おお、「狩人」よ、俺たちはそれを望んでいる、
幾株かの芳しい茜草を、
ズボンを履いた「自然」が
それを開花させるのだ！——われらが「軍隊」のために！

見つけろ、眠れる「森」のはずれで、
鼻面にも似た花々を、
そこから黄金のポマードが涎を垂らしているのだ、
「水牛」の黒ずんだ髪の上に！

見つけろ、「青空」を背に銀色に覆われた繊毛が揺れる

狂った草原で、
精油のなかで煮え立つ
火の「卵」のつまった萼を！

見つけろ、綿毛に覆われた「アザミ」を、
燠火のように燃える目をした十頭のロバが
一生懸命その結び目を紡いでいる！
椅子でもあるような花々を見つけろ！

そう、黒い鉱脈のまんなかに見つけろ
ほとんど石になった花々を、——名高い花々だ！——
それらには、硬いブロンドの子房の近くに
宝石をちりばめた扁桃腺がある！

俺たちに出してくれ、おお、食わせ者よ、おまえにはできる、
素晴らしい朱色の皿にのせて、

俺たちの合金《アルフェニード》の銀匙を腐蝕させる
甘ったるい「百合」の煮込みを！

V

誰かが、暗い「免罪符」の盗っ人である
大いなる愛を語るだろう。
だがルナンも、ムル猫も、
巨大な「青い酒神杖《テイルス》」など見たことがない！

おまえはといえば、俺たちの麻痺状態のなかに
香料によってヒステリーをつくり出せ。
マリアたちよりもっと純真な
純真さに向かって俺たちを掻き立てろ…
商人よ！　入植者よ！　霊媒よ！

おまえの「脚韻」は、薔薇色や白色になって、湧き出るだろう、
ナトリウムの光線のように、
溢れ出るゴムのように！

おまえの黒い「詩篇」から、――吟遊詩人よ！
白と緑と赤の屈折光学から、
奇妙な花々と
電気の蝶々を逃げ出させろ！

ほら、来たぞ！　いまこそ地獄の「世紀」だ！
だから電信柱は
いまにも飾り立てようとしている、――鉄の歌を奏でる竪琴よ、
おまえの見事な肩甲骨を！

とりわけ、馬鈴薯の病についての
解釈を詩に詠むがいい！

——そして、神秘に満ちた「詩篇」を
書くためには、
トレギエからパラマリボまで読まなくてはならないし、
フィギエ氏の何巻かを買い戻すがいい、
——挿絵入りで！——アシェット書店刊だ！

アルシド・バヴァ
A・R
一八七一年七月十四日

# 最初の聖体拝領

まったく、こんなことは馬鹿げている、これらの村の教会では、
十五人の醜い子供たちが柱に垢をこすりつけながら、
靴が蒸れて臭う奇怪な黒ずくめの男が
喉を鳴らしてありがたいお説教を喋るのに耳を傾けている。
だが太陽が、葉叢ごしに、
不揃いなステンドグラスの古びた色彩を目覚めさせる。

石からはいつも母なる大地の臭いがする。
重たく垂れる麦穂のそばや、黄土色の小道には、
プラムが青い実をつけたあれらの日焼けした灌木があり、
黒い桑と野薔薇が絡み合っていて、
荘厳にざわめくさかりのついた田園のなかに、

君たちはこれらの泥だらけの石の山を見るだろう。

百年ごとに、これらの納屋は
水色と凝乳色の塗料によって尊敬すべき姿に変わる。
聖母像や藁を詰めた聖人のそばでは、
グロテスクな神秘の気配がはっきりしているとしても、
旅籠と家畜小屋の臭いがぷんぷんする蠅たちは
日当たりのいい床で蠟をたらふく食っている。

子供はとりわけ家に尽くす義務がある、家族に、
あれこれ素朴な心遣いや、人をへとへとにさせる立派な仕事をする義務が。
彼らは、キリストの「司祭」がその霊験あらたかな指を押しつけた皮膚が
うじうじするのを忘れて、外へ出てゆく。
これらすべての日焼けしたおでこを日向に放っておいてもらうために、
人はクマシデの陰になった屋根の費用を「司祭」に払っている。

最初に着る黒い服、タルトのもらえる一番すてきな日、
ナポレオンや少年鼓手の肖像の下には、
ヨセフとマルタが溢れんばかりの愛をもって
舌を出している彩色画があり、
科学の日が来れば、それに二つの地図が加わるのだが、
これらの甘美な思い出だけが彼にとっては大いなる「日」の名残りなのだ。

娘たちはいつも教会に行く、ミサや晩禱の歌をうたった後で
恰好をつけている若者たちから
あばずれ娘などと呼ばれるのを聞いてご満悦だ。
いずれ駐屯部隊のしゃれた服を着ることになっている彼らは、
新調した服を着て、カフェで有力な家系をあざけったり、
ぞっとするような唄をわめきちらしたりしている。

そのあいだ、「坊さん」は子供たちのために
いろんな絵を選んでやる。晩禱が終わって、畑に出ると、

大気が遠くのダンスの鼻にかかった音に満たされるとき、
彼は、天のご加護にもかかわらず、
足の指が大喜びして、ふくらはぎがステップを踏むのを感じるのだ。
——夜がやって来る、黄金の空に上陸する黒い海賊が。

Ⅱ

「司祭さま」は、場末の町やお屋敷町から集まってきた
公教要理の生徒たちのなかで、
悲しい目をした、黄色いおでこの、
あの見知らぬ少女に特に目をかけた。両親はおとなしい門番らしい。
《大いなる「日」に、神は公教要理の生徒たちのなかからあの額に徴《しるし》をつけられ、
その上に聖水を雪のごとく降らせるであろう。》

Ⅲ

大いなる「日」を明日にひかえて、その子は病気になった。
葬儀のざわめきに包まれた高い教会にいるときよりもひどい
身震いがまず襲ってきた、──ベッドが味気ないわけではない──
人間業ではない身震いが舞い戻る、《あたし死ぬんだわ…》

そして、愚かな姉たちから愛を盗むみたいに、
彼女は打ちのめされ、両手を心臓の上に置いて、
天使たちとイエスたちと輝く聖母たちを数えるのだが、
静かに、彼女の魂は自らを征服する者のすべてを飲み干したのだ。

主よ！……──ラテン語の語尾のなかで、
波紋のように緑色に輝く空が、朱色に染まった「額」を浸し、
そして天上の胸から滴る浄らかな血のしみをつけた
雪のように白い大きな布がいくつもの太陽の上に降りてくる！

──現在と未来の純潔のために、

彼女は汝の「赦免」のさわやかさに食いつく、
だが、白睡蓮より、ジャムよりもっと、
汝の許しは冷ややかだ、おお、「シオンの女王」よ！

Ⅳ

それから聖母はもはや書物の処女《おとめ》にすぎなくなる。
神秘的高揚は時おり壊れてしまう…
すると心に浮かぶのは、倦怠によって銅メッキをされた
貧相な画像、むごたらしい彩色画と古ぼけた木版だ。

どことなく淫らな骨董品が
純潔を青く染めた夢をおびやかし、
イエスがその裸体を覆っている布切れ、天上のチュニカのまわりで、
夢は不意をつかれたのだ。

彼女は願う、それでも彼女は願う、魂が悲嘆にくれ、
鈍い叫びにうがたれた枕に額を埋めようとも、
優しさの至上の輝きがもっと長く続かんことを、
そして涎を垂らし……――家と中庭は影に満たされる。

そして子供にはもうどうにもできない。彼女はからだを動かし、
腰をそらせ、片手で青いカーテンを開けると、
ひんやりとした部屋の空気をシーツの下に少しだけ入れてやる、
ほてった腹と胸のほうへ……

V

目が覚めると、――真夜中だ、――窓は白んでいた。
月光に照らされたカーテンの青い眠りを前にして、
日曜日の純真さの幻が彼女をとらえた。
彼女は赤い夢を見ていた。彼女は鼻血を出していた。

そして自分がほんとうに純潔で、か弱いものである気がして、
自らの蘇った愛を神のうちに味わうために、
彼女は夜を渇望した、甘美な空の目の下で、それを占っては、
心が高まり、また静まる夜を。

すべての若々しいときめきを灰色の沈黙に浸す
触れることのできない聖母のような夜を渇望した。
血を流す心が叫びのない反逆を証人もなく吐き出す
烈しい夜を彼女は渇望した。

そして彼女が生贄にして幼な妻になり、
蠟燭を手に、上着が干してあった中庭に
白い亡霊のように降りていくのを、そして
屋根から黒い亡霊たちを起き上がらせるのを彼女の星は見た。

## VI

彼女はその聖なる夜を便所のなかで過ごした。
蠟燭のほうへ向かって、屋根の穴に白い大気が流れ込んでいたし、
赤黒い色をした伸び放題の葡萄が
隣の中庭のこちら側に崩れかかっていた。

天窓が中庭にハート型の強い光をつくり出し、
低い空が中庭の窓ガラスに朱色を帯びた黄金を張りつけていたし、
洗濯水の臭いのする敷石が、
黒い眠りの詰まった壁の影に耐えていた。

…………………………………………………………

## Ⅶ

これらの物憂さとこれらの汚らわしい憐れみを、
そして憎しみゆえに彼女の心に去来するものをいったい誰が口にするだろう、
おお、神の労働がまだその世界を歪めている卑劣な気違いどもよ、
癩が最後にこれらの甘美な肉体を蝕むだろうときに？

……………………………………………………

## Ⅷ

そしてそのとき、すべてのヒステリーの結ぼれを抑え込んだので、
彼女はいずれ目にするだろう、幸福のもつ悲しみのかげに、
愛を交わした夜が明けると、苦しみながら、
恋人が白い無数のマリアを夢見るのを。

《あたしがあなたを死なせたのをわかっているの？　あたしはあなたの口も、
心も、すべてを、あなたたちのもっているものすべてを奪ったのよ。
それにあたしは病気なの。おお！　あたしを寝かせてちょうだい、
夜の水をたっぷり含んだ死者たちのあいだに！

《あたしはとても若かったのに、キリストはあたしの息を汚した。
喉元まで嫌な思いを詰め込まれたわ！　羊毛のようなあたしの深々とした髪に
あなたは接吻していたし、あたしはされるがままになっていた…
ああ！　ほんとうに、そんなことがあなたたちにとっていいことなのね、

《男たちよ！　最も愛に溢れた女とは、おぞましい恐怖を意識しながらも、
一番の売春婦であり、最も苦しんでいる女であって、
あなたたちに対するあたしたちの心の高ぶりは
何かの間違いであることをあなたたちは思ってもみない。

《だってあたしの最初の聖体拝領はちゃんとすんだのだから。

あなたの口づけなんか、あたしにはけっして知りえないことだった。
あたしの心とあなたのからだに抱かれたあたしのからだは、
イエスの腐った口づけでむずむずしているわ！》

IX

そのとき腐った魂と悲嘆にくれる魂は
おまえの呪いが溢れ出るのを感じるだろう。
——死に向かって、正しい情熱から逃れ去り、
彼らは侵されたことのないおまえの「憎しみ」の上に横たわるだろう。

キリストよ！　おお、キリスト、気力を奪う永遠の泥棒よ、
恥辱と頭痛のせいで地面に釘づけにされ、
あるいはひっくり返された、苦しみの女たちの額を
二千年もの間、汝の蒼白さに捧げた神よ。

一八七一年七月

# シラミを探す女たち

子供の額が、紅潮した痛みでいっぱいになり、
はっきりしない夢の白い群れにこいねがうと、
ベッドのそばに、チャーミングな二人の姉がやって来る、
銀色の爪の、華奢な指をして。

姉たちは子供を窓辺に座らせる、
窓は大きく開け放たれて、青い大気が群れ咲く花々を浸している、
そして露のしたたる子供の重たい髪のなかに
恐ろしくて、うっとりするような、ほっそりとした指をさまよわせる。

子供は彼女たちのおずおずとした息づかいが歌うのを聞いている、
草花の、薔薇色をした蜜の香りがずっとしている歌を、

そして時おりそれはヒューという音で途切れるが、
唇の上の唾を飲み込むのか、それとも接吻がしたいのか。

子供にはかぐわしい静けさのもとで黒い睫毛がしばたく音が聞こえる、
電気を帯びた優しい指が、
子供の灰色のけだるさのあいだでパチパチ音を立てさせる、
彼女たちの堂々とした指の下で、小さなシラミたちの死に。

ほら、子供のうちに「怠惰」の酒が、
気が狂うようなハーモニカの溜息が満ちてくる、
子供は感じている、ゆっくりとした愛撫にしたがって、
泣きたい気持ちが絶えず湧き上がっては消えてゆくのを。

# 酔いどれ船

泰然たる「大河」を下るとき、
俺にはもう船曳きに導かれている気はしなかった。
金切り声を上げるインディアンたちが船曳きたちを標的にしたのだ、
色とりどりの柱に裸のまま釘づけにして。

フランドルの麦やイギリスの綿花を運ぶ俺は、
乗組員のことなど気にかけてはいなかった。
わが船曳きとの騒動が終わると
「大河」は望むところに俺を下らせた。

バシャバシャと潮の猛り狂った波音に揺られ、
いつかの冬、子供たちの頭脳よりも聞きわけのない俺は、

走ったのだ！　纜《ともづな》を解かれた「半島」にも
これほど勝ち誇った混乱を耐えたためしはない。

嵐はわが海上での目覚めを祝福した。
コルク栓より軽やかに、俺は踊った、
犠牲者を永遠に転がすという波間に、
十日の間、角灯のうつけた目を懐かしむこともなく。

子供たちにとって酸っぱいリンゴの果肉よりもなお甘い
緑の水はわが樅の船体に浸み渡り、
舵と錨を蹴散らして、
安酒のしみと反吐を俺から洗い流した。

そしてそれ以来俺は、星々を注がれ、乳色をして、
緑がかった蒼穹を貪り食らう「海の詩」にわが身を浸した、
そこには蒼ざめて恍惚とした浮遊物、

物思わしげな溺死体が時おり流れ着く。

日中の真っ赤な輝きの下の
錯乱と緩慢なリズム、あの青を突然染め上げて、
そこにはアルコールよりも強く、俺たちの竪琴よりも広大な
愛の苦い赤茶色が沸き立っている！

俺は知っている、稲妻に裂ける空を、そして竜巻を、
怒濤と潮の流れを。俺は知っている、夕暮れを、
高揚する「夜明け」と鳩の群れを、
そして俺は時おり人が見たと信じたものを見たのだ！

俺は見た、神秘の恐怖のしみをつけ、
大昔の芝居の役者たちにも似た、
紫色の長い凝結を輝かせる低い太陽を、
遠くで鎧戸の戦《おのの》きを転がす浪を。

俺は夢見た、まばゆい雪の舞う緑の夜を、
ゆっくりと海の目の高さにまで立ち上がる接吻を、
未聞の精気の循環を、
燐光のような歌い手の黄色と青の目覚めを！

俺は従った、何ヵ月ものあいだ、ヒステリーを起こした牛舎にも似た
暗礁に襲いかかるうねりに、
マリアたちの光り輝く足が
喘ぐ大海の鼻面をこじあけることができるとは思いもよらずに。

俺はぶつかった、いいか、人肌をした豹たちの目を
花々に混ぜる信じがたいフロリダに！
水平線の下で、青緑の羊の群れに
手綱のように張り渡された虹に！

俺は見た、簗《やな》となった巨大な沼が発酵し、
藺草《いぐさ》のなかで怪獣リヴァイアサンがまるごと一頭腐乱するのを！
べた凪のまんなかで水が崩れ落ち、
遠景が深淵に向かって滝となって流れ落ちるのを！

氷河、白銀の太陽、真珠の波、燠火の空！
褐色の入り江の奥にはいまわしい座礁、
そこに南京虫に食われた巨大な蛇が
ねじくれた木から黒い香りを放って落ちてくる！

俺は子供たちに見せてやりたかった、青い波間のあれらの鯛《へだい》を、
あれらの黄金の魚を、歌をうたうあれらの魚を。
——水泡《みなわ》の花々はわが漂流をあやした、
そしてえもいわれぬ風が時おり俺に翼を授けた。

時として、海はその啜り泣きで俺の横揺れを甘美なものにしていたが、

極地と圏域に倦み疲れた殉教者の俺に向かって、
黄色い吸盤のついた影の花々を持ち上げていた、
そして俺はひざまずいた女のようにそこにとどまっていた…

ほとんど島だ、そいつは俺の舷《ふなべり》の上で、
黄金色の目をしてわめきたてる鳥たちの呻き声と糞《ふん》を激しく揺さぶる。
そして俺が船を漕いでいたとき、俺のたよりなげな纜《ともづな》を通り抜けて、
溺死体が後ずさりしながら眠りに落ちていくのだった！

さて俺だが、暴風雨によって鳥の姿もない天空に投げ飛ばされ、
入り江の髪の毛の下で行方知らずになった船だ、
モニター艦とハンザの帆船といえども
水に酔っ払った俺の骸骨を引き上げはしなかっただろう。

自由気ままに、煙を吐き、紫の靄にまたがる俺は、
壁のように赤く染める空に穴をあけていた、

良き詩人たちにとっては美味なジャムである
太陽の苔と蒼空の鼻汁を宿し、

電気の爪半月のしみをつけ、黒き海馬ヒッポカムポスに護衛された
狂った板となって、走っていた、
七月が、棍棒を振り回して、
燃える漏斗をもったウルトラマリンの空をくずおれさせていたときも。

五十マイルの彼方で、さかりのついた怪獣べヘモトとメエルシュトロームの深い渦が
唸るのに気づいて、俺は震えていたが、
じっと動かぬ青を永遠に紡ぐ俺は、
古い胸壁の聳えるヨーロッパを懐かしんでいる！

俺は星辰の群島を見た！　そして
錯乱する空を航海する者に開く島々を。
——これらの底なしの夜のうちに、おまえは眠り、隠棲するのか、

数知れぬ黄金の鳥たち、おお、未来の「生命力」よ？

だが、ほんとうだ、俺は泣きすぎたのだ！　「夜明け」は痛ましい。
どんな月もむごく、どんな太陽も苦い。
手厳しい愛がうっとりするようなけだるさで俺の胸をいっぱいにした。
おお、わが龍骨よ、砕け散れ！　おお、俺は海に向かわねばならぬ！

俺がヨーロッパの水を渇望するとすれば、それは、
かぐわしい黄昏時に、
悲しみに溢れてうずくまる子供が、
五月の蝶々のように儚い舟を放つ黒くて冷たい水たまりなのだ。

おお、波よ、おまえの物憂さに浸った俺にはもうできない、
綿花を運ぶ航跡を消し去って進むことも、
国旗と三角旗の矜持を横切ることも、
廃船の恐ろしい目の下を漕ぎ進むことも。

# 新しい詩

〔わが心よ、俺たちにとって、いったい何だというのか……〕

わが心よ、俺たちにとって、いったい何だというのか、一面の血と燠が、そして数知れぬ殺戮が、憤怒の長い叫びが、あらゆる秩序を覆すあらゆる地獄の啜り泣きが、それに残骸の上をいまも吹き渡る北風と

あらゆる復讐が？　なんでもない！……——だがもし、いまなお俺たちが復讐を望んでいるとしたら！　実業家、君主、議員たちよ、滅びろ！　権力、正義、歴史よ、打倒するぞ！
そいつは俺たちのせいだ。血だ！　血だ！　金色の炎だ！

すべてが戦争、復讐、恐怖に、
わが「精神」よ！「嚙み傷」のなかを転げまわろう。ああ！　失せろ、この世の共和国よ！　皇帝、軍隊、植民者、民衆、もうたくさんだ！

俺たちと俺たちが兄弟だと思い描く者たち以外に、
いったい誰が猛烈な炎の渦を煽り立てたりするだろう？
俺たちの番だ！　夢見がちな友人たちよ。そいつは俺たちの気に入るさ。
けっして俺たちは働かないだろう、おお、火の波よ！

ヨーロッパも、アジアも、アメリカも、消えてしまえ。
俺たちの復讐の進軍がすべてを占領した、
都市と田舎を！——俺たちは踏みつぶされるだろう！
火山が吹っ飛ぶだろう！　そして大洋は打たれるだろう…

おお！　わが友たちよ！——わが心よ、間違いない、彼らは兄弟なのだ。
見知らぬ黒人たちよ、一緒に行こうじゃないか！　行こう！　行こう！
おお、不幸よ！　俺は自分が震えているのがわかる、古い大地よ、
ますますおまえたちのものとなった俺の上に！　大地が襲いかかる、

どうってことはない！　俺はここにいる！　ずっとここにいる。

# 涙

鳥たち、羊の群れ、村の女たちから遠く離れて、
どこかのヒースの荒野にうずくまって、俺は飲んでいた、
ハシバミの優しい森に囲まれ、
生暖かい緑色の午後の霧のなかで。

あの若いオワーズ川から俺は何を飲むことができたろう、
声なき楡の木、花の咲かない芝、曇った空よ、
里芋の瓢箪から俺は何を取り出していたのか？
何かの、味のない、汗をかかせる黄金のリキュールさ。

こんな風に、俺は旅籠のひどい看板だったかもしれなかった。
それから嵐が空を一変させた、夕暮れにいたるまで。

それは黒い国々、湖、竿、
青い空の下の列柱、駅だった。

森の水は処女なる砂の上から消えていた。
風が、空から、氷塊を沼に投げつけていた……
ところがだ！　黄金や貝を採る人のように、
俺には飲むつもりなんかなかったのだから！

一八七二年五月

## カシスの川

カシスの川は人知れず転げ落ちる
　奇妙な谷あいを。
百羽の鴉の鳴き声がそれに唱和する、ほんとうの
　天使たちの素敵な声。
樅の林が大きく揺れて
　風がいくつも襲いかかるときに。

すべてが転がる、大昔の田園や、
　人の訪れた天守閣や、大庭園の
許しがたい神秘とともに。
　これらの岸辺で人は聞いている
彷徨《さまよ》える騎士たちの死に絶えた情熱を。

だがなんと風は健康に良いことか！
通行人がこれらの格子造りの柵に目を凝らすなら、
　彼の足取りも勇気が増すだろう。
主が遣わす森の兵士たち、
　うっとりするような親愛なる鴉たちよ！
切断されて残された古い手足で祝杯をあげる
　腹黒い百姓を追い払ってくれ。

一八七二年五月

# 渇きの喜劇

## 1　先祖

俺たちはおまえのじいさんばあさん、
　じじばばだ！
月と草木の
　冷たい汗でびっしょりさ。
俺たちの辛口の酒には真心があったのだ！
いんちきなしの陽を浴びて
人には何が必要なのだろう？　飲むことさ。

俺――蛮族の川で死ぬことさ。

俺たちはおまえのじいさんばあさん、
　野原のな。
水は柳の小枝の奥にある。
湿った城を取り囲む
お濠の流れを見るがいい。
俺たちの酒蔵に降りていこう。
後は、林檎酒と牛乳さ。

俺――牝牛が水を飲むところに行くことさ。

俺たちはおまえのじいさんばあさん、
　ほら、飲めよ、
戸棚のなかのリキュールを。
とっておきの「紅茶」と「コーヒー」が
やかんのなかで煮え立っている。
――絵や花を見てみろよ。

俺たちは墓場から戻るのさ。
俺——ああ！　骨壺なんか全部干上がらせることさ！

2　精霊

永遠のオンディーヌよ
繊細な水を分けよ。
ウェヌス、蒼穹の姉妹よ
純粋な波を動かせ。

ノルウェーの彷徨えるユダヤ人たちよ
俺に雪の話をしてくれ。
親愛なる昔の亡命者たちよ
俺に海の話をしてくれ。

俺——いや、もういらない、そんなまじりっ気のない飲み物や
　コップに挿したそんな水の花なんか。
伝説や挿絵なんかじゃ
　俺の渇きはおさまらない。

芸人《シャンソニエ》、おまえの名付け子よ
　これが俺の気違いじみた渇きだ
人を蝕み、悲しませる
口のない心にひそむ水蛇《ヒドラ》さ。

3　友人たち

来い、酒が浜辺に打ち寄せる、
そして無数の波が！
見よ、野生の「苦酒《ビター》」が
山の上から転げ落ちるのを！

辿り着こう、思慮深い巡礼者たちよ、
緑の列柱が立ち並ぶアブサンに…

俺
——こんな風景なんかもういい。
酔いとは何なのか、「友」たちよ?
池のなかで腐ってしまうほうがいい、いや、そのほうがまだましさ
ぞっとするようなクリームの下で、
水に漂う木のそばで。

## 4　哀れな夢

たぶん「夕暮れ」が俺を待っている、
そこで俺は静かに酒を飲むだろう、
どこかの古い「町」で、
そしてもっと満ち足りて死ぬだろう、

俺は我慢強いのだから！

俺の苦しみを受け入れるなら、
いくらかの黄金が手に入るなら、
俺は北国を選ぶだろうか
それとも「葡萄」の実る国を？
——ああ！　夢見るなんてけしからん

ただのくたびれもうけなのだから！
そして俺が再び
昔の旅人に戻るなら、
けっして緑の旅籠は
俺に門戸を開くことはない。

## 5　結末

牧場で震えている鳩たち、
夜になると目が見えて、走り回る禽獣、
水に棲む動物、奴隷になった動物、
最後の蝶々！…　もまた同じように渇いている。

だが、あのはぐれ雲が消えるあたりで消えようか、
──おお！　爽やかな気に恵まれて！
黎明がこれらの森をいっぱいにする
湿ったこれらの菫のうちに息絶えようか？

一八七二年五月

# 朝の良き思い

夏、朝四時に、
愛の眠りはまだ続いている。
木立の下で夜明けが立ち昇らせる
　祝いの夜の香り。

むこうの巨大な工事現場では
ヘスペリデスの太陽に向かって、
シャツ一枚になった大工たちが
　すでにせわしなく動き回っている。

苔むした彼らの砂漠では、静かに、
値打ちものの羽目板の準備をしているが

やがて町の富は偽の空の下で
　笑うだろう。

ああ！　バビロンの王の臣下たる
これらの素敵な「労働者」たちのために、
ウェヌスよ！　魂に冠をかぶった
「恋人」たちを少し放っておいてくれ。

　おお、「羊飼い」たちの王妃よ、
労働者たちにブランデーを運んでこい、
　彼らの力が平和のうちにあるように
正午に、海で水浴びするまでは。

一八七二年五月

# 忍耐の祭



## 五月の旗

菩提樹の明るい枝に
獲物を追う猟師の病的な叫び声が消える。
だが霊的な唄が
すぐりの実のあいだを飛び回っている。
俺たちの血は俺たちの血管のなかで笑うがいい、

ほら、葡萄の木が絡み合ってしまうぞ。
空は天使のようにきれいだ。
蒼穹と波の心はひとつになる。
俺は出かける。光線が俺を傷つけるなら、
俺は苔の上で息絶えるだろう。

辛抱して待ち、それから退屈してみても、
それではあまりに単純すぎる。俺のつらい思いが何だというのか。
俺は、劇的な夏に
この身をその運命の車に結えつけてもらいたいのだ。
大いにおまえの手にかかって、おお、「自然」よ、
——ああ、まだ孤独ではないし、まだ無ではない！——俺は死んでしまいたい。
「羊飼い」たちが、おかしなことに、
ほとんどこの世のせいで死んでしまうかわりに。

季節が俺をすり減らしてくれればいい。

おまえに、「自然」よ、俺は屈する。
そして俺の飢えと俺の渇きのすべてが。
そして、どうか、食べ物を与えて、水を飲ませてくれ。
俺に幻想を抱かせるものなどただのひとつもない。
それは親たちにも、太陽にも、笑いかけることだ。
だが俺はなんにも望んじゃいない。
そしてどうかこの不運が自由でありますように。

一八七二年五月

## 一番高い塔の唄

あらゆることに縛りつけられた
無為の青春よ、

繊細さのあまり
俺は一生をふいにした。
ああ！　やって来い
心が夢中になる時よ。

俺は思った、ほっといてくれ、
それから俺を見ないでくれ、と。
そして最も高尚な喜びの
約束などしないでくれ、と。
どんなものもおまえの足を止めてはならない
厳かな退却だ。

あまりに辛抱したので
俺は永久に忘れてしまう。
恐れと苦しみは
空に向かって立ち去った。

そして不健康な渇きが
俺の血管を暗くする。

たとえば、乳香と毒麦が
成長して、花を咲かせ
百匹の汚い蠅が
ブンブンしつこく唸る
「草原」のように。

ああ！　聖母の似姿だけをとどめた
こんなに貧しい魂の
やもめ暮らしはごまんとある！
聖母マリアに祈るのかい？

あらゆることに縛りつけられた
無為の青春よ、

繊細さのあまり
俺は一生をふいにした。
ああ！　やって来い
心が夢中になる時よ！

## 永遠

また見つかった。
何が？――永遠。
太陽とともに
行った海だ。

見張り番の魂よ、
そっと打ち明け話を呟こう

あんなにもくだらぬ夜と
燃え上がる昼について。

人間の賛同から
ありふれた高揚から
そこでおまえは自由になる
そして思いどおりに飛んでいく…

ただおまえたちだけから
繻子の燠よ、
「義務」が立ち昇るのだから
ついに、などと言うこともなく。

そこに希望はないし、
いかなる夜明けもない。
忍耐とともにある科学、

責め苦は確実だ。
また見つかった。
何が?――永遠。
太陽とともに
行った海だ。

一八七二年五月

## 黄金時代

いつだって天使のような
声のなかのひとつが
――俺のことさ――

がみがみと自分の考えを説明する。

次から次へと枝分かれする
これらの千の問いは
結局、陶酔と狂気しか
もたらさない。

とても陽気で、とてもたやすい
この芸当を認めろよ。
あるのは波や植物相《フローラ》だけだし、
それこそおまえの家族だ！

それから声は歌う。おお
とても陽気で、とてもたやすい、
それにむき出しの日にはちゃんと見えている…
——俺は声と一緒に歌う、——

とても陽気で、とてもたやすい
この芸当を認めろよ。
あるのは波や植物相だけだし、
それこそおまえの家族だ！…　等々…

それからまた声がして
――そいつは天使のようなんだろ！――
それは俺のことだが、
がみがみと自分の考えを説明する。

そしていますぐ歌え
息づかいに似た声で。
ドイツなまりで、
だが熱烈で、ぽっちゃりした姉みたいに。

世界は悪辣だ。
驚くまでもないことさ！
生きろ、そして暗い不運を
火にくべてしまえ。

おお！　きれいな城！
なんとおまえの人生は明るいことか！
おまえはどんな時代にいるんだ、
俺たちの兄貴の
君主のような自然よ！　等々…

俺も歌う、俺だって。
多くの姉妹たち！　声
ちっとも公共のものじゃない！
俺を取り囲め
慎み深い栄光で…　等々…

一八七二年六月

# 若い夫婦

部屋はトルコ・ブルーの空に向かって開かれている、
小箱と長持で足の踏み場もない！
外の壁は馬の鈴草で覆われ、
小鬼の歯茎が震えている。

まさに精霊の陰謀さ
こんな無益な浪費と無秩序は！
アフリカの妖精が、桑の実と
それから部屋の隅のヘアネットを提供する。

幾人かの、不平たらたらの代母たちが入ってくる
食器棚の光の当たる面に、

それからずっといる！　ふざけたことに
夫婦はいないし、らちがあかない。

亭主は、自分が留守のあいだ、
だまされているのをかぎつける、ここではいつものことさ。
水の精さえもが、悪さをしようと入ってきて、
閨房のあたりをうろついている。

夜になれば、恋人よ、おお！　蜜月が
夫婦の微笑みを摘み取り
千の銅の目隠しで空を満たすだろう。
それから二人はいじわる鼠を相手にするだろう。

——夕べの祈りの後で、鉄砲を撃つみたいに、
蒼白い鬼火が出なけりゃいいのだが。
——おお、ベツレヘムの聖なる白い亡霊たちよ、

それより二人の窓辺の青に魔法をかけてやれ！

一八七二年六月二十七日

〔葉鶏頭の花壇が続く…〕

ブリュッセル
七月　レジャン大通り

葉鶏頭の花壇が続く
ジュピターの心地いい宮殿まで。
——これらの場所に、ほとんどサハラの「青」を混ぜているのが
「おまえ」なのはわかっている！

それから、太陽の薔薇と樅の木
それにつる草は、なんとここでは自分なりの閉じこもった遊びをもっている、
かわいい寡婦《やもめ》の小屋じゃないか！…

なんという

鳥の群れだ！　おお、イアイオ、イアイオ！……

――ひっそりとした家々、昔の情熱！
情愛ゆえに「気の狂った女」の四阿《あずまや》。
枝をのばした薔薇の木の後ろには、
日陰になった、とても低い「ジュリエット」のバルコニー。

――ジュリエットで思い出すのは、「アンリエット」、
鉄道の素敵な駅さ
果樹園の奥みたいな、山あいにあって
青い無数の悪魔が空中を舞っている！

嵐の楽園で、ギターに合わせて
色白のアイルランド娘が歌をうたっている緑色のベンチ。
それからギアナの食堂から聞こえる
子供たちと籠の鳥たちのおしゃべり。

俺に蝸牛《かたつむり》と黄楊《つげ》の毒を思わせる公爵の窓
そいつは下界で陽を浴びて眠っている。それに
あまりにできすぎた話だ！　あまりに！　俺たちの沈黙を守ろう。
──往来も商いも絶えた大通り、
無言の、あらゆるドラマとあらゆる喜劇、
数限りない場面が集まる、
俺はおまえを知っているし、黙っておまえに感嘆する。

〔彼女は舞姫なのか？……〕

彼女は舞姫《アルメ》なのか？……　青く明け染める刻限には
彼女は死んだ花々のように身を滅ぼすのだろうか…
ものすごく栄えた町の息吹を感じさせる壮麗な広がりを前にして！

あまりにできすぎている！　あまりにできすぎている！　だが避けがたいことなのだ
──「海女」と「海賊」の歌にとっては、
それにまた最後の仮面たちは
澄みきった海の上の夜の祭をまだ信じていたのだから！

一八七二年七月

# 空腹の祭

　俺の空腹よ、アンヌ、アンヌ、
　おまえのロバに乗って逃げろ。

俺に好みがあるとしても、それは
せいぜい土と石ころくらいのもの。
ディン！　ディン！　ディン！　ディン！　空気を食ってやる、
岩を、「大地」を、鉄を。

回れ、空腹よ、食え、空腹よ、
　おがくずの草地を！
それから昼顔の
　愛すべき、震える毒を。

貧乏人が砕く小石、
教会の古い石、
洪水の息子、砂利、
灰色の谷間に横たわるパンを！

俺の飢え、そいつは黒い大気のきれっぱし、
　鐘の音が響き渡る蒼穹。
――胃が俺を引っ張っている。
　それこそ不幸だ。

地面に葉っぱが現れた。
熟れすぎた果肉に俺は向かう。
畝のなかで俺は摘む
ノヂシャと菫を。

俺の空腹よ、アンヌ、アンヌ！
おまえのロバに乗って逃げろ。

一八七二年八月

〔牡鹿の鳴き声のように聞け…〕

牡鹿の鳴き声のように聞け
アカシアのそばで
四月のエンドウの
緑がかった小枝の音を！

清潔な蒸気のなかを、
月の女神《ポイベー》のほうへ！　おまえには見える
かつての聖人たちの
頭が揺れ動くのが…

明るい干し草の山や、
岬や、美しい屋根々々から遠く離れて

あれらの親愛なる「古代の人々」は
この陰険な媚薬を欲しがっている…

ところでこの夜の効果が
発散する靄は
平日のものでも
天体のものでもない。

けれども彼らはとどまる、
——シチリアよ、ドイツよ、
悲しくて蒼ざめた
この霧のなかに、だからこそ！

## ミシェルとクリスティーヌ

ちぇっ、太陽はこれらの岸辺を離れるというのか！
逃げろ、明るい洪水よ！　街道には影が射してきた。
柳のなかに、古い正面広場のなかに
嵐はまず大粒の雫をたたきつける。

おお、百頭の仔羊たちよ、金髪の牧歌兵士たちから、
水路から、やせたヒースの茂みから、
逃げろ！　平野、荒野、牧場、地平線は、
嵐の赤い装いをしている！

黒い犬よ、外套を風で膨らませた褐色の羊飼いよ、
逃げろ、上方の稲妻が光る時は。

金毛の羊の群れよ、ほら、影と硫黄が漂うときには、
もっとましな隠れ家へなんとかして降りてゆけ。

だが俺は、主よ！　ほら、俺の「精神」は飛んでゆく、
赤く凍った空を追いかけて、
線路のように長くのびた百のソローニュ地方の上を
走っては飛んでゆく天空の雲の下で。

そこには千の狼、千の野生の種子があり、
昼顔を嫌うこともなく、この敬虔な嵐の午後が
それらを運び去る
百の群れが通り過ぎることになる古いヨーロッパの大地の上で！

後には、月明かり！　荒地のいたるところが、
赤く染まり、戦士たちが黒い空に額を向けて、
蒼ざめた駿馬にゆっくりとまたがる！

小石がこの誇り高い徒党の下で音を立てている！
——そして俺はいまから黄色い森と明るい谷を見るのだろうか、
青い目をした妻、赤い額の夫よ、おお、ガリアの地よ、
そして彼らの愛しい足元にいる、復活祭の白い子羊よ、
——ミシェルとクリスティーヌ、——そしてキリストよ！——牧歌の終わりだ。

# 恥

この脳みそを
けっして新しくはない湯気を立てる
この白と緑の脂ぎった袋を
刃が切断してしまわないかぎり、

(ああ! こいつだ、
奴の「鼻」も、唇も、耳も、腹も
切断しなければならないだろう! それに足も
捨ててしまわねば! おお、素晴らしい!)

いや、ちがう、ほんと、俺が思うに、
頭には刃が

脇腹には小石が
腸には炎が

働きかけることのないかぎり、
厄介者のガキ、この愚か者の大馬鹿野郎は
策を弄したり、裏切り者になったりするのを
いっときもやめないにちがいない

ロッキー山脈の猫みたいに、
そこらじゅうに悪臭をまき散らすのを！
それでも奴が死んだら、おお、わが神よ！
どうか祈りの声くらい上がりますように！

# 記憶

## I

澄んだ水、子供時代の涙の塩のようだ、
太陽に襲いかかる女たちの肉体の白さ、
群をなし、清純な百合でできた、幟《のぼり》の絹、
誰か乙女がかつて防衛した壁の下で、

天使たちがはしゃぐ、——いや… 黄金の流れはとどまるところを知らず、
黒くて、重く、何よりすがすがしい草でできた腕を動かしている。
彼女は沈み、青空を天蓋となし、
丘と迫《せ》り持ちの影を帳として呼び寄せる。

Ⅱ

おや！　湿った窓ガラスの上で透明な気泡が張りつめている！
水は用意の整った寝床を蒼白く底なしの黄金で満たす。
小娘たちの緑の色褪せたドレスは
柳となり、そこから鳥たちが思いのままに飛び上がる。

ルイ金貨よりまじりっ気がなく、黄色くて熱い瞼
水辺の金盞花は――おまえの夫婦の誓い、おお、「妻」よ！――
すばやい正午に、くすんだ鏡から、
暑さで灰色がかった空の、薔薇色をした愛しい「球体」を羨む。

Ⅲ

夫人は、労働の糸が雪と降りそそぐ隣の牧場で

あまりにすくっと立ったままでいる、日傘をつかみ、
散形花を踏みつけ、それに対してあまりにふんぞりかえっている、
子供たちは花の咲いた草むらで

赤いモロッコ皮の本を読んでいるというのに！　ああ、彼は、
街道の上で離れ離れになる千の白い天使たちのように、
山の彼方に遠ざかる！　すっかり冷え切って、
黒く染まった彼女は、走る！　出発した男の後を追って！

Ⅳ

清純な草の太くて若々しい腕を懐かしむ！
聖なる寝床のまんなかに射す四月の月の黄金！
これらの腐敗の芽を吹かせた八月の夕暮れのとりこになって、
打ち捨てられた川沿いの工事現場の喜び！

彼女はいま城壁の下で涙を流すがいい！　上から吹く
ポプラの息はただそよ風だけのためにある。
それから、映し出すものもなく、湧き出るものもない、灰色の水の広がり。
ひとりの老人、浚渫人夫が、身じろぎしない小舟のなかで、難儀している。

V

陰気な水をたたえたあの目のおもちゃである俺は、
おお、動かぬ小舟よ！　おお、あまりに短すぎる腕よ！　こっちの花も
あっちの花も摘み取ることができない、俺をうるさがらせる黄色の花も、
灰の色をした水には親しげな青い花も。

ああ！　翼が揺さぶる柳の粉！
とうの昔に食い尽くされた葦のなかの薔薇！
俺の小舟はやはりじっと動かず、その鎖は
縁《へり》のないこの水の目の底に引っ張られる、——どんな泥に？

〔おお、季節よ、おお、城よ…〕

おお、季節よ、おお、城よ
無疵な魂がどこにある?

俺は魔術的な研究を行った
誰ひとり避けられない「幸福」について。

おお、幸福、万歳、
ガリアの雄鶏が鳴くたびに。

しかし! 俺はもう欲しがったりはしないだろう、
幸福が俺の人生を引き受けた。

この「魔力」！　そいつが身も心も奪い、
あらゆる努力を蹴散らした。

俺の言葉を聞いて何を理解する？
幸福のせいで、言葉は逃げて、飛んでいく！

おお、季節よ、おお、城よ！

〔そして、もし不幸が俺を引きずるなら、
俺がその不興を買うのは間違いない。

その軽蔑は、ああ！
できるだけ早く俺を死にゆだねるべきなのだ！

――おお、季節よ、おお、城よ！〕

〔狼が葉陰で吠えていた…〕

狼が葉陰で吠えていた
食事にした鳥たちの
美しい羽を吐き出しながら。
そいつのように俺も憔悴する。

サラダ菜や、果物は
ただ収穫だけを待っている。
だが垣根の蜘蛛が
食べるのは菫だけ。

俺は眠りたい！　煮えたぎりたい
ソロモン王の祭壇で。

泡は錆の上を走り、
セドロン川に注ぎ込む。

# その他の作品

# 〔子供時代の散文〕

## プロローグ

### I

太陽はまだ暑かった。それでも、もうほとんど地上を照らしてはいなかった。巨大な円天井の前に置かれた松明がほのかな微光でしかもうそれを照らしはしないように、地上の松明である太陽は、その火のからだから最後の弱々しい微光をかすかに放ちながら、それでもまだ木々の緑の葉っぱや、しおれてゆく小さな花々や、樹齢数百年を閲《けみ》した松とポプラと樫の巨大な梢を見せながら、消えかかっていた。人を涼しくする風、つまり爽やかなそよ風が、僕の足元を流れるせせらぎの、銀色の水が立てる音にも似たざわめきとともに、木々の葉っぱをそよがせていた。羊歯が風を前にして緑のこうべを垂れていた。僕は眠りに落ちた、小川の水を浴びるほど飲んで。

## Ⅱ

僕はこんな夢を見ていた…………一五〇三年、僕はランスに生まれたのだった。ランスは当時小さな町だった、というかむしろ大きめの村だったが、それでもクロヴィス王の戴冠を目撃した美しいカテドラルで有名だった。

僕の両親はあまり裕福ではなかったが、とても正直な人たちだった。全財産といったら、ずっと彼らのものだったのに、僕がまだ生まれる二十年前から彼らの所有物になった一軒の小さな家だけで、それに加えて数千フランのお金、そしてさらに母の倹約の賜物である何ルイかの金貨をそれにつけ加えなければならない…

僕の父は王の軍隊の士官だった。大柄の男で、痩せていて、髪は黒く、ひげも、目も、肌も同じ色だった…　僕が生まれたとき、彼は四十八か五十歳くらいにしかなっていなかったのに、きっと六十か、それとも…　五十八には見えただろう。性格は激しく、すぐにかっとなるたちで、しばしば腹を立てて、気に入らないことは何ひとつ我慢しようとはしなかった。

僕の母はまったく違っていた。優しく、物静かな女性で、ささいなことにもびくびくしていたが、いつも家のなかはちゃんと整理していた。母は物静かだったので、父はまるで若いお嬢さんのように母を面白がらせていた。僕は一番愛されていた。兄弟たちは僕のように勇敢ではなかったが、僕より大きかった。僕は勉強が、つまり読み書きと計算を覚えるのが苦手だった……ところが家を整頓したり、庭を耕したり、お使いをしたりするとなると、しめしめというわけで、そういうことが気に入っていた。

ある日、僕が割り算をちゃんとやったら父が二十スーをくれると約束してくれたのを思い出す。僕は始めたのだが、最後までやることができなかった。ああ！　父は何度僕に約束してくれたことだろう……お小遣いや、おもちゃや、お菓子を、あるときは五フランさえも、もし僕が父に……何かを読んで聞かせることができたなら……。それなのに、僕が十歳になるとすぐに父は僕を学校に入れてしまった。

どうして、と僕は考えたものだった、ギリシア語やラテン語を学ぶのか？　僕にはわからない。結局そんなものは必要じゃない！　試験に合格することなど、僕にはどうだっていい……合格することが何の役に立つのか、何の役にも立たないだろ？　それでも合格しなければ職は得られないと人は言うのだけれど。僕は職なんかいらない、僕は金利生活者になるんだ。たとえ職がほしかったにしても、どうしてラテン語を学ぶのか、この言語を話す者なんか誰ひとりいないのに。時たま新聞でラテン語を見かけることがあるけれど、ありがたいことに、僕は新聞記者なんかにはならない。どうしてわざわざ歴史や地理を学ぶのか？　たしかに、パリがフランスにあることを知っている必要はあるが、緯度はどのくらいなのかとは誰もたずねはしない。歴史といっても、シナルドンや、ナボポラサルや、ダリウスや、キュロスや、アレクサンドロスや、それに悪魔のような名前で際立っているそれ以外の彼らの相方の生涯を学ぶなんて、拷問ではないのか？

アレクサンドロスが有名だったことは、僕にとって重要なことなのか？　どうだっていい…　ラテン民族が存在したかどうかどうしてわかるんだ？　たぶんそいつは何らかのでっち上げられた言語なんだ。たとえそれが存在したのだとしても、僕が金利生活者になるのをほっておいてもらいたいし、彼らの言語は彼らのために取っておくべきだ！　僕はこんな拷問を加えられなければならないようなどんな悪さを彼らにしたというのか。

ギリシア語に移ろう…　この汚らしい言語を喋るやつなんか誰ひとりいない、世界中にひとりも！…　ああ！　いまいましいったらありゃしない！　くそっ、僕は金利生活者になるんだ。教室の長椅子の上でズボンをすり減らすのはそんなに気持ちのいいことじゃない…　糞ったれだ！

靴磨きになるためには、靴磨きの職を得るためには、試験を受けなきゃならない、というのも君たちに与えられる職はといえば、靴磨きか、豚飼いか、牛飼いくらいのものだから。ありがたいことに、僕はそんなものは御免こうむりたい、畜生！

おまけに、ご褒美に君たちは横っ面を張られ、けだもの呼ばわりされ、これはほんとうのことじゃないが、チビ助などと言われるのだ。

ああ、糞いまいましい！　続きは近いうちに。

アルチュール

# シャルル・ドルレアン公のルイ十一世への手紙

陛下、時は雨の外套を脱ぎ捨てました。夏の前触れが到来したのです。憂い顔には出て行ってもらいましょうぞ！　詩歌とバラード万歳！　教訓劇と笑劇万歳！　願わくば法律屋の書生どもが気違いじみた阿呆劇をどうかわれわれに見せてくれんことを。「思慮深き者」と「思慮なき者」の教訓劇を聞きにまいりましょう、そして聖職者テオフィリュスの回心と、聖ペテロと聖パウロがいかにローマに赴き、殉教するにいたったかを！　折り返しのある襟飾りをつけ、装飾品と刺繍をまとったご婦人方に栄光あれ！　陛下、空が青い衣を身に纏い、太陽が明るく輝くとき、木陰で、甘いロンドーを口ずさみ、高らかに明るくバラードを歌うのはまことに心地よいことではありますまいか？　わが愛の鉢植えの木ありて、あるいは、せめてひとたび我に許しの言葉を、わが奥方よ、あるいは、富める恋人はつねに勝者となりて、などと…　しかしいまこうして私は楽しんでおります、陛下、私と同じように陛下にもまた楽しんでいただきたいものです。善良なるお調子者、これらの詩のすべてを書きなぐった優しき嘲弄家、フランソワ・ヴィヨン先生は、手錠をかけられ、丸パンと水を与えられ、シャトレ監獄の奥で涙を流して、わが身を嘆いているのです！　絞首刑に処す！　と彼は公証人の前で告げられました。そして哀れないたずらっ子はすっかり身がすくんでしまい、自身と仲間たちのために墓碑銘をつくったのです。こうして陛下がその詩をご愛顧なさっている優雅な色男たちは、モンフォコンの刑場で、小糠雨と陽の光にさらされて、針に刺される指貫きにもまして鳥の嘴に突つかれながら、ゆらゆら舞うことになると覚悟しておるのです！

おお！　陛下、そこにヴィヨンがおりますのは、なにも愚かなお遊びのためではありません。哀れな掃除人たちはそうとう難儀しております！　大学からの任命を待っている学僧たち、のらくら者たち、猿回したち、勘定を歌で払うレベック弾きたち、厩舎の騎士たち、はした金の殿様気取りたち、戦さの鉄兜より錫でできた酒壺に鼻を突っ込む荒くれ者のドイツ傭兵たち、*これらすべての哀れな悪童たちは、竈用の棒ブラシのように干からびて黒ずみ、パンはといえばただパン屋の窓から拝むだけ、冬になれば指先がすっかりかじかんでいるのですが、フランソワ先生を育ての母として選んだのです！　さて、必要は人々をして思い違いを起こさせ、飢えは森の狼を交尾させます。恐らくはその「学徒」は、腹のへったある日に、ポパンの水飲み場かペステルの居酒屋で煮込みにでもするために、肉屋の桶から臓物を失敬したのでしょうか？　恐らくはパン屋から一ダースのパンでもくすねたのでしょうか、あるいは松ぼっくり亭《ポム・デュ・パン》で水差し一杯の澄んだ水をベニュー産の葡萄酒一杯にすり替えたのでしょうか？　恐らくは錫の皿亭《プラ・デタン》での大宴会の夜に、到着するなり見張りをぶん殴ったのか、それともモンフォコンの周辺で、十名ばかりの娼婦を引き連れて、言いがかりをつけて夜食にありついている現場を取り押さえられたのでしょうか？　フランソワ先生の悪事といったらこんなものです！　脂ぎった司教座聖堂参事会員が茣蓙《ござ》を敷いた部屋で彼のご婦人といちゃついているのを彼がわれわれに示して見せたが故に、礼拝堂付き司祭が、小間使い女やご婦人方でなければ告解を聞く気などさらさらなく、信心深い女たちに対して、寝台の帳の蔭で瞑想を語るがよいなどとからかい半分で忠告しているのだと彼が口にしたが故に、よく笑い、よく歌い、小型のハヤブサのような手合いであるこの愚かな学徒が、鴉とカササギの後を追いかけまわすあれらの恐るべき黒鳥、大判事たちの鉤爪の下で震え戦いているのです！　彼とその道連れたち、哀れで惨めな人たちよ！　これらの者どもは森の腕に首吊り人たちの新しい数珠を引っ掛けることでしょう。音を響かせる優しい葉叢のなかで、風が彼らに熱い飲み物をつくってやるでしょう。そして、陛下、ならびに詩人を愛する者たちすべてが、彼の愉快なバラードを読みながら、涙なくしては笑えなくなるでしょう。かくも狂おしく歌っていた優しき学僧を死なせたことを思って、メランコリーを追い払うことができなくなるでしょう。

ペテン師、盗賊といいましても、フランソワ先生はこの世で最も善良な息子なのです。やっこさん、ドミニコ会の脂ぎったスープを嘲笑いますが、神の教会が崇敬したもの、処女たる夫人マリアも、きわめて聖なる三位一体も崇敬しているのです！　また善良なる人々の母、そして祝福された天使の姉たる高等法院裁判所を敬い、フランス王国を悪しざまに言う徒輩に対しては、葡萄酒に混ぜものをする居酒屋亭主に対するのとほとんど同等の災いを願っているのです。そうですとも！　血気にはやった青春時代にどんちゃん騒ぎをやりすぎたことはちゃんと当人が承知しています。冬、腹をへらした黄昏どきに、モービュエの泉のほとりか、廃墟となったどこかの清めの池で、時おりぱっと燃え上がってはその痩せこけた顔を赤く染める細々とした麻《お》がらの火の前にうずくまって、フランソワ先生は、もし勉学にいそしんでいたなら、今頃自分には家と柔らかい寝床があっただろうにと物思いに耽るのです！…　箒にまたがる魔女のように黒ずんでぼやけてしまった先生は、柄穴《ほぞ》から他人の住まいを覗き込んで言うのです、《――おお、あのなんともうまそうなご馳走！　あのタルト、あのフラン、あの黄金色に焼けた太った雌鶏！――俺はタンタロスよりも飢えているんだ――

ロースト！　ローストだ！——おお！　龍涎香と麝香より芳しい匂いがする！——大きな銀の水差しのなかに入っているのはボーヌの葡萄酒！——助けてくれ、喉がひりつく！……　おお、もし俺が勉学にいそしんでいたならなあ！……——それに俺のタイツは舌を出しているし、フードのついた俺の外套はあちこちに窓を開けているし、フェルト帽ときたらまるで鋸の歯だ！——情け深いアレクサンドロスのような王に出会って、こころよく迎え入れられようが、追い払われようが、優しい吟遊詩人のオルフェウスみたいに気ままに歌っていることができればいいのだが！　死ぬまでに一度でもてはやされて生きることができればなあ！……》しかし、ご覧のとおりです。ロンドーや、古屋根に射す月の光、地面を照らすランタン風情が夜食のかわりとは、これじゃちっとも腹の足しにはなりません。それにふしだらなかわいい娘たちが、通行人たちの気を惹くためにちょっとしたしなをつくり、ぴったりしたチュニックを着て通り過ぎるのです。それに、錫の壺を、またしばしば長剣をぶつけ合う酔っ払いたちの叫び声や、淫売たちのせせら笑いや、乞食同然のレベッカ弾きの耳障りな歌声に溢れた、けばけばしい居酒屋を懐かしむのです。また古ぼけた真っ暗な路地も懐かしい、そこには家々の階と巨大な梁が抱擁し合うために狂おしく張り出していて、深い夜のなかを、細身の長剣を引きずる音にまじって、笑い声やぞっとするような喚き声が通り過ぎてゆくのです…　そして鳥は古巣に帰ります。すべてが居酒屋と娘たちのもとへ！

……

おお！　陛下、この喜びの時節にも羽根飾りを風になびかせることもかなわぬとは！　すべてが歌い、すべてが笑い、太陽が最も染みで汚れた壁にも光を放つ五月に、首吊りの綱とはまことに悲しいことです！　只飯を食らったために連中は絞首刑になるでしょう！　ヴィヨンは高等法院裁判所の手に握られております。鴉が小鳥の声を聞くことなどありますまい！　陛下、これらの優しい学僧たちを絞首刑に処するとは、まことに悪行にも等しき振る舞いでしょう。これらの詩人たちは、ご存知のとおり、下界の者たちではございません。彼らが自らの数奇な生涯を送るのをこのままお見守りください、彼らが寒さに震え、飢えるのも、走り、愛し、歌うのもどうか彼らにまかせてやってください。ジャック・クールと同じように豊かな者たちでございます、あれらの愚かな悪童たちは。と申しますのも、これらの者どもには、魂に溢れんばかりの韻律が、笑い、そして泣き、われわれを笑わせ、泣かせる韻律があるからなのです。どうか彼らを生かしてやってください。神はすべての慈悲を祝福し、そしてこの世は詩人たちを祝福するのです。


（一八七〇年春）

＊原註　オリヴィエ・バスラン『ヴォー・ド・ヴィール』

# 愛の砂漠

## はしがき

以下の手記は、ひとりの若者、ごく若い男の手になるものだが、その人生はところかまわず繰り広げられてきた。母親もなく、国もなく、人の知っていることはなにも気にかけず、あらゆる道徳的な力を避けてきた、すでに幾人かの嘆かわしい若者たちがそうであったように。だが、この男は、あまりにうんざりして、あまりに心乱れていたので、あたかも恐ろしい宿命的な恥じらいに向かうかのように、ひたすら死へと向かうだけであった。女たちを愛したことがなかったので、――血はたぎっていたのだが！――彼は自らの魂と心を、自らの力のすべてを、奇妙で悲しい錯誤のうちに育んだ。次にあげるいくつかの夢から、――彼の愛だ！――それらはベッドのなかや、通りで彼に訪れたのだったが、それらの夢の続きとその結末から、甘美な宗教的考察が引き出される――おそらく人は伝説のマホメット教徒たちの途切れることのない眠りを思い起こすだろう、——そのくせ彼らは勇敢で割礼を受けていた！　だが、この奇妙な苦しみは人を不安にさせる権威をもっているので、われわれ全員のあいだに迷い込んで、死を望んでいるように思われるこの魂が、まさにこの瞬間にたしかな慰めに出会い、堂々としていることを心から願わねばならないのである！

A・ランボー

## 愛の砂漠

たしかに同じ田舎である。私の両親の田舎の同じ家。扉の上部が、武器とライオンのついた、赤茶けた牧歌風の飾りになっている同じ部屋。晩餐には、蠟燭と酒と田舎風の板張りのある客間がひとつある。食卓はとても大きい。あの女中たち！　私の覚えているかぎりでは、彼女たちは幾人かいた。——そこには古くからの若い友人のひとりがいて、いまは司祭で、司祭服を着ていた。そのほうが自由でいられるからだった。私はガラス窓に黄色い紙を貼った彼の緋色の部屋を思い出す、それに彼が隠していたさまざまな書物を、それらは大海に浸かっていたのだ！

私はといえば、この果てしのない田舎の家で見捨てられていた。台所で読書をしたり、客間での会話のおりにも、客の前で衣服の泥を乾かしたりしていた。朝の牛乳と前世紀の夜の囁きに死ぬほど心をかき乱されて。

私はとても暗い部屋にいた。私は何をしていたのか？　ひとりの女中が私のそばにやって来た。私にはそれが一匹の小さな犬だったと言うことができる。彼女は美人だったし、私にとっては言い表しがたい母性的な気品を備えていて、純粋で、気心が知れていて、とても魅力的ではあったのだけれど！　彼女は私の腕をつねった。

私はもはや彼女の顔をちゃんと覚えてさえいない。それはなにも私が二本の指にその皮膚をまるめていた彼女の腕を私が覚えているからではないし、果てしなく何かを浸蝕している絶望した小さな波のように、私の口がとらえていた彼女の口を覚えているからでもない。私は暗い片隅で、クッションと帆布の入った籠のなかに彼女を押し倒した。私はもう白いレースのついた彼女のズロースしか覚えていない。——それから、おお、絶望よ、仕切り壁はかすかに木々の影となり、そして私は夜に恋焦がれる悲しみの下に沈み込んだのだ。

今度は、私は町で「女」に会った、そして私は彼女に語りかけ、彼女はいま私に語りかけている。

私は明かりのない部屋のなかにいた。誰かがやって来て、彼女は私の家にいると告げた。そして私は彼女がどうにでもしてくれと言わんばかりに、明かりもつけずに私のベッドのなかにいるのを見た！　私はひどくどぎまぎした、大いに動揺したのは家族の家だったからだ。だから私は悲嘆に襲われたのだ！　こちらはボロを着ていたし、彼女のほうは社交界の女といった風情で身をまかせていた。彼女には出て行ってもらわなければならなかった！　名状しがたい悲嘆、私は彼女をつかむと、ほとんど裸のまま彼女をベッドの外に突き落とした。そして言いようのない衰弱を感じて、彼女の上に倒れかかり、明かりのない絨緞のあいだを彼女とともに這い回った。家庭のランプが隣に続く部屋々々を次々に赤く染めていた。そのとき女は姿を消した。私はけっして神が求めることができなかったほどの涙を流した。

私は果てしのない町へと出て行った。おお、疲労よ！　物音のしない夜のなかに、そして逃げ去る幸福のなかに溺れた。それは、たしかに世界の息の根を止めようと雪の降りそそぐ、冬の夜のようだった。彼女はどこにいるのかと私は友人たちに叫んでいたが、彼らの返答は偽りのものだった。私は毎晩彼女の行く場所のガラス窓の前に行ってみた。私は埋もれた庭園のなかを走った。私は追い払われた。私はこんな目にあってうんと泣くのだった。最後に私は埃まみれのある場所に降りてゆき、屋根組みの上に腰を下ろして、この夜とともに私のからだからすべての涙が涸れてしまうにまかせた。――それでも相変わらず疲労困憊が私に戻ってくるのだった。

彼女が毎日の暮らしに戻っているのが私にはわかった、そしてあの優しい振る舞いが再現されるには星が誕生するよりも長い時間がかかるだろうということが。彼女は戻ってこなかったし、けっして戻ってくることはないだろう、私の家に来てくれた「かわいい人」、――それは私が思ってもみなかったことだ。――ほんとうに、今度こそ、私は世界中の子供たちよりもっと泣いたのだ。

サマリアでは、幾人かの者たちが彼への信仰を表明した。彼はその人たちに会わなかった。サマリアは、成り上がり者〔裏切り者〕、利己主義の国で、ユダヤ人が古代の律法板を遵守するよりもっと厳格に新教風の戒律を守り通していることを〔自慢していた〕。そこではあまねくゆきわたった富ゆえに、見識のある議論などほとんど許されなかった。因習の奴隷であり兵隊である詭弁《ソフィスム》が、幾人かの預言者たちにおもねった後で、すでに彼らの喉をかき切っていたのだ。

それは不吉な言葉であった、泉のほとりにいる女が口にした言葉は。《あなたがたは預言者です、あなたがたは私が何をやったのかご存じです。》

女たちと男たちはかつて預言者たちを信じていた。いまでは人は政治家を信じている。

異邦の町のすぐ近くにいて、町に物質的な脅威を与えることができなかった彼が、もし預言者のように見なされていたとしたら、そこでとても奇妙な態度を示していたのだから、彼はどうしたであろうか？

イエスはサマリアでは何も言うことができなかった。


ガリラヤの軽やかで素敵な雰囲気。住民たちは物見高い喜びをもって彼を迎えた。住民たちは、彼が聖なる怒りにかられて、神殿の両替商と禽獣商人たちを鞭打つのを見ていたのだ。蒼ざめて猛り狂った青春の奇跡、と彼らは思っていた。

彼は自分の手が指輪をいくつもはめたある役人の手に握られ、口づけされるのを感じた。役人は土埃のなかにひざまずいていた。それに彼の顔はかなり感じがよかった、半分禿げているとはいえ。

馬車が〔町の〕狭い通りを飛ぶように走っていた。こんな町にしてはかなり激しい動きだ。この夜、一切があまりに満ち足りすぎているにちがいないと思われた。

イエスは自分の手を引っ込めた。彼の動きは子供じみて女性的な自尊心によるものだった。《おまえたちときたら、奇跡を〔少しでも〕見なければ、ちっとも信じないのだ。》

イエスはまだ奇跡を行ってはいなかった。彼は、婚礼の席で、緑と薔薇色の食堂で、いささか声を高めて聖母マリアに語りかけていた。そしてカナの葡萄酒のことを語っていた者は、カファルナウムでは、市場にも河岸にもひとりもいなかった。恐らく俗物たちはいたのだろう。

イエスは言った、《行け、あなたの息子は元気になっている》。役人は出て行った、まるで軽い何かの薬箱を運ぶみたいに、そしてイエスはさらに人通りの少ない道を歩き続けた。〔オレンジ色の〕昼顔やルリヂシャが敷石のあいだから魔法のようなほのかな光を見せていた。最後に彼は、遠くに、埃っぽい牧場と、日の光に許しを乞うキンポウゲと雛菊を見た。

五つの回廊のある池、ベテスダは、憂鬱な場所だった。そこはいつも雨に打ちのめされて黴の生えた、陰気くさい共同洗濯場のように見えていたし、乞食たちが、地獄の稲妻の前触れとなるあれらの嵐の閃光によって蒼白く照らし出された屋内の階段の上で、自分たちの見えなくなった青い目や、切断を免れた手足を包んでいる白や青の下着について冗談を言いながら、せわしなくうごめいていた。おお、軍隊の洗濯場、おお、大衆浴場よ！　水はつねに黒く、どんな不具者も夢のなかでさえそこには降りていかなかった。

イエスが最初の重大な行為を行ったのはそこである。おぞましい不具者たちを相手に。二月か、三月か、四月のある日のことだった、午後二時の太陽が、屍衣に包まれた水の上に光の大鎌を広げさせていた、そして脇腹を下にして横たわる白い天使のようなこの反映のなかに、木々の芽や水晶や虫のうちで、この光線だけが目覚めさせていたものすべてを、私なら、向こうの、不具者たちのずっと後ろに見ることができたにちがいないように、限りなく蒼白いすべての反映が揺れ動くのだった。

そのとき、軽薄で執拗な悪魔の息子であるすべての罪、少しは感じやすい心にとって、これらの人間たちを怪物よりも恐ろしいものにしていた罪が、この水に身を投げたがっていたのだ。不具者たちは降りていった、もう冷やかしたりすることもなく、そうしたいという欲求をもって。

最初に入った者たちは癒されて出てきた、と人は言っていた。そんなことはない。罪が彼らを再び階段の上に投げ返し、彼らに別の居場所を探すように強いるのだった。というのも彼らに取り憑いている「悪魔」は、施し物が確実である場所にしかとどまることはできないからである。

イエスは正午の刻限を過ぎるとすぐに入ってきた。誰ひとり洗濯をしていなかったし、家畜から降りる者もいなかった。池のなかの光は葡萄の最後の葉っぱのように黄色かった。神なる師は一本の円柱にもたれていた。彼は「罪」の子らを見ていた。彼らの舌を借りて悪魔が舌を出していた。そして笑ったり、あるいは拒んだりしていた。「中風病み」は立ち上がった、この人はさっきまで脇腹を下にして横たわったままでいたのだ、そしてたいそうしっかりした足取りで、彼が回廊を飛び越え、町のなかに姿を消してしまうのを、彼ら、「地獄に堕ちた者ども」は見たのである。

# 僧衣の下の心
## ある神学生の私生活

…おお、ティモティナ・ラビネットよ！　聖衣を身に纏った今日でも、僕はいまでは冷えてしまった僧衣の下で眠る情熱を呼び覚ますことができる、去年、フードのついた神学生の外套の下で若者らしい僕の心をときめかせたあの情熱を！…

一八……年五月一日

…春がやって来た。＊＊＊神父の葡萄の苗が植木鉢のなかで芽吹いている。中庭の木は緑色の雫のようにやわらかい小さな新芽を枝につけている。先日、自習室を出ると、三階の窓辺に、＊＊＊修道院長のキノコ鼻のようなものが見えた。J＊＊＊の靴は少しばかり臭う。そして生徒たちが……をするためにしょっちゅう中庭に出てくることに僕は気づいた。自習室では、モグラのようにぎゅうぎゅうに詰め込まれ、腹をへこませて、ほてった顔をストーブのほうへ向け、牡牛の息のように濃くて熱い息をして生きていた奴らだ！　彼らはいまずいぶん長いこと戸外にいる、そして戻ってくると、にやにやして、自分たちのズボンの世界の窓を細心の注意を払って、――いや、違った、とてもゆっくりと、――もったいぶって閉める、それ自体としては非常にくだらないこの操作を機械的に楽しんでいるみたいに…


五月二日…

昨日、＊＊＊修道院長が自分の部屋から降りてくると、目を閉じ、手を袖に隠し、おどおどして、寒そうに、中庭のすぐそばで、修道参事会員用の部屋履きを引きずっていた！…

ほら、僕の心臓はいま胸のなかでバクバクと拍子を打ち、僕の胸はひどく汚れた教室机にぶつかる！　おお！　いまでは僕は大嫌いなのだ、生徒たちが、太った神の僕《しもべ》みたいに汚い服のなかで汗をかき、自習室の悪臭を放つ空気につつまれ、ガス灯の光に照らされて、ストーブのむっとするような熱気のなかで眠りこけていた時が！…僕は両腕を広げる！　僕は溜息をつき、両足を伸ばす…　僕は頭のなかでいろんなことを感じる、おお！　いろんなことを！…

五月四日……

……ほら、昨日、僕はもう我慢できなくなっていたのだ。僕は、天使ガブリエルのように、心の翼を広げた。聖なる霊の息吹が僕の存在を駆け巡った！　僕は竪琴をとって、歌った。

近寄りたまえ、
大いなるマリア！
愛おしき母よ！
やさしきイエスの！
聖なるキリストの！
おお、身ごもれる処女
おお、聖なる母よ
われらの願いを聞き入れたまえ！

おお！　この詩の薔薇の花びらをむしりとっているあいだに、僕の魂を揺さぶっていた神秘的な芳香をあなたたちが知っていたら！　僕は撥弦楽器《キタラ》を手にとって、詩篇作者のように、清純無垢な自分の声を天の高みへと上げたのだ！！！　オオ、至高ノ高ミへ！……

---

五月七日……

ああ、なんと！　僕の詩想はその翼をたたんでしまったが、侮辱と責め苦に打ちひしがれようとも、ガリレイみたいに僕は言うだろう、それでも詩想は動いている、と！――翼たちは動いている、と読んでほしい！――僕はうっかりしてこの前書いた打ち明け話を落っことしてしまった……　J＊＊＊はジャンセニストのなかで最も情け容赦なく、＊＊＊修道院長の盲従者たちのなかで最も厳格だったが、その彼がそれを先生のところにこっそりもっていったのだ。だがこの怪物は、みんなから侮辱を受けて僕の評判を台無しにするために、僕の詩を彼の友だち全員の手に渡したのだ！

　昨日、＊＊＊修道院長に呼びつけられる。僕は彼のアパルトマンに入ってゆき、気をしっかりもって、彼の前に立つ。彼の禿げ上がった額には、最後の赤毛が人目を忍ぶ稲妻のように震えていた。彼の目は脂肪のあいだから浮かび上がっていたが、静かで穏やかだった。バットのようなその鼻はいつもの振動によって動いていた。彼はミサのお祈り「トモニ祈ラン」をぼそぼそ囁いていた。親指の先をなめて湿らせると、本のページをぱらぱらとめくり、折りたたまれた、垢だらけの小さな紙切れを取り出した…

大いなあああある　マーーーリア！
愛おおおしき　はーーーーはよ

修道院長は僕の詩をおとしめていた！　僕の薔薇に唾を吐いていたのだ！　彼はもったいぶったブリドワゾンや、俗物のジョゼフや、馬鹿の真似をして、この汚れなき歌をけがし、泥を塗っていた！　彼はどもり、憎しみをこめたせせら笑いを浮かべてひとつひとつのシラブルを引き延ばしていた、そして五行目の詩句、「身ごもれる処女」にまで達したとき…、彼は立ちどまり、鼻にかかった声をゆがめて、さてそれから！　大声を出したのだ！　身ごもれる処女！　身ごもれる処女！　彼は抑揚をつけて、身震いして突き出た腹をよじりながら、あまりにおぞましい口調でそれを言ったので、恥じらいから僕の額は赤くなった。僕はひざまずき、天井のほうへ両腕を挙げて、それから叫んだ。おお、神父さま！……

……………………………………………………………

《君のたーてごと！　君のキターーラ！　若者よ！　君のキターーラ！　神秘の息吹！　そいつが君の魂を揺さぶっていたのですな！　見てみたかったものだね！　お若いの、そのなかには、この冒瀆的な告白のなかには、何か世俗的なものが、危険きわまりない投げやり、誘惑めいたものがあるということなのですよ！》

彼は黙り込み、腹を上から下まで震わせた。それから、もったいぶって、

《お若いの、君は信仰をもっておるのかな？……》

《神父さま、なぜそのようなお言葉を？　お戯れをおっしゃっているのですか？……はい、わが母が……　聖なる教会が言ったことすべてを信じておりますとも！》

《しかし……　身ごもれる処女！……　これは受胎のこと、受胎ですぞ！……》

《神父さま！　僕は受胎を信じています……》

《ごもっとも！　お若いの、それは、ある意味……》

……彼は黙った……《それから、若いJ＊＊＊君が私にした報告によれば、君は脚を広げたりする癖があるようだな、自習室での君の姿勢を見れば、日に日にそれは目立っ

ておるようだ。彼は君が机の卜でからだを長々と伸ばしているのを見たと断言しておる、若者がするようにだな…　不恰好にな。膝を突いて、私のすぐそばに近寄りなさい。私は優しく君に尋ねたいのだよ。答えなさい、君は脚をひどく広げるのかね、自習室で？》

それから彼が僕の肩や、首のまわりに手を置くと、彼の目は明るくなって輝いた、そしてこの脚を広げるということに関して僕にいろんなことを言わせるのだった…ほら、それは胸がむかつくようなことだったと僕はむしろきみたちに言いたいんだ、僕はそれらの情景が何を意味するのかわかっているのだから！…　こうして、僕はスパイされ、僕の心と僕の羞恥心は中傷された、――そして僕はそれに対しては何も言えなかった、生徒たちが互いに告げ口したり、匿名の手紙を出したりするのは、＊＊＊修道院長にとっては、許可されていて命じられていることだったのだから、――それから僕があの部屋に行くと、あのデブの手で、僕は…！　おお！　神学校というところは！…

……………………………………………………

五月十日

おお！　僕の学友たちときたら恐ろしく意地悪で恐ろしく好色だ。自習室では、これらの世俗の垢にまみれた連中は、みんな僕の詩の一件を知っていて、振り向きざまに、僕は精彩のないD＊＊の顔に出くわすのだが、彼は、君のキタラは？　君のキタラは？　それに君の日記はどうした？　と僕に囁くのだ。それから阿呆のL＊＊が続ける、君の竪琴は？　君のキタラは？　と。それから三、四人が声を合わせてこう囁く。

大いなるマリア…
愛おしき母よ！

まったくこの僕というやつは大馬鹿だ。――イエスさま、僕は自分を蹴飛ばしたりはしません！――でも要するに、僕は密告なんかしないし、匿名の手紙も書かないし、僕は自分のために聖なる詩と恥じらいをもっている！…

五月十二日
あなたたちにはわからないのでしょうか、なぜ僕が愛に死ぬのかを？

花は僕に、やあ、と言い、鳥は、今日は、と言います。
やあ、春になった！　愛の天使が来たんだ！
あなたたちにはわからないのでしょうか、なぜ僕が陶酔に胸たぎるのか！
僕の祖母の天使、僕の揺り籠の天使よ、
あなたたちにはわからないのでしょうか、僕が鳥になり、
僕の竪琴は震え、燕のように
　片方の翼でしか飛べないのが？……

昨日僕はこの詩を休み時間のあいだにつくった。僕は礼拝堂に入り、告解室に閉じこもったのだが、するとそこで僕の若々しい詩想は脈打ち、夢と静寂のなかを、愛の圏域へむかって飛び立つことができた。それから、ポケットのなかのどんなにわずかな紙切れも取り上げられてしまうので、昼も夜も、僕はこの詩を直接肌に触れる最後の着衣の下に縫い込んでおいた、そして、自習時間のあいだ、服の下で、僕は心臓の上にわが詩想を引き出し、夢見心地でそれを長いこと押しつけるのだ…

五月十五日

この前の打ち明け話の後で、事件が次から次へと起こった、いかにも厳粛な出来事、恐らくはとても恐ろしい形で私の未来の内的生活に影響を与えるにちがいない出来事が！

ティモティィナ・ラビネット、君が好きだ！
ティモティィナ・ラビネット、君が好きだ！　君が好きだ！　リュートに合わせて歌わせておくれ、あの神々しい詩篇作者が竪琴《プサルテリウム》にあわせたように、どんな風に君に出会ったのかを、どんな風に僕の心が永遠の愛のために君の心に飛びかかったのかを！

木曜日は、外出の日だった。僕たちは二時間外出できる。僕は出かけた。母が、この前の手紙のなかで、僕にこう言っていた、《おまえ、外出するなら、セザラン・ラビネットさんのお宅を訪ねておくれ、亡くなったお父さんのところによく来ていた人で、おまえの叙階式までに、いつかはおまえを紹介しなければならない人なんだから……》

……僕はラビネット氏を訪ねたが、ありがたいことに、一言も言わずに、彼は僕を台所に追いやった。娘のティモティィヌが、僕と二人っきりで残ることになったが、彼女はナプキンをつかむと、膨らみのある大きな鉢を胸で支えて拭いた、そして長い沈黙の後で、突然僕に言った、ねえ、レオナールさんったら?……

そのときまで、自分がこの孤独な台所にこの若い女と一緒にいると思うとどぎまぎしてしまい、目を伏せて、心のなかでマリアさまの聖なる名前に加護を祈っていた。僕は赤くなって再び顔を上げた、そして僕の話し相手の美しさを前にして、僕はただこう口ごもることしかできなかった、マドモワゼル、何でしょう?……

ティモティヌ! 君は美しかった! もし僕が画家であれば、君の聖なる面影を「鉢をもつ聖処女」とでも題して画布の上に再現するだろうに! だが僕は詩人にすぎないし、僕の言語は君を不完全にしかほめ称えることができない……

黒い竈には、燠火が赤い日のように炎を上げている穴があいていて、湯気が細い糸となって立ち上るシチュー鍋から、キャベツのスープとインゲン豆のこの世のものとは思えない香りが漂っていた。竈の前では、優しい鼻でこれらの野菜の香りを吸い込み、太った猫をその灰色の美しい目で見つめながら、おお、鉢をもつ聖処女よ、君は器を拭いていた! 真ん中からぺったり二つに分けた君の明るい髪が、太陽のように黄色い君の額の上につつましく張りついていた。君の目から一本の青味がかった筋が頰の真ん中まで走っていて、まるで聖女テレジアのようだった! 君の鼻は、インゲン豆の香りでいっぱいになって、繊細な鼻孔をふくらませていた。かすかなうぶ毛が君の唇の上を蛇行していて、それが君の顔にいかにも活力に溢れた様子を与えるのに一役買っていた。顎には、美しい褐色の黴が輝いていて、美しい気まぐれなうぶ毛が震えていた。髪の毛はおとなしくピンで後頭部にとめられていたが、ひと房の短い髪がそこからはみ出していた…　僕はむなしく君の乳房を探し求めた。君にそんなものはない。君はこれらの世俗的なお飾りを軽蔑している。君の心臓と君の乳房など！…君が振り向いて、大きな足で君の金色の猫を蹴飛ばしたとき、君の肩甲骨が盛り上がり、君のドレスを持ち上げるのが見えたのだが、君の腰のはっきりとした二つのアーチが優美によじれるのを前にして、僕は愛に刺し貫かれたのだ！…

このときから、僕は君を熱愛した。僕が熱愛したのは、君の髪ではないし、君の肩甲骨でも、下半身の後ろがよじれる様子でもない。ひとりの女、ひとりの処女のうちで僕が愛するのは、神聖な慎ましさだ。愛によって僕の胸を高鳴らせるのは、恥じらいと敬虔だ。これこそ君のうちで僕が熱愛したものだ、うら若い羊飼いの女よ！…

僕は自分の熱情をわかってもらえるようにやってみた。もっとも、僕の心、僕の心が僕の本心を暴露していた！　僕は彼女の問いかけにとぎれとぎれの言葉でしか答えていなかった。幾度か、混乱のあまり、「マドモワゼル」と言うかわりに僕は「マダム」と言った！　少しずつ、僕は彼女の声の魔法のようなアクセントに自分がやられていくのを感じていた。ついに僕は自分を委ねて、すべてを成り行きにまかせる決心をした。彼女から何を尋ねられたのかもうわからなくなって、僕は椅子の上で後ろにのけぞり、片方の手を心臓の上に置いて、もう片方でポケットのなかの白い十字架を通した数珠をつかむと、それから片目をティモティヌのほうに、もう片方を天に向けて、牡鹿が牝鹿にそうするように、苦しげに、そして優しく答えた。

《おお！　そうなんです！　マドモワゼル…　ティモティナ！！！！》

憐レミタマエ、憐レミタマエ！——天井にむかってうっとりと見開かれた僕の目のなかに、突然、一滴の塩水が、僕の頭上でぶらぶらしていたハムから滴り落ちる、そして情熱から覚めた僕が、恥ずかしさで真っ赤になってうつむいたとき、僕の左手のなかにあったのは数珠ではなく、褐色の哺乳瓶にすぎないことに気づいた。——去年、僕の母から誰某おばさんの赤ちゃんにあげてくれと託されたものだった！——天井のほうに向けた僕の目から、苦い塩水が滴った。——だが、君を見ていた目から、おお、ティモティナよ、一粒の涙が、愛の涙、そして苦しみの涙が流れたのだ！…

………………………………………………………………………

しばらくして、一時間ほどが経った頃、ティモティナからインゲン豆と脂身の入ったオムレツという軽食の用意ができたと告げられたのだが、彼女の魅力にすっかり心を奪われていた僕は小声でこう答えた、《もう胸がいっぱいなので、わかるでしょ、おなかを壊しちゃいますよ！》でも僕はテーブルについた。おお！　いまでも感じる、彼女の呼びかけのなかで、彼女の心は僕の心に答えていた。短い食事のあいだ、彼女は食べなかった。《何かいい匂いがすると思わない？》、と彼女は繰り返していた。彼女の父親はなんのことかわからなかったが、僕の心にはそれがわかった。それはダヴィデの薔薇、エッサイの薔薇、聖書に書かれたくすしき薔薇だった。それは「愛」だったのだ！

彼女はいきなり立ち上がると、台所の隅へ行った、そして彼女が腰の二重《ふたえ》の花を僕に見せながら、長靴やいろんな履物が雑然と積み上げられた山のなかに腕を突っ込むと、そこから猫が飛び出してきた。そして彼女はそれら全部を古い空っぽの戸棚のなかに投げ入れた。それから自分の席に戻り、不安げにあたりの様子をうかがっていたが、突然、額に皺をよせて、叫んだ。

《まだ匂うわ！……》

《ああ、匂うな》、かなり間の抜けた調子で彼女の父親が答えた。

（彼には理解できなかった、この俗物には！）

そういったことはどれも、僕の汚れのない肉においては、その熱情の内的な動きにすぎないことに僕はちゃんと気づいていたのだ！　僕は彼女のことが大好きだったし、黄金のオムレツを愛をこめて味わうのだった、そして僕の両手はフォークで拍子をとり、テーブルの下では、僕の足は靴のなかで楽しげに震えていた！……

だが、僕にとって一筋の光線であったもの、僕にとっていわば永遠の愛のしるし、いわばティモティナの側からもたらされた愛情のダイヤモンドであったもの、それは僕が帰る際に、彼女が微笑を浮かべて、こう言いながら、僕に一足の白い靴を差し出してくれたすばらしい親切だった。

《おみ足にこれをどうぞ、レオナールさん》

……………………………………

五月十六日

ティモティナ！　僕は君が大好きだ、君と君のお父さん、君と君の猫が。

……信仰ノ器
神秘ノ薔薇
ティモティナ　ダヴィデノ塔　ワレラノタメニ祈リタマエ！
天ノ門
海ノ星

五月十七日

いまや世の中の雑音と自習室の騒音が僕にとって何だというのか？　僕のかたわらで怠惰と物憂さのせいでへばっている連中が僕にとって何だというのか？　今朝、みんなの額は眠気で重たくなって、机にぴったりくっついていた。最後の審判のラッパの叫びのような、鈍くてゆっくりとしたいびきが、この広大なゲッセマネから立ちのぼっていた。僕は毅然として、晴れやかで、まっすぐで、廃墟の上に聳える棕櫚のように、これらすべての死者たちの上に聳え立ち、無作法な臭いと騒音などものともせず、片手で頭をかかえて、ティモティナのことで一杯になった心臓が動悸を打つ音に耳を傾けていた、そして僕の目は、窓の上部のガラス越しに垣間見える空の青に浸っていた！……

五月十八日
これらの素敵な詩句を僕に吹き込んでくれた聖霊に感謝。これらの詩句を僕は心のなかにしまっておくつもりだ。そして天がティモティナに再会することを許してくれるなら、僕は彼女の靴下と引き換えにそれらを彼女に捧げよう！…
僕はそれを「そよ風」と題した。

木綿の隠れ家で
優しい寝息を立てて西風《ゼピュロス》は眠る。
絹と羊毛の棲家で
口元をほころばせて西風は眠る！

木綿の隠れ家で
西風が翼を持ち上げるとき、
花の呼びかけるところに彼が駆けるとき、
彼の優しい寝息はとても芳《かぐわ》しい匂いがする！

おお、あまりにも洗練されたそよ風！
おお、愛の精髄よ！
朝露が拭き取られるとき、
日の光のなかで何といい匂いがすることか！

イエス！　ヨセフ！　イエス！　マリアよ！
それは祈りを捧げる者をまどろませる
コンドルの翼のようなもの！
僕らの心に染み入り、僕らを眠らせてくれる！

最後はあまりに内面が出すぎていて、あまりに甘ったるい。僕はこれを魂の聖櫃のなかにしまっておこう。今度外出するとき、神々しくて芳しい僕のティモティナに読んでやることにしよう。
静寂と瞑想のなかで待っていよう。

日付は不明。――待とう！……

六月十六日！

主よ、どうか御心が成就されますように、私はそれを妨げたりしません！　もしあなたがあなたの僕《しもべ》からティモティナの愛を遠ざけるおつもりなら、恐らくは、どうか御心のままに、でも、主イェスよ、あなたはご自身を愛されたのではなかったのですか、そして愛の槍が不幸な者たちの苦しみに同意なさるようにあなたに教えたのではなかったのですか！　私のために祈りたまえ！

　おお！　僕はずっと前から六月十五日午後二時のあの外出を待っていた。その日におまえは自由になるだろうと心に言い聞かせて、僕の魂を抑えていたのだ。六月十五日に、僕は自分の慎ましい髪の毛に櫛を入れ、いい匂いのする薔薇のポマードを使って、ティモティナの左右に分けた髪のようにそれを額の上にぴったりと撫でつけていた。眉毛にもポマードをつけた。黒い服に丹念にブラシをかけ、身なりに関する不愉快な欠損を巧みに補った、そして僕はセザラン・ラビネット氏の期待に胸躍る呼び鈴の前に立った。かなり長い時をおいて彼が現れた、いささか誇らしげに縁なし帽を耳の上に傾け、ひどくポマードを塗りたくったこわい毛をひと束まるで切り傷のように顔に打ちつけ、片手を黄色い花柄の部屋着のポケットに突っ込み、もう片方を扉の掛け金の上に置いて…　彼はそっけない挨拶の言葉を投げかけ、黒い紐のついた僕の靴をちらっと見て鼻に皺を寄せると、先に立って歩いていった、両手を両ポケットに突っ込み、＊＊＊神父が自分の僧衣にそうするように、部屋着を前のほうに引き寄せながら、そんな風にして僕の目に彼の下半身の輪郭を際立たせながら。

　僕は彼の後についていった。

　彼は台所を横切り、そして僕は彼の後から客間のなかに入った。おお！　この客間！　僕はそれを思い出のピンで記憶のなかにとどめた！　タピスリーは褐色の花模様だった。暖炉の上には、円柱のついた、黒い木でできたとてつもなく大きな柱時計や、薔薇を活けた青い花瓶が二つ、壁には、インケルマンの戦いを描いた絵と、痰にそっくりな小さな小川を侮辱している碾き臼のある水車を描いた、セザランの友人の鉛筆デッサンがかけてあったが、デッサンを始めた人なら誰もが墨で描きなぐるようなデッサンだった。詩のほうがずっと好ましいのに！…

　客間の中央には、緑色のテーブルクロスをかけたテーブルがあって、その周りには、＊＊＊小教区で昔聖具室係をやっていたセザラン氏の友人と、その奥さんであるド・

リフランドゥイユ夫人がいたし、僕が入っていくとすぐに、セザラン氏自身も再びやって来て肘をついたのに、僕の心にはティモティナしか目に入らなかった。

自分自身の一部分が、たぶんティモティナの手になるタピスリーの上に寄りかかろうとしているのを思い浮かべながら、詰め物をされた椅子をひとつ取って、僕はみんなに挨拶した、そして自分の前に、まるで城壁のように自分の黒い帽子を置くと、話に耳を傾けた……

僕は話はしなかったが、僕の心が語っていた！　男たちはすでに始められていたトランプのゲームを続けた。彼らが我勝ちにいかさまをやるのに気づいたが、それはかなりつらい驚きを僕に引き起こした。――ゲームが終わると、これらの人々は火のない暖炉の周りに車座に座った。僕は隅のほうにいて、セザランの友人の巨体のかげにほとんど隠れていたが、その男の椅子だけが僕とティモティナを隔てていた。僕という人物がほとんど注意を払われていないことに僕は内心満足した。名誉聖具室係の椅子の後ろに遠ざけられているので、僕は誰からも気づかれずに僕の心の動きを顔に出せるというものだ。だから僕は打ち捨てられた甘い孤独に身を委ねたわけだ。そしてこれら三人の人物の間で会話が熱を帯び、深まろうとどうでもよかった。というのもティモティナはごく稀にしか口をきかなかったからだ。彼女は愛の眼差を神学生に投げかけていたし、正面から彼を見つめる勇気がないので、その明るい目をちゃんと磨かれた僕の靴のほうへ向けていた!…　僕はといえば、デブの聖具室係の後ろで、自分の心に身を任せていた。

僕は天を仰ぎ見ながら、まずティモティナのほうへ身を傾げた。彼女は振り返っていた。僕は立ち上がり、胸のほうへ頭を垂れると、溜息をひとつついた。彼女は身じろぎしなかった。僕はボタンをかけ直し、唇をもぐもぐ動かすと、軽く十字を切った。彼女は何も見なかった。そのとき、我を忘れ、愛に猛り狂って、僕は彼女のほうに激しく身をかがめた、聖体拝領のときのように自分の手をつかみ、ああ!…という声を長く苦しげに漏らしながら。憐レミタマエ!　身振りを交え、祈りを捧げているうちに、僕は鈍い音をたてて椅子から転げ落ちてしまった、するとデブの聖具室係が嘲笑いながら振り向いた、それからティモティナが父親に言った。

《あら、レオナールさんが床に滑り落ちちゃったわ!》

父親は冷笑を浮かべた。憐レミタマエ!

恥ずかしさで真っ赤になり、恋心でぐったりした僕を、聖具室係は例の詰め物をした椅子に戻して、場所をあけてくれた。だが僕は目を伏せて、眠ってしまいたかった!　この集まりは僕にはわずらわしかったし、彼らはそこの物陰で苦しんでいた愛に気づいてはいなかったが、僕は眠りたかったのだ！　でもまた僕のことが話題にのぼるのが聞こえた！…

僕はかすかに目を開けた…

セザランと聖具室係はそれぞれが精一杯気取って細い葉巻を吸っていたが、そのために彼らの人格は恐ろしく滑稽なものになった。聖具室係夫人は椅子の端っこに座り、ぺしゃんこの胸を前に傾げて、首のところまで膨れ上がった黄色いドレスを後ろに波打たせ、とっておきのフリルを自分のまわりに花開かせながら、楽しげに薔薇の花びらをむしっていた。ぞっとするような微笑みが彼女の唇を半ば押し広げていて、痩せた歯茎には、古ぼけたストーブの陶器のように黒ずんで黄色い二本の歯が見えていた。――ティモティナ、白い飾り襟をつけ、目を伏せて、髪の毛を二つにぴったりとなでつけた君は美しかった！

《末頼もしい若者ですな。彼の現在から将来をうかがうことができますよ》、灰色の煙を波のようにくゆらせて聖具室係が言うのだった。

《おお！　レオナールさんは僧服の名を高めてくださるわ！》、聖具室係夫人が鼻にかかった声で言った。二本の歯がむきだしになった！…

僕はといえば、善良な少年のように赤くなっていた。椅子が僕から遠ざかり、みんながが僕のことでひそひそ囁いているのがわかった…

ティモティナはずっと僕の靴を見つめていた。二本の汚れた歯が僕をおびやかしていた…　聖具室係は皮肉な笑みを浮かべていた。僕はずっとうなだれたままだったのだ！…

《ラマルティーヌが死んだわ…》、突然、ティモティナが言った。

愛おしいティモティナ！　君がこのラマルティーヌという名前を会話のなかに投じたのは、君の崇拝者のため、君の哀れな詩人レオナールのためなのだ。それで、僕は額を上げた、詩という考えだけがこれらすべての俗物どもに純潔さを取り戻させようとしていると感じた、僕は自分の翼がぴくぴく震えるのを感じていた、そして輝く目をティモティナに向けて言った。

《彼は王冠に美しい花飾りをつけたのです、『瞑想詩集』の作者は！》

《詩の白鳥が亡くなったのですな！》、聖具室係が言った。

《ええ、でも彼は自分の弔いの歌をうたったのですよ》、僕は夢中になって続けた。

《それはそうと》、聖具室係夫人は叫んだ、《レオナールさんも詩人でしたわね！　お母さまが去年彼のミューズの試みを私に見せてくださいました…》

僕は大胆に気取ってやった。

《おお！　マダム、僕は竪琴もキタラも持ってきてはおりませんが…》
《おお！　あなたのキタラ！　またいつか持っていらしてくださいな…》
《でも、そうとはいえ、尊敬すべき方のご不興を買わないのでしたら》、そう言って僕はポケットから紙切れを引っぱり出した、《いまから少しばかり詩を読んでお聞かせしたいのですが…　僕はそれをティモティナさんに捧げます》
《ええ、ええ、お若いの！　素晴らしい！　さあ、さあ、朗読なさって、お部屋の端に立たれるといいわ…》
僕は後ろへ下がった…　ティモティナは僕の靴を見ていた…　聖具室係夫人はマドンナのように振る舞っていた。二人の紳士は互いのほうへ身を傾げていた…　僕は赤くなり、咳をした、そして優しく歌いながら言った。

木綿の隠れ家で
優しい寝息を立てて西風《ゼピュロス》は眠る…
絹と羊毛の棲家で
口元をほころばせて西風は眠る。

その場に立ち会った全員がぷっと吹き出した。紳士たちは下品なしゃれを言い合いながら互いのほうへ身を傾げていたが、とりわけぞっとしたのは聖具室係夫人の様子で、目を天に向け、神がかりの女の真似をして、おぞましい歯を見せて微笑みを浮かべていた！　ティモティナ、ティモティナは腹がよじれるほど笑っていた！　それは死ぬほどの衝撃で僕を突き刺した、ティモティナが身をよじって笑っていたのだ！…《木綿のなかの優しい西風、そいつはうっとりするよ、うっとりするとも！…》、セザランおやじが鼻をぐすぐすいわせながら言うのだった…　僕には何か思い当たるふしがあったが…　でもこの爆笑は一瞬しか続かなかった。全員がつとめて真面目な態度を取り戻そうとしていたが、まだ時おり爆笑していた…

《続けて、お若いの、結構、結構ですとも！》

木綿の隠れ家で
西風が翼を持ち上げるとき、
花の呼びかけるところに彼が駆けるとき、
彼の優しい寝息はとても芳しい匂いがする…

今度は、どっという笑いが僕の聴衆を揺さぶった。ティモティナは僕の靴を見つめた。僕は熱くなった、彼女に見つめられて僕の両足は燃え、汗のなかを泳いでいた。だって僕はこんなことを思っていたのだから。一ヵ月前から履いている僕の靴下は彼女の愛の贈り物であり、彼女が僕の足に投げかける眼差は彼女の愛の証なのだ、と。彼女は僕を大好きなのだ、と！

するとそのとき、何か得体の知れない臭いが僕の靴から漂ってくるように思えた。おお！　僕はその場にいた人たちのぞっとするような笑いを理解した！　こんな意地悪な連中のなかに迷い込んでいては、ティモティナ・ラビネット、ティモティナは、けっして自分の情熱を自由に生きることができないのが僕にはわかった！　この僕もまた、ある五月の午後に、鉢をもった「聖処女」の下半身がよじれるのを前にして、ラビネット家の台所で、僕の心のなかに開花したこの苦しい愛をぐっとこらえねばならないことを理解したのだ！

——帰宅時間である四時を客間の柱時計が打っていた。取り乱し、恋心に身を焦がし、苦悩で気も狂わんばかりになって、帽子をつかむと、僕は椅子をひっくり返しながら逃げ出した、ティモティナが好きだ、と呟きながら廊下を横切り、そして立ちどまらずに神学校に逃げ帰った……

僕の黒服の裾が、僕の後ろで、不吉な鳥のように風に舞っていた！……

……………………………………………

六月三十日

これからは、僕の苦悩を和らげる世話は神聖なる美神に任せよう。十八歳にして愛の殉教者となり、悲嘆のなかで、われらの喜びとわれらの幸福をなすもうひとりの性の殉教者に思いを馳せ、もはや愛する人をもたぬ僕は、信仰を愛するだろう！　キリストが、マリアが、彼らの胸に僕を抱きしめてくれればいい。僕は彼らに従おう。僕にはイエスの靴紐を解く値打ちもない。だが、わが苦しみ！　だが、責め苦がある！　僕もまた十八歳と七ヵ月で十字架を背負い、茨の冠を戴いているのだ！　だが僕の手のなかには、葦のかわりにキタラがある！　そこには僕の傷に対する慰めがあるだろう！……

……………………………………………

一年後の八月一日

今日、僕は聖なる衣を着せられた。僕は神に仕えようとしている。ある裕福な村で、僕は主任司祭の職とひとりの慎ましい女中をもつだろう。僕には信仰がある。自分の救済につとめ、そして贅沢はせずに、神の良き僕《しもべ》として神のはしためとともに生きてゆこう。わが母である聖なる教会はその胸のなかで僕を温めてくれるだろう。教会に祝福あれ！　神に祝福あれ！

…僕の心の奥底に閉じ込めている残酷なまでに愛しいあの情熱については、根気よくそれに耐えてゆくことができるだろう。まさにそれを蘇らせることなく、時には思い出を呼び覚ますこともできるだろう。あれらの事柄はとても甘美なものなのだ！——そもそも僕は愛と信仰のために生まれてきたのだ！——恐らくいつの日か、この村に戻るなら、わが親愛なるティモティナの懺悔を聞く幸運にも恵まれるのではないか？…　それに僕は彼女の思い出の品をひとついまも大切にとってある。一年前から、僕は彼女がくれた靴下を脱がなかった…

これらの靴下を、わが神よ！　僕はあなたの聖なる天国に入るまで足につけたままにするでしょう！…

淫蕩詩篇

〔昔の畜生たちは…〕

昔の畜生たちは走っているときでさえ、
亀頭を血と汚物だらけにして交尾していた。
俺たちの先祖は鞘の襞と袋の肌理《きめ》を広げて
自分たちの一物を誇らしげにひけらかしていた。

中世では、天使であろうとあばずれであろうと、女には、
堅固なお道具を備えた屈強な男が必要だった。
クレベールみたいな奴でさえ、ズボンの膨らみからして

たぶん多少のごまかしはあったにせよ、それなりのものをもっていたはずだった。
そもそも人間と最も高慢な哺乳動物は同じようなもの。
その一物の巨大さに俺たちが驚くのは間違っている。
だが不毛の時が告げられたのだ。馬と

牛は情欲を抑えたし、もう誰ひとり
自慢の性器をあえておっ立てたりはしないだろう
おどけた子供たちが蠢《うごめ》く木立のなかでは。

〔俺たちの尻は…〕

俺たちの尻は彼女たちの尻とは違う。しばしば俺は見た、
どこかの生け垣の後ろでボタンを外す連中を、
そして子供たちが喜ぶあれらの気兼ねのない浴場で、
俺は自分たちの尻の平面と効果を品定めしていた。

よりしまっていて、たいていの場合、色は青く、
はっきりとした平面部分を備えていて、ごわごわの毛の金網に
覆われている。彼女たちの場合は、細く生い茂る繻子の茂みが花咲くのは
ただ魅惑的な溝のなかだけなのだ。

聖画の天使にしか見られないような
感動的で素晴らしい巧みさは

微笑みがえくぼをつくる頬を真似ている。
おお！　同じように裸になって、喜びと休息を求めようか、
額をその輝かしい部分のほうへ向けて、
誰はばかることもなく二人して啜り泣きの嗚咽をもらそうか？

## 尻の穴

紫のカーネーションのように暗くて、皺が寄ったそいつは、
息をしている、まだ愛に濡れそぼった苔のあいだに
控え目にうずくまり、その折り返しの縁にいたるまで
白い尻の緩やかな勾配にしたがっている。

乳の涙にも似た糸状の筋は
赤茶色の泥灰土の小石のあいだをぬって
それらを押し返す容赦のない烈風を受けて涙を流し、
下り坂が呼んでいたところへと消えていった。

俺の夢はしばしばその吸盤に接合された。
俺の魂は物質の交合に嫉妬して、
そいつを野獣の眼下腺と啜り泣きの巣に変えたのだ。

それはぼうっとなったオリーヴと甘えたフルートであり、
天上のアーモンドクリームの降りてくるチューブ、
湿り気のなかに閉じ込められた女性のカナンの地なのだ。

# 付録　書簡選

## ジョルジュ・イザンバール宛

シャルルヴィル、〔一八〕七〇年八月二十五日

先生、

あなたはお幸せです、あなたはもうシャルルヴィルに住んではおられないのですから！――僕の生まれた町は田舎の小都市のなかでもとびぬけて愚かしいところです。その点では、おわかりでしょうが、僕はいかなる幻想も抱いてはいません。なぜならこの町はメジエール――見つけられない町――のそばにあるからで、通りを二、三百人の兵隊が東奔西走するのが見られ、あの殊勝ぶった住民がもったいぶった刺客みたいに振る舞っているからですが、メスとストラスブールの籠城軍とはわけがちがうのです！　軍服を着た乾物屋のご隠居なんて、ぞっとしますよ！　公証人も、硝子屋も、収税吏も、指物師も、それに太鼓腹の連中全員が、シャスポー銃をかかえて、メジエールの門のところで愛国パトロール主義を実践しているのは、なんともみじめなところがあるし、ものすごい光景です。わが祖国は立てり！…　僕は祖国には座ってもらっているほうがいいのです。長靴を動かすな！　それが僕の主義です。

僕はここにはなじめず、具合が悪く、怒り狂って、馬鹿みたいに、唖然としていま

す。僕は太陽を浴びて、いつまでも散歩し、休息し、旅をし、冒険し、つまり放浪生活を望んでいました。とりわけ新聞や本を望んでいたのです…　何にも！　何にもなしでです！　郵便は本屋にはもう何も送ってきません。パリはひどく僕たちを馬鹿にしています。一冊の新刊書もない！　それは死です！　新聞はといえば、僕に残されたのはあの尊敬すべき『アルデンヌ通信』だけになってしまったのです、——社主、経営者、主幹、編集長、そしてたったひとりの執筆者を兼ねているのはA・プイヤールです！　この新聞が住民の憧れと願望と意見の縮図なのです。だから考えてみてください！　まったくひどいものです!…　故国にあって島流しの身ですよ!!!

幸いなことに、僕には先生の部屋があります。——先生からいただいたお許しを覚えていますよね。——先生の蔵書の半分を運び出してしまいました！　『パリの悪魔』を拝借しました。グランヴィルのデッサンより馬鹿ばかしいものがあったかどうかちょっと教えてください。——『インド人のコスタル』、『ネッソスのドレス』もありますが、二つとも面白い小説です。それから、先生に何を言えばいいのか?…　僕は先生の本を全部読みました、全部です。三日前、『試練』にまで手を伸ばしました、それから『落穂拾いの女たち』にも、——そうです！　僕はこの本を読み返しました！——そしてそれで全部です!…　もう何もありません。僕の最後の助け舟だったあなたの本棚は種切れになってしまいました！…『ドン・キホーテ』が目にとまりました。昨日は、二時間続けてドレの木版画を見返して過ごしました。いまはもう何もありません！

先生に詩をお送りします。それを朝に、僕がそれをつくったときのように日なたで読んでください。いま、あなたはもう教師ではありません、そうあってほしいのです！…

僕がルイザ・シフェールの最近の詩をお貸ししたとき、先生は彼女を知りたがっているご様子でした。彼女の第一詩集である『失われた光』の第四版の一部を手に入れたところです。ここにとても感動的で非常に美しい作品、「マルグリット」があります。

……………………………………………

私はといえば、離れたところにいました、膝の上に抱いていたのは
とても優しい青く大きな目をした小さな従妹。
マルグリットはうっとりするような子供
髪はブロンド、小さな口をして
透き通るような肌…

…………………………………………

マルグリットはあまりにいとけない。おお！　せめてこれが私の娘であるならば、
私に、金髪の、愛くるしい顔をした子供がいるならば、
きっと私が生き返るよすがとなるかよわき被造物、
ぶしつけな大きな目をした薔薇色のあどけない子が！
涙が瞼の縁に溢れかかる
私をこんなにも誇らしげにしてくれるその子のことを
私のものではない、私のものにはけっしてならないその子のことを思うと。
私の愛した人にあっては残酷な
この子の未来も私の絶望を誘うのだから…

…………………………………………

人はけっして私のことを母とは言わないでしょう！
それにけっして私をお母さんと言う子はいないでしょう！
私の年頃のどんな娘だって思い描く
天の物語は私にとって終わったのです…

…………………………………………

私の人生は、十八歳にして、過去全体に及ぶのです。

――これはソポクレスにおけるアンティゴネの呻き声と同じように美しいものです。手元にポール・ヴェルレーヌの美しい十二折版の『艶なる宴』があります。たいへん変わっていて、とてもおかしなものですが、ほんとうに素晴らしい。時々、思い切った破格語法があります。例えば、

そしてヒルカニーのぞおっ――とする牝虎

これはこの本の詩句です。同じ詩人の小さな詩集『よき唄』を買ってください、先生にお薦めします。ルメール書店から出たばかりです。僕はまだ読んでいません。ここには何ひとつ届きませんが、幾つかの新聞が大いに褒めています。

さようなら、二十五ページくらいの手紙をください――局留めで――それも大急ぎで！

A・ランボー

追伸――休暇の…後に僕が送ろうとしている生活については、まもなく明らかになるでしょう…

ジョルジュ・イザンバール宛

パリ、一八七〇年九月五日

親愛なる先生、
してはならないとあなたに忠告されていたことをやってしまいました。母の家を出て、パリへ行ったのです！　この旅を八月二十九日にやりました。
無一文で十三フランの汽車賃を払えなかったために列車を降りると逮捕され、今日、僕はマザスで判決を待っています！　おお！――僕はあなたを当てにしています、母にするように。先生はいつも僕にとって兄のようでした。かつて先生が申し出てくださったあの手助けを切にお願いします。僕は母や、検事や、シャルルヴィルの警察署長に手紙を書きました。もし水曜日に、ドゥエからパリへ行く汽車が出る前に、先生が僕からの便りを何も受け取らないなら、その汽車に乗ってください、手紙か、あるいは検事のところに出頭するかして、頼み込んで、僕の保証人になり、僕の借金を払って、僕の身柄を要求しにこちらへ来てください！　できることはすべてやってください、そしてこの手紙を受け取ったなら、先生ご自身で、手紙を書いてください、僕は先生に命令します、そうです、哀れな母に書いてください（シャルルヴィル、マドレーヌ河岸五番地）、彼女を慰めるために。僕にも手紙をください、全部やってください！　僕は先生を兄のように愛しています、僕は先生を父のように愛するでしょう。

あなたの手を握ります。

あなたの哀れな

アルチュール・ランボー

マザスにて

（そして首尾よく僕を自由にできたなら、あなたと一緒に僕をドゥエに連れていってください。）

ジョルジュ・イザンバール宛

シャルルヴィル、一八七一年五月〔十三日〕

親愛なる先生！

また教師になられたのですね。社会に尽くす義務がある、とあなたは僕におっしゃいました。あなたは教職員集団の一員です。お定まりのコースを進んでおられるのですね。——僕もまた原則に従っています。破廉恥にも食わせてもらっているのです。僕は中学校《コレージュ》の昔の馬鹿連中を掘り出してきては、行いと言葉においてでっち上げることのできるすべての馬鹿げたこと、汚らしいこと、邪なことを、彼らに打ち明けます。みんなは僕にビールと葡萄酒のジョッキで支払ってくれます。悲シミノ聖母ハ立テリ、人ノ子ガ十字架ニカカリシトキニ、というわけです——僕は社会に尽くす義務がある、そうです、——そして僕は正しい。——先生も正しいのです、今日のところは。結局のところ、先生はご自分の原則のなかに主観的な詩しか見ておられないのです。先生がどうあっても大学の職にまたありつこうとする執念が——失礼！——それを証明しています。だけど先生は、何もしようとは思わなかったので何もしなかった満足しきった人間として、ずっと変わることなく生涯を終えられることでしょう。ずっとあなたの主観的な詩がぞっとするほどくだらないだろうということを別にしても。いつの日か、僕はそう願っているのですが、――他の多くの人たちも同じことを願うでしょうが、――僕はあなたの原則のなかに客観的な詩を見るでしょう、僕はあなたがそうするよりもっと真摯な目でそれを見るでしょう！――僕はひとりの労働者になるでしょう。気違いじみた怒りが僕をパリの戦いへと駆り立てる時に、僕を引き止めるのはこの観念です、――そこではまだいまも多くの労働者が斃れているのです、僕があなたに手紙を書いているあいだにも！　いま働くなんて、絶対に、絶対に、嫌です。僕はストライキ中です。

いま僕は放蕩無頼の限りをつくしています。なぜなのか？　僕は詩人になりたいし、そして自ら見者たらんと努めているのです。あなたにはさっぱりおわかりにならないでしょうし、僕だってほとんどあなたに説明できないのです。問題は、すべての感覚の乱調によって未知なるものに到達することです。並大抵の苦しみではありませんが、強くあらねば、生まれつきの詩人でなければならないのです、そして僕は自分が詩人であると認めたのです。僕の落ち度などではまったくありません。われ思う、などと言うのは誤りです。人は私をして考える、と言うべきでしょう。――言葉の遊びを許してください。

「私」は一個の他者です。木ぎれが自分をヴァイオリンだと思い込んでも仕方がありませんし、自分がまったく知りもしないことについて屁理屈をこねる無自覚な連中など何だというのですか！

あなたは僕にとって「教育者」じゃありません。これをあなたに差し上げます。これは風刺なのでしょうか、あなたならきっとそうおっしゃるように？　詩なのでしょうか？　これはつねに奇抜な想像力なのです。——でも、どうかお願いですから、鉛筆で下線を引いたり、あんまり考えすぎたりしないでください。

拷問にかけられた心臓

俺の悲しい心臓は船尾で涎を垂らす、
俺の心臓は安煙草でいっぱいだ。
奴らはそいつにぷぅーとスープをぶっかける、
俺の悲しい心臓は船尾で涎を垂らす。
どっと笑い声を立てる

兵隊の一団の冷やかしを浴びて
俺の悲しい心臓は船尾で涎を垂らす、
俺の心臓は安煙草でいっぱいだ！

男根をおっ立て、兵隊根性丸出しの
奴らの侮辱のせいで俺の心は堕落した！
夕暮れになると、男根をおっ立て、兵隊根性丸出しの
奴らは一大絵巻を繰り広げる。
おお、アブラカダブラ、魔除けの波よ、
俺の心臓をとって、そいつを救ってくれ。
男根をおっ立て、兵隊根性丸出しの
奴らの侮辱のせいで俺の心は堕落した！

奴らが噛み煙草を切らせるときには、
どうすればいいのやら、おお、盗まれた心臓よ？
酔っ払いの繰言を聞かされるだろうよ、

奴らが嚙み煙草を切らせるときには。
俺の胃はびっくりして飛び上がるだろうよ、
もしも俺の悲しい心臓を飲み込んだりしたら。
奴らが嚙み煙草を切らせるときには、
どうすればいいのやら、おお、盗まれた心臓よ？

何の意味もないというわけではありません。――返事をください、ドゥヴェリエール様方、A・R宛に。
心からご機嫌よう。

A・ランボー
ポール・ドメニー宛
シャルルヴィル、一八七一年五月十五日

あなたに一時間ほど文学についてお話しすることに決めました。まずはさっそく時事的な詩篇から始めます。

パリの軍歌

春が来たのは間違いない、というのも
緑の領地の中心から
飛び立つティエール人統領とピカール自治大臣が
その華麗さを大きく広げたままにしておくからだ

おお、五月よ！　なんというとんでもない丸出しの尻どもなんだ！
セーヴル、ムードン、バニュー、アスニエールよ、
いいから聞けよ、待らに待った客人が
春のあれこれを撒き散らす音を！

奴らにはシャコ帽とサーベルとタムタムがあるが、

古い蠟燭箱なんぞはお持ちでないし、
それに漕いだためしのないボートが
赤い水をたたえた湖をかき分けてくるのだ！

俺たちはかつてないくらい浮かれ騒いでいるのさ
特別な夜明けに
黄色いカボション宝石が
俺たちのあばら家の上にばらばらと落ちてくるんだから！

ティエールとピカールは能なしの色気違い、
ヘリオトロープの盗っ人だ、
石油を使ってコローばりの絵を描いている、
ほら見ろよ、奴らの部隊をコガネムシにしちまうぜ…

奴ら、いかさま大王とは大の仲良しだ！…
グラジオラスのなかに横たわり、ファーヴルの野郎

目をぱちぱちやって空涙を流し
胡椒でも嗅いだみたいに鼻を鳴らしてる！

おまえらが石油のシャワーを浴びせても
大都会の敷石は熱く焼けてるし、
どう考えても俺たちが
仕事にはげめとおまえらをどやしつけねばならないのだ…

そして長々としゃがみ込み
のうのうとしている田舎者たちは
赤い砲弾の飛び交うなかで
小枝が折れる音を聞くだろう！

A・ランボー

——以下は詩の未来についての文章です。

あらゆる古代の詩は、「調和のとれた生」であるギリシア詩に至ります。――ギリシアからロマン派の運動まで、――中世を経て、――さまざまな文人やへぼ詩人たちがいます。エンニウスからテロルデュスまで、テロルデュスからカジミール・ドラヴィーニュまで、すべてが韻のある散文であり、ひとつの遊びであり、無数の愚かな世代の衰弱と栄光なのです。ラシーヌは純粋で、強力で、偉大な人というわけです。――かりに彼の脚韻に息を吹きかけて、彼の半句をぐちゃぐちゃにしていたなら、「聖なる愚者」は、どこにでもいる『起源』の著者と同じくらい、今日でも知られていないでしょう。――ラシーヌの後、遊びには黴が生えました。それは二千年続いたのです。

冗談でも、逆説でもありません。この問題について理性は、かつて戦闘的なロマン主義者である「若きフランス」派が怒りのあまり抱いたよりもさらに僕に確信を与えてくれます。それに、先祖を嫌悪するのは、新参者の自由です！　気兼ねなんかいらないし、時間だってあります。

ロマン主義はちゃんと評価を下されませんでした。それに評価を下した者がいたのでしょうか？　批評家たちがですよ！　ロマン派は？　彼らは、歌がきわめて稀にしか作品、すなわち歌われ、そして理解された歌い手の思想ではないことをじつに見事に立証しているのです。

というのも「私」とは一個の他者であるからです。もし銅が目覚めてラッパになっているとしても、銅には何の落ち度もありません。このことは僕には明白です。僕は自分の思想の孵化に立ち会います。僕はそれに目をこらし、それに耳を傾けます。僕は楽弓のひと弾きを放ちます。シンフォニーは深みで動き出し、あるいは一挙に舞台の上に躍り出ます。

もし老いぼれの間抜けどもが自我について誤った意味しか見出さなかったとしたら、われわれがこれら無数の骸骨どもを一掃する必要などないのでしょうが、奴らは遥かな昔から、自分がその作者だとわめきたてながら、彼らのいかがわしい知性の産物を積み上げてきたのです！

ギリシアでは、さっきも言いましたように、韻文と竪琴が行動にリズムをつけています。その後は、音楽と脚韻は遊びであり、気晴らしです。この過去の研究は好事家たちを魅了します。なかにはこれらの骨董品を新しくして喜んでいる連中もいます。――それは彼らの勝手です。普遍的知性はつねに自分の観念を投げ与えてきました、当然のことながら。人間たらはこれらの頭脳の果実を拾い集めてきました。人はそれによって行動し、それについて本を書いてきました。事はこのように進んできましたが、人間は自らに磨きをかけることもなく、まだ覚醒してはおらず、あるいはまだ偉大な夢想の充溢のなかにはいません。役人や、作家たちばかりです。作者、創造者、詩人といった、そんな人間はけっして存在しなかったのです！

　詩人たらんと欲する人間が第一に究めることは、完全な、彼自身の認識です。彼は自分の魂を探し求め、それをつぶさに調べ、それを試み、それを学ぶのです。彼がそれを知るやいなや、彼はそれを育まねばならない。それは簡単なことに思えます。どんな頭脳のうちでも、自然な発展が成し遂げられます。多くのエゴイストたちは自分が作者であると宣言します。彼らの知的な進歩を自分のものであると主張する連中は他にもいろいろいます！――でもそれは怪物的な魂をつくり出すことなのです。コンピラキコスにならって、というわけです！　顔にイボを植えつけて、栽培している男を想像してみてください。

　見者であらねば、見者にならねばならない、と僕は言っているのです。

「詩人」は、すべての感覚の、長きにわたる、途方もない、考え抜かれた乱調をとおして見者になるのです。愛や、苦悩や、狂気のすべての形です。彼は自分自身を探し求め、自らのうちであらゆる毒を汲み尽くし、その精髄だけを保持するのです。筆舌に尽くしがたい責め苦であり、そこで彼は信念のすべてを、超人的な力のすべてを必要とし、とりわけ大いなる病者、大いなる犯罪者、大いなる呪われた者になるのです、——そして至上の「学者」に！——というのも彼は未知なるものに到達するからです！　どんなものよりすでに豊かな自分の魂を育んだのですから！　彼は未知なるものに到達します、そして彼が気も狂わんばかりになって、ついに自分の諸々のヴィジョンについての知的理解を失うときに、彼はそれらを見たのです！　前代未聞の、名づけようのない事柄によって、跳躍のただなかでくたばってしまえばいいのです。他の恐るべき労働者たちがやって来るでしょう。彼らは他の者が斃れた地平から始めるでしょう。

——続きは六分後に——

ここで二つ目の詩篇を番外編として挿入します。どうか寛大に耳をお貸しください、——きっとみんなが魅了されることでしょう。——僕は楽弓を手にしています、始めましょう。

俺のかわいい恋人たち

涙の香りのする蒸留水が
　キャベツ色の空を洗う。
涎を垂らす若芽を吹く木の下で、
　おまえらのゴム靴を

丸い涙の跡をつけた
　一風変わったお月様で白くして、
おまえらの膝当てを互いにぶつけ合わせろ、
　俺のブス女たちよ！

あの頃俺たちは互いに愛し合っていた、
　青い髪のブス女よ！
半熟卵を食ってたよな
　それからハコベを！

ある晩、おまえは俺を詩人だと言ってくれた、
　金髪のブス女よ。
ここまで降りて来い、俺の膝に乗せて
　鞭で打ってやるからさ。

俺はおまえの髪油を吐き出した、
　黒髪のブス女よ、
おまえは俺のマンドリンの弦を切っちまうだろう、
　おでこの線に沿って。

うっ！　からからになった俺の唾が、
　赤毛のブス女よ、
丸みを帯びたおまえの胸のくぼみで
　いまも臭ってるぜ！

おお、俺のかわいい恋人たちよ、
　どれほど俺はおまえらを憎んでることか！
おまえらの醜いおっぱいを
　痛ましいボロ布で覆ってしまえ！

感情の詰まった俺の古い鉢など
　踏みつぶしてしまえ。
——それっ！　しばらくは
　俺のバレリーナでいてくれや！……

おまえらの肩甲骨が脱臼するぞ、
　おお、俺の恋人たちよ！
びっこの腰を振りふりスター気取りで、
　くるくる回転技でもやってみろ！

それでも俺が詩を書いたのは

こんな羊の肩肉のためなのか！
俺はおまえらの腰の骨を折ってやりたい
愛してやったんだからな！
落ちぶれたスターたちのさえない山よ、
隅っこにすっ込んでろ！
——さもしい心配しょい込んで
おまえらは神のもとでくたばるんだ！
丸い涙の跡をつけた
一風変わったお月様の下で
おまえらの膝当てを互いにぶつけ合わせろ、
俺のブス女たちよ！

A・R

以上です。それからあえて申し上げますが、もし運賃の六十サンチーム以上をお支払いしてくださって構わないのでしたら、――びくびくした、この哀れな僕は、七ヵ月前からただの銅貨一枚も手にしたことがないのです！――あなたに百行の六脚詩句「パリの恋人たち」と、二百行の六脚詩句「パリの死」をお届けするでしょうに。

――

本題に戻ります。

それゆえ詩人とはほんとうに火を盗む者なのです。

彼は人類に対して、動物たちに対してさえ責任があります。彼は自分の発明を感じさせ、手で触らせ、聞かせなければならなくなるでしょう。もし彼が彼方から持ち帰るものに形があるなら、彼は形を与えます。形をなさないものなら、無形態を与えます。ひとつの言語を見つけることです。

――それにどんな言葉も観念なのだから、ひとつの普遍的な言語活動の時代が到来するでしょう！　どんな言語のものであれ辞書を完成するなんてことは、アカデミー会員――化石よりもっと死んだものです、――にならなければできません。気の弱い連中なら、アルファベットの最初の文字について考え始めるだけで、すぐに狂乱状態に陥って暴れるかもしれません！――

この言語は魂から魂へと向かうでしょうし、匂いや、音や、色といったすべてを要約し、思考を引っかけ、そして引き出す思考に属するでしょう。詩人は普遍的な魂において その時代に目覚める未知なるものの量を明らかにするでしょう。その思考の方式や、進歩へとむかうその歩みの表記法——以上のものを彼は与えるでしょう。常軌を逸したものは規範となり、万人に吸収されて、彼はほんとうにひとつの進歩の乗数となるでしょう！

この未来は、おわかりでしょうが、唯物論的なものとなるでしょう。——これらの詩はつねに「数」と「調和」に溢れ、残存すべくつくられるでしょう。——結局のところ、それはまだ少しばかり「ギリシア詩」であるのでしょう。

詩人が市民であるように、永遠の芸術にはその役割があるのでしょう。「詩」はもはや行動にリズムをつけはしないでしょう。それは先にあるものとなるでしょう。

これらの詩人たちは存在するでしょう！　果てしのない女性の隷属状態が打ち砕かれるとき、男性が——いままでは忌まわしいものでしたが、——彼女をお役御免にすることによって、女性が自分のために自分の力で生きるとき、彼女は詩人となるでしょう、彼女もまた！　女性は未知なるものを見つけるでしょう！　彼女の観念世界はわれわれのそれと異なることになるのでしょうか？——彼女は、変わったもの、測りがたいもの、不快なもの、えも言われぬものを見つけるでしょう。われわれはそれらを取り上げ、理解するでしょう。

それまでは、詩人たちに新しいものを要求しましょう、——観念と形式を。そつのない連中はすぐにこの要求に応えたと思うかもしれません。——そうではないのです！

初期のロマン派たちは、そのことにちゃんと気づくことなく見者でした。彼らの魂の修養が開始されたのは偶発事からでした。打ち捨てられても、燃えているので、しばらくは古臭い形式のレールの上を走っている機関車です。——ラマルティーヌは時おり見者ですが、古臭い形式に窒息させられました。——ユゴーはあまり強情すぎますが、最近の著作のなかにはたしかに「見られたもの」があります。『レ・ミゼラーブル』は本物の詩です。いま僕は『懲罰詩集』を手にしていますが、「ステラ」はユゴーの見方がどれほどのものであるのかをほぼ示しています。あまりにもベルモンテばりや、ラムネーばりや、エホヴァと記念碑のようなものが多すぎます、くたびれてしまった、古臭い仰々しさが。

ミュッセは、苦悩し、さまざまなヴィジョンに取りつかれた世代であるわれわれにとっては、十四倍忌まわしい存在ですが、——その天使的な怠惰はわれわれの世代を侮辱したのです！　おお！　味気ないお話と諺！　おお、夜々！　おお、「ローラ」、おお、「ナムーナ」、おお、「盃」！　すべてがフランス的で、最高度に憎むべきものです。フランス的で、パリ的ではないのです！　またしても、ラブレーや、ヴォルテールに、テーヌ氏によって注釈されたジャン・ラ・フォンテーヌに霊感を与えた、あのおぞましい妖精の作品です！　ミュッセの精神は春向きです！　彼の恋愛はチャーミング！　ほら、琺瑯《ほうろう》の上絵の具を塗った絵、堅固な詩からなるものなのです！　人は長きにわたってフランスの詩を賞味するでしょうが、それはフランスでのことです。どんな食料品屋の小僧でもローラ風の呼びかけを長々と繰り広げることくらいはできます。どんな神学生でも手帖の奥に詩の五百行くらいは隠し持っています。十五歳になれば、若者たちはあれらの情熱の高揚によって発情させられ、十六歳になれば、心を込めてそれらを朗読することでもう満足してしまいます。十八歳になれば、十七歳ですら、才能のあるどんな中学生《コレジアン》でも「ローラ」を気取って、「ローラ」のような詩を書くのです！　たぶんなかにはそのために死んだりする者もまだいるでしょう。ミュッセは何もできませんでした。帳の紗の蔭にはさまざまなヴィジョンがあったのです。彼は目を閉じてしまいました。フランス的で、意気地がなく、居酒屋から学校の教室机に引きずられてきたあの美しい死者は死んだのです、だからこれからは、もうわれわれの罵詈雑言によって彼を目覚めさせたりするのはやめましょう！

第二期のロマン派はとても見者です。Th・ゴーチエ、ルコント・ド・リール、Th・ド・バンヴィルたちです。でも不可視のものをつぶさに調べ、前代未聞のものを聞くことは、死んだ事物の精神を取り戻すこととは別のことなのですから、ボードレールが第一の見者であり、詩人の王であり、真の神なのです。彼はあまりにも芸術的な環境のなかで暮らしてはいたのですが。それに彼のうちであれほどまでに褒めそやされている形式はしみったれたものです。未知なるものの創出は新しい形式を要求するのです。

古臭い形式に精通した者では、おめでたい連中のなかでも、A・ルノー、——自分なりの「ローラ」を生み出しました、——L・グランデ、——彼も自分なりの「ローラ」を生み出しました、——ガリア気質でミュッセ風の者は、G・ラフネストル、コラン、Cl・ポプラン、スーラリー、L・サール。駆け出しは、マルク、エカール、トゥリエ。死人と間抜けは、オートラン、バルビエ、L・ピシャ、ルモワヌ、デシャン兄弟、デゼッサール兄弟。ジャーナリストは、L・クラデル、ロベール・リュザルシュ、X・ド・リカール。いいかげんな連中は、C・マンデス。ボヘミアン、女たち、才能ある者たちは、レオン・ディエルクスとシュリィ・プリュドム、コペ、——新しい流派、いわゆる高踏派《パルナシアン》には二人の見者がいます、アルベール・メラとポール・ヴェルレーヌですが、彼は真の詩人です。——以上です。こうして僕は見者になろうと努めているのです。——最後に敬虔な歌で締めくくることにしましょう。

しゃがみ込んで

ずっと遅くに、胃がむかむかする頃、
ミロテュス修道士は、天窓に目をやると、
そこから磨きあげた大鍋みたいに明るい太陽が照りつけて、
頭は痛むし、目はくらむし、
シーツのなかで坊主の太鼓腹をもぞもぞ動かす。

灰色の毛布の下で暴れ回ると、
震える腹に膝をくっつけ、
嗅ぎ煙草を飲み込むじいさんみたいにうろたえて、ベッドを降りる、
というのも、白いおまるの取っ手を握り締めて、
腰のあたりまでシャツをまくり上げねばならないからさ！

さて、寒がりの修道士、足の指を折り曲げて、うずくまり、
紙を貼った窓ガラスにブリオッシュの黄色を塗りたくる
明るい陽に照らされて、ぶるぶる震えている。
それからぎらつくラッカーみたいなやっこさんの鼻は、
肉でできた珊瑚のポリプ母体のように、陽の光にぐすぐすいわせている。

…………………………………………

やっこさん、とろ火で煮られる、両腕をねじ曲げ、分厚い下唇を
腹にくっつけて。股ぐらが火のなかに滑り落ち、
股引が焦げ、パイプの火が消えるような気持ちがするのさ。
まるで臓物の山のように穏やかな腹のあたりで
小鳥のような何かがちょこっと動いている。

まわりでは、垢まみれのボロ着にまみれ、汚い腹を突き出して、
ぼうっとなった家具のガラクタの山が眠っている。

奇妙なヒキ蛙みたいな踏み台が、暗い隅っこで
縮こまっている。食器戸棚は、すさまじい食欲でいっぱいの
眠気のせいでだらしなく開いた聖歌隊みたいな口をあけている。

むかつくような暑さが狭い部屋を満たしている。
やっこさんの頭のなかにはぼろ切れが詰まったままさ。
ジトっとした肌に毛がのびる音が聞こえる、
そして時おり、すごく重々しいくらいに滑稽なしゃっくりをして、
ぐらぐらしている衝立をガタピシいわせながら逃亡する…

……………………………………………………………

そして晩になると、尻のまわりに
光のにじみをつくり出す月の光を浴びて、
立葵のように、薔薇色の雪を背景に、
くっきりとした人影がひとつしゃがみ込む…
気まぐれに、鼻が深い空に金星を追いかける。

返事をくださらないのは最低ですよ。急いでください、というのも、僕は八日後にはパリにいるでしょうから、たぶんですが。
さようなら。

A・ランボー

ポール・ドメニー宛

シャルルヴィル（アルデンヌ県）、一八七一年八月〔二十八日〕

拝啓
あなたは僕にお祈りのやり直しをさせるのですね。まあいいでしょう。以下に書くのは完全な嘆き節です。穏やかな言葉を使うようにしますが、技術についての僕の学問はあまり深遠なものではありません。要するに、以下のとおりです。
被告人の境遇。ご承知のとおり、僕は一年以上前から普通の生活をやめました。このアルデンヌの何とも言いようのない田舎にずっと閉じこもって、ひとりの人間とも親しく付き合うこともなく、おぞましく、馬鹿げた、執拗で、不可思議な仕事に思いをこらし、下品で意地の悪い問いかけや呼びかけには沈黙でしか答えず、超法規的な立場にあって堂々とした態度を示していた僕は、とうとう鉛の帽子をつけた七十三人の役人と同じくらい強情なひとりの母の恐ろしい決意を掻き立ててしまいました。

彼女は僕に仕事を押しつけようとしたのです、――シャルルヴィル（アルデンヌ）で、永久的に！　これこれの日までに職につくか、と母は言っていました、それとも出て行くかだ、と。

僕はそんな暮らしを拒否していました。こちらの言い分も告げませんでした。それでは同情を誘うようなものだったでしょう。今日までのところは、最終期限をはぐらかすことができました。彼女はそれでこういう考えに至ったのです。つまり僕がどこへなりとも出発して、逃亡すればいいと望むまでに！　赤貧で、経験もないし、僕は最後には感化院に入るのがおちでしょう。そして、そうなったら最後、僕は音信不通になるでしょう！

まさに口のなかに嫌悪のハンカチを突っ込まれてしまったのです。じつに単純な話です。

僕は何も求めてはいません、情報をひとつ求めているのです。僕は自由気儘な身で働きたい。でも僕の好きなパリでです。ほら、僕はただの通行人です、それ以上の取り柄はありません。巨大な都市に裸一貫でやって来るのです。でもあなたは僕におっしゃいましたね、日に十五スーの労働者になりたい奴がそこへ出向いて、それをやり、そんな暮らしをするのだ、と。僕はそこへ出向き、それをやり、そんな暮らしをします。あまり気を入れないでいい仕事を教えてもらえるようにあなたにお願いしましたが、それは思索には時間の幅広い区切りが要求されるからです。詩人を許してくれるなら、これらの物質的なシーソーだって好きになれます。パリにいるからには、僕には積極的な倹約が必要です！　あなたはそれを誠実なことだと思われないのですか？　僕のほうとしては、自分の真面目な気持ちをあなたにわざわざ訴えかけねばならないなんて、じつに奇妙なことに思えるのです！

僕は上記のような考えをもっていました。僕には理にかなったことに思えたはずの唯一の考えです。それを別の言い方であなたに申し上げます。僕にはやる気がありますし、自分にできることをやりますし、不幸な人間と同じようにわかりやすく話します！　動物学の基礎知識を持ち合わせていない子供が翼の五つある鳥を欲しがったからといって、どうしてその子を叱りつけたりするのですか？　尻尾が六つある、あるいは嘴が三つある鳥をその子に信じ込ませているじゃないですか！　家庭用のビュフォンをその子に貸せばいいでしょう。そうすればその子は迷いからさめるでしょうに。だから、どんな手紙を書いていただけるのかわかりませんが、説明はこのくらいにして、あなたのご経験や、あなたのお手紙を受け取って僕がとても感謝したあなたのご好意をいまも信用することにします、そして少しは僕の考えをもとにしていただけるようあなたにお願いします、――どうぞよろしく…
僕の仕事の見本をあまりうるさがらずにお受けいただけますでしょうか？

A・ランボー

糞ったれのパリ、七二年六月

エルネスト・ドラエー宛

わが友、
そう、宇宙パノラマ・アルデュアンの暮らしは驚くべきものだよ。でんぷん野菜と泥を食って、地酒と土地のビールを飲んでる田舎なんかに、未練があるわけがない。だから君がのべつそれに文句を言うのは当然なんだ。でも、この場所ときたら、蒸留され、組み込まれ、狭っくるしいことこの上ない。それにやりきれない夏だ。暑さはずっと続いているわけではないが、お天気は誰しもの関心の範疇のうちにあるのだし、その誰しもが豚野郎であるのがわかるのだから、僕は夏が大嫌いだし、夏が少しでも姿を現すと死にそうになる。壊疽を心配してしまうほど喉が渇くよ。アルデンヌとベルギーの川や、洞窟、これこそ僕が懐かしがっているものさ。

ここには僕のお気に入りの酒場が一軒ちゃんとある。「アプソンフ」のアカデミー万歳、ボーイの奴らは意地が悪いけど！ この氷河のサルビア、アブサンの霊験による酔い心地ときたら、身に纏っているもののなかで最も洗練されて、最も身震いしてしまうものなんだ。でも、後で、糞のなかで寝ることになるけどね！

相変わらずの同じ愚痴ってわけさ！ 確かなのは、ペランなど糞くらえってことだ。それにカフェ「宇宙《リユニヴエール》」のカウンターも、それが辻公園に面していようがいまいが。でも、僕は「宇宙」を呪っているのではない。僕は、アルデンヌが占領されて、ますます際限なくしぼり上げられることを心から望んでいるんだ。だけどこんなことはまだ全部ありふれたことさ。

深刻なのは、君が大いに苦しんでいなけりゃならないということだ、たぶん君がうんと歩いて読書をするのはもっともなことなのさ。いずれにしても君が事務所や親の家に閉じこもらないのは当たり前だ。馬鹿をやるにはそういった場所から遠く離れて実行しなくっちゃ。慰めの言葉を安売りする気はもうとうないけれど、僕は哀れむべき日々に習慣が慰めを提供することはないと思っている。

いまのところ、仕事するのは夜だ。真夜中から朝の五時まで。先月、僕の部屋はムッシュー＝ル＝プランス通りにあって、サン＝ルイ高校の庭に面していた。狭苦しい僕の窓の下には巨大な木が何本かあった。朝の三時になると、蠟燭が消えかかる。木々のなかですべての鳥たちが一斉に囀り出す。これでおしまい。もう仕事はしない。このえも言われぬ朝の最初のひと時に心を奪われて、僕には木々や空を見つめる必要があった。静まり返った高校《リセ》の寄宿舎を僕は見ていた。するともう大通りには、途切れとぎれの、よく響く、心地いい荷車の音が。——僕は屋根瓦の上に唾を吐いては槌型パイプをくゆらせていた、だって僕の部屋は屋根裏部屋なのだから。五時になると、僕は少しばかりのパンを買いに下に降りていった。その時間なのだ。いたるところで労働者たちが動き出す。僕にとっては酒屋で酔っ払う時間さ。食べに戻ると、朝の七時に横になっていた、太陽が屋根瓦の下からわらじ虫を這い出させるときに。夏の日の早朝、そして十二月の夕暮れ、これこそいつもここで僕をうっとりさせるものなんだ。

でも、いま僕には、奥行きのない中庭に面してはいるが、三メートル四方の美しい部屋がある。——ソルボンヌ広場に面したヴィクトル・クザン通りの角がカフェ・バーランで、反対側の端はスフロ通りに面している。——そこで僕は一晩中水を飲み、朝が来たのもわからず、眠らず、窒息している。まあ、そういうわけさ。

きっと君の主張は聞き届けられるだろう！　文学美術新聞『ラ・ルネッサンス』に出くわしたら、そいつに糞をひっかけるのを忘れるなよ。これまでは、シャルルヴィルから逃げてきた糞野郎のカロポルメルドの疫病神どもを避けてきた。それに季節なんか糞くらえだ。

それから勇気を出せよ。

勇気だ。

A・R

ヴィクトル・クザン通り、クリュニー・ホテル

## エルネスト・ドラエー宛

ライトゥ（ロッシュ）（アティニー郡）、〔一八〕七三年五月

親愛なる友よ、次の水彩画で僕の現在の暮らしがわかるよ。

おお、「自然」！　おお、わが母よ！

〔ここに、ランボーによるデッサンが入る〕

何て嫌な感じなんだ！　それに何というお人よしの怪物なんだ、これらの百姓どもは。夕方、ちょっと一杯ひっかけるのに、二里か、それ以上は行かなくちゃならない。マ、ザ、ーは僕を悲しい穴のなかに押し込んだのさ。

〔別のデッサン〕

どうやって抜け出せばいいのかわからない。それでも僕は抜け出すだろう。あのお

ぞましいチャールズタウンや、リュニヴェールや、図書館、等々が懐かしい…… それでもかなり規則的に仕事はしているし、総題が「異教徒の書」、あるいは「黒人《ニグロ》の書」という、散文による小さな物語を書いている。愚にもつかないし、無邪気なものだよ。おお、無邪気! 無邪気、無邪気、無…、いまいましい!

ヴェルレーヌは君に『ノーレス』紙の印刷業者ドゥヴァン氏と交渉するというつまらない使い走りを頼んだにちがいない。このドゥヴァンならヴェルレーヌの本をかなり安くて、しかもきちんとつくることができると思う。(ただし彼が『ノーレス』のうんざりするような活字を使わないならね。それで活版や広告を貼りつけるかもしれないんだから!)

君に言うべきことはもう何もないよ、自然の観照が僕をすっかり飲み込んでいるのでね。僕はおまえのものだ、おお、「自然」よ、おお、わが母よ!

僕は君の手を握り締める、できるだけ早い再会を期して。

R

再び自分の手紙を開けてみる。ヴェルレーヌは君に十八日の日曜日にブリオンで会おうと提案したはずだ。僕は行けない。もし君が行くのなら、彼はたぶん君に僕か彼の散文の断片をいくつか僕に送り返すように言いつけるだろう。

ランブのお袋は六月中にチャールズタウンに戻るだろう。それは確かだし、僕はこの美しい町にしばらくとどまるように何とかやってみるだろう。

太陽がやりきれないくらい照りつけるのに、朝は凍えそうだ。一昨日、ここから七キロのところにある、人口一万の郡庁所在地ヴージエにプロシア軍を見に行った。元気が出たよ。

僕はひどく気詰まりだ。一冊の本もないし、手近なキャバレーは一軒もないし、通りにはもめ事ひとつない。このフランスの田舎というやつは何というおぞましさなんだ。僕の運命はこの本にかかっているのだし、そのためにはまだ半ダースほどのむごたらしい物語をでっち上げねばならない。どうやってここでむごたらしさをでっち上げろというんだ！　君に物語は送らない、すでに三つばかりあるのだが、あまりに高くつくんだ！　まあ、そういうこと。

さようなら。そのうちわかるさ。

ランブ

近いうちに君に切手を送るので、民衆文庫のゲーテの『ファウスト』を僕に買って送ってくれたまえ。運送に一スーかかるはずだ。
この文庫の新刊にシェイクスピアの翻訳があるかどうか言ってくれ。せめてそのカタログを僕に送ることができるなら、送ってくれよ。

R

ヴェルレーヌ宛

ロンドン、金曜日の午後〔一八七三年七月四日〕

戻ってくれ、戻ってくれ、親愛なる友、唯一の友よ、戻ってくれ。いい子になると君に誓うよ。君に対して不機嫌だったのは、ふざけて意地を張っていたからだし、言葉で言えないほどそれを後悔している。帰ってきてくれ、きれいさっぱり水に流してしまおう。こんな冗談を君が本気にしたなんて、何て不幸なことだろう。二日前から泣きっぱなしだよ。戻ってくれ。勇気を出せよ、親愛なる友よ。失ったものなんか何もない。君は再び旅をすればいいだけだ。僕たちはもう一度ここでうんと勇気をもって、辛抱強く暮らしていこう。ああ！　お願いだよ。しかもそれが君にとっていいことなんだ。戻ってくれ、君のものはなにもかもそのままにしてある。僕たちの口論には何ひとつ本当のことがなかったことを、君がいままでは納得していればいいのだが。恐ろしい瞬間だった！　だが君は、僕が船から降りるように合図したとき、どうして来てくれなかったんだ？　あんな時を迎えるために、僕たちは二年間一緒に暮らしたのか！　君はどうするつもりなんだ？　君がここに戻りたくないとすれば、僕に君のいるところへ探しに来てほしいのか？

そうだよ、間違ったのは僕だ。

おお、君は僕を忘れはしないよな？

いや、君は僕を忘れることなんかできない。

僕はずっと君を離さない。

さあ、君の友だちに答えてくれ、僕たちはもう一緒に暮らすべきではないのか？

勇気を出せよ。すぐに返事してくれ。

僕はこれ以上ここにはとどまれない。

君の思いやりにだけ耳を傾けろよ。

すぐに、僕が君のところへ行くべきかどうか言ってくれ。

人生のすべてを君に。

ランボー

至急、返事してくれ、月曜日の晩までしかここにはいられないんだ。僕はいまだに一文無しだ。こいつをポストに投函することもできない。君の本と原稿はヴェルメルシュに預けた。
もしもう君に会うべきじゃないとしたら、僕は海軍か陸軍に入隊するだろう。
おお、戻ってくれ、僕はずっと涙にくれている。もう一度会いに来いと言ってくれ、出かけていくから、そう言ってくれ、電報をくれ——僕は月曜の晩に発たなければならない、君はどこへ行くんだ、どうするつもりなんだ?

ヴェルレーヌ宛

〔ロンドン、一八七三年七月五日〕

親愛なる友よ、「海上にて」の日付のある君の手紙を受け取った。今回は、君が間違っている、大いに間違っている。まず、君の手紙にははっきりしたことが何も書いてない。君の妻君はやって来ないだろう、あるいはやって来ても三ヵ月後か、三年後かわかりゃしない。君がくたばるということに関しては、僕は君という奴を知っている。だから君は、自分の妻君と自分の死を待ちながら、暴れたり、うろついたり、他人を困らせたりするだろう。何だって君は、お互いの怒りが誤りだったことをいまだに認めないんだ！　でも、最後に間違っているのは君なんだ、僕が君に呼びかけた後ですら、君は自分の誤った感情に固執したのだから。君の人生は僕よりも他の連中と一緒のほうが心地よいものになると思っているのか？　よく考えろよ！——ああ！もちろん、そうじゃない！——

　僕と一緒にいてこそ、君は自由でいることができる、それに、僕は将来君に優しくすると誓っているし、自分の悪かった点は何もかも残念に思っているし、ようやく僕は気もたしかになったし、君のことをとても好きなのだから、もし君が戻ってくることを、あるいは僕が君のもとへ行くことを嫌がるなら、君は罪を犯すことになる、そしてあらゆる自由を失って、君がいままで感じたどんなものより恐らくずっとむごたらしい倦怠によって、「長年にわたって」それを後悔するだろう。だから、僕を知る前に君がどんなだったかを思い返してみろよ。

僕のほうは、母のところには帰らない。僕はパリへ行く、月曜の晩には出発しているようにやってみるだろう。君のせいで君の服を全部売るはめになるだろう、他にしようがない。服はまだ売り払ってはいない。月曜の朝にならないと持っていってもらえないだろう。もしパリの僕宛に手紙を届けたいのなら、サン＝ジャック通り二八九番地、L・フォラン方、A・ランボー宛で送ってくれ。彼は僕の住所をいずれ知るだろう。

もちろん、君の妻君が戻ってくるのなら、僕は君に手紙を書いて君を危険にさらすようなことはしないだろう、――僕はけっして手紙を書かないだろう。

唯一のほんとうの言葉は、戻ってくれ、ということだ、僕は君と一緒にいたいし、君を愛している。君がそれに耳を傾けるなら、君は勇気と真摯な心を示すことになるだろう。

さもなければ、僕は君を哀れに思う。

でも僕は君を愛している、君に接吻するよ、そして再会しよう。

ランボー

もし君が僕を呼び寄せるのなら、月曜の晩、あるいは火曜の正午までは、グレート・カレッジ八番地、等…　にいる。

## エルネスト・ドラエー宛

〔シュトゥットガルト〕、〔一八〕七五年〔三月五日〕

先日、ヴェルレーヌがこちらへやって来た、数珠を手にしてね…　三時間後には自分の神を再び否認して、「我らが主」の九十八の傷口から血を流させたというわけさ。奴は二日半滞在したのだが、とても聞きわけがよく、僕の忠告にしたがってパリに戻った、すぐに向こうの島に勉強の仕上げに行くためだ。

もうワグナー街での生活もあと一週間になったし、憎悪の埋め合わせのあの金や、無駄になったあの時間のすべてが惜しいよ。十五日には、どこでもいいからEin freundliches Zimmer（住み心地のいい部屋）を見つけるつもりだ、それに一心不乱に語学に鞭打っているので、このぶんではせいぜい二ヵ月もすれば終わるだろう。

ここではあらゆるものが二流だが、例外がひとつある。リースリング・ワインだけど、君のちばちの健康を祝ちて、ちょれが産み出ちゃれることになった丘を前にちて、僕はグラスを一杯空にちゅる。陽が照っているのに、氷が張る、こいつにはうんざりするよ。

敬具
ランブ

（十五日以降は、シュトゥットガルト局留）

マルセイユ、一八九一年七月十日

妹イザベル宛

わが親愛なる妹、
七月四日と八日のおまえの手紙をたしかに受け取った。僕の状況がようやくはっきりと述べられているのがうれしいよ。軍人手帳については、実際、旅の途中で失くしてしまったんだ。動き回れるようになったら、ここか、別のところで除隊手続きをすべきなのかどうかいずれわかるだろう。もしマルセイユでするのなら、管理部の直筆の返信が僕の手元になければならないと思う。つまり僕がその届出を手元にもっておくほうがいいから、送ってほしい。それがあれば、誰も僕には近づかないだろう。病院の診断書もとってあるし、この二つの書類があれば、ここで除隊許可が得られるだろう。

僕はずっと起きている、でも具合はよくない。これまでのところやっと松葉杖で歩くことを覚えただけだし、まだただの一段だって上り下りはできない。そんな場合は、誰かが腕でからだをかかえて、僕を上り下りさせなきゃならない。とても軽くて、ニスが塗ってあって、詰め物がしてある、とてもよくできた（値段は五十フラン）木の義足を作ってもらったんだ。数日前にそれをつけて、まだ松葉杖でからだを持ち上げながら、やっとの思いで歩いてみたよ、でも残った足が燃えるように痛んで、この呪われた器具をほうり出してしまった。十五日か二十日経たないとこれを使うことはできないだろう、それにまだ少なくとも一ヵ月間は松葉杖がいるだろうし、日に一時間か二時間以上は無理だ。唯一の利点は、支点が二つから三つになることだけさ。

それで僕はまた松葉杖を使い始めている。いままでのすべての旅を思うと、それにたった五ヵ月前まで僕がどれほど活動的だったかを思うと、何という面倒、何という疲労、何という悲しみだろう！　山越えの登攀、騎馬行列、散策、砂漠、川と海はどこにあるのだろう？　それがいまはいざりの生活とはな！　というのも、松葉杖、義足と機械仕掛けの足なんてとんでもない冗談であり、そんなものではせいぜい惨めに足を引きずることができるだけだし、けっして何もできないことを僕は理解し始めているのだから。それにこの僕は、結婚するために、この夏フランスに戻る決心をしていたんだ！　さらば結婚、さらば家族、さらば未来よ！　僕の人生は過ぎ去った、僕はもはや身動きしない輪切りにされた一本の丸太にすぎない。

　木の義足をつけてさえ動き回れるようになれるのはまだずっと先のことだし、それでもこの義足はなかでも一番軽いものなんだ。一本の杖だけに支えられて、木の義足でわずかに歩くことができるようになるには、少なくともまだ四ヵ月はかかるものと見ている。とても困難なのは、上ったり下りたりすることだ。六ヵ月後にやっと機械仕掛けの義足を試すことができるだろうが、苦労しても役に立たないかもしれない。厄介なのは上のほうで足が切断されていることなんだ。まず切断手術後の神経痛は、足が上のほうで切られているだけにいっそう激しくて執拗だ。だから膝関節を切断された者はずっと早く器具に耐えられるようになる。でも、いまじゃ、そんなことは全部どうだっていい、人生ですらどうだっていいんだ！

ここはエジプトより涼しいということはない。正午には三十から三十五度、夜は二十五から三十度になる。――つまりハラルの気温のほうが快適ってわけさ、特に夜はそうで、あそこでは十から一五度を超えることはない。

僕がこれからどうするかおまえたちに言うことはできない、まだあまりに落ち込んでいるので、自分でもわからないんだ。繰り返すけど、調子がよくない。何らかの不測の事態が起こるのではないかと僕はひどく恐れている。僕の足の末端はもう片方より太くなっていて、神経痛もひどい。医者は当然のことながらもう僕を診ない。だって医者にしてみれば、傷口が縫合されればもうおまえたちを見放してもかまわないからね。医者は治りましたと言う。膿、等々が出たとき、あるいは他の合併症を併発してメスを入れる必要が生じたときしか、おまえたちのことを気にかけてはくれない。連中は患者を被験者としか見なしていないのさ。それは言わずと知れたことだ。とりわけ病院ではね、だって医者はそこでは金を払ってもらっていないのだから。この職を求めるのは、ただ評判をとって、患者を集めるためだけなんだ。

そちらは涼しいから、おまえたちのところへ戻りたいのはやまやまだけど、僕のアクロバットの練習にふさわしい場所がそこにはないと思っている。それに涼しいといっても、寒いんじゃないかと恐れている。だが第一の理由は、僕が動くことができないということさ。いまは無理だし、これからもまだ長いあいだ無理だろう、――それに、本当のことを言えば、僕は自分が内部から治癒したとは思っていないし、何か爆発が起こるのではないかと覚悟しているんだ…　僕を客車に乗せて、降ろして、等々という必要があるのだろうが、それではあまりにも面倒すぎるし、費用もかかるし、疲れすぎる。この部屋は七月末までの支払いを済ませてある。そのあいだによく考えて、何ができるのか検討してみるよ。

　それまでは、おまえたちが僕にそう信じさせたがっているように、きっとよくなるだろうと信じるほうがいい。――その実在がどれほど馬鹿げたものであろうと、人間はいつもそれに執着するものなのさ。

　管理部の手紙を送ってほしい。ちょうど僕と一緒に病気の刑事が食卓についているのだが、この男はこれらの兵役の話でいつも僕をうるさがらせて、僕をひっかけてやろうとてぐすね引いていた奴だ。

　迷惑をかけてすまない、感謝している、おまえたちの幸運と健康を祈っている。

　手紙をくれよ。

敬具

ランボー

マルセイユ、一八九一年十一月九日

海運会社の支配人宛

分け前、象牙一本のみ。
分け前、象牙二本。
分け前、象牙三本。
分け前、象牙四本。
分け前、象牙二本。

支配人殿、
貴殿の勘定書への未支払いがないかどうかお尋ねいたします。本日、この便を変更したいと思っておりますが、私はその便の名前すら知りません、でもとにかくアフィナールの便でお願いします。こういった船便はどれもそちらにはどこにでもあるものですが、私は身体不随の、不幸な人間ですし、自分では何も見つけられないのです、道端にいるどんな犬も貴殿にそう言うでしょう。

それゆえスエズまでのアフィナール便の値段を私に送っていただきたい。私は全身麻痺の身です。したがって早い時間に乗船したいと願っております。何時に甲板に運んでもらえばよいかをお知らせください…

# 年譜

**一九五四年**
十月二十日、ジャン＝ニコラ＝アルチュール・ランボー、フランスのアルデンヌ県シャルルヴィル市に、父・陸軍大尉のフレデリック・ランボー（四十歳）、母・マリー＝カトリーヌ＝ヴィタリー・キュイフ（二十九歳）の次男として生れる。一歳年上の兄はジャン＝ニコラ＝フレデリック。母は厳しい人で、厳格なカトリックだった。

**一八五七年**　三歳
妹ヴィクトリーヌ＝ポリーヌ＝ヴィタリーが生れるが、一ヵ月後に死去。

**一八五八年**　四歳
妹ジャンヌ＝ロザリー＝ヴィタリー生れる。

**一八六〇年**　六歳
妹フレデリック＝マリー＝イザベル生れる。
父が駐屯地に転任後、両親は別居。父は退役後にデイジョンに引退し、家族のもとに戻らなかった。

**一八六一年**　七歳
ロサ学院に入学。

**一八六五年**　十一歳
シャルルヴィル中学校《コレージュ》に転校。

**一八六七年**　十三歳
学友エルネスト・ドラエーと親しくなる。

**一八六九年**　十五歳
ドゥエ・アカデミーにおけるラテン語作文コンクールで一等賞を受賞。その他のほとんどの科目でも一等賞を得る。

**一八七〇年**　十六歳
修辞学級に、若い詩人でもあった教師イザンバールが赴任。
七月十九日、普仏戦争勃発。
八月六日、修辞学級修了、数々の賞を受賞。
二十九日、家出して、シャルルヴィルを出奔。パリの北駅で料金不足のため留置され、マザスの独房に移送される。

九月四日、第二帝政崩壊、共和政府樹立。

八日、イザンバールの尽力によって釈放される。

十月七日、再びシャルルヴィルを出奔、徒歩でベルギーへ。

末、母であるランボー夫人の断固たる要請に応じて、イザンバールによって警察に引き渡される。

**一八七一年**　十七歳

二月二十五日、パリへ三度目の出奔。

三月十日、シャルルヴィルへ戻る。

十八日、パリ・コミューン。

四月十二日、シャルルヴィル高等中学校が授業を再開するが、復学を拒否。

十七日、四度目の出奔、動乱のパリへ。

五月十三日、イザンバールにいわゆる「見者の手紙」を書く。

十五日、ドメニーに宛ててもう一通の「見者の手紙」。

二十八日、パリ・コミューン鎮圧（血の一週間）。

九月、作品を送ったヴェルレーヌの招きによって、再びパリへ。あちこちの家を転々とし、ボヘミアン生活を送る。

**一八七二年**　十八歳

一月、ヴェルレーヌ夫妻のあいだでランボーをめぐる揉め事が絶えなくなる。

三月、一時、シャルルヴィルに戻る。

五月、再びパリへ。ムッシュー＝ル＝プランス通りの屋根裏部屋、ヴィクトル＝クザン通りのクリュニー・ホテルに住む。

七月七日、ヴェルレーヌとともにパリを発ち、アラスへ、ついでシャルルヴィルへ向かう。

七月九日―十二月、ブリュッセル、ロンドンでの放浪生活の後、ヴェルレーヌをロンドンに残し、シャルルヴィルに戻る。

**一八七三年**　十九歳

一月、ヴェルレーヌから「助け」を求める手紙が届く。ヴェルレーヌ夫人の送金によって、ロンドンへ駆けつける。

四月、ヴェルレーヌとともに、ドーヴァーからアントワープへ向けて乗船。ロッシュに戻る。

五月、後に『ある地獄の季節』と命名されることになる『異教徒の書、または黒人の書』を書き始める。

二十五日、ベルギー国境の町ブイヨンでヴェルレーヌと再会し、ロンドンへ。

七月三日、ヴェルレーヌと喧嘩になり、無一文のまま船着場に残される。ヴェルレーヌはそのまま乗船し、翌日、ブリュッセルに到着。

八日、ブリュッセルに到着し、ヴェルレーヌと再会。

十日、泥酔したヴェルレーヌが拳銃を発砲し、左手首を負傷する。サン＝ジャン病院に入院し、手術を受ける。ヴェルレーヌは逮捕され、プチ＝カルム刑務所に収監される（後に懲役二年の判決を受け、モンス刑務所に移送。カトリックに改宗）。

二十日、病院退院後、ロッシュに戻る。『ある地獄の季節』を書き上げる。

十月、自費出版で『ある地獄の季節』五百部が印刷される。

**一八七四年**　二十歳

三月、詩人ジェルマン・ヌーヴォーとともにロンドンへ。この頃、『イリュミナシオン』の幾篇かを書き、少なくとも清書していたらしい。

七月六日、母と妹ヴィタリーがロンドンを来訪。月末、帰国。

十二月二九日、それまで大英博物館の図書室に通ったり、語学学校の講師などをしていたが、シャルルヴィルに戻る。

**一八七五年**　二十一歳

二月十三日、ドイツ語習得のためシュトゥットガルトへ。ヴェルレーヌが当地を訪れ、信仰を勧めるが、ランボーは拒否。ヴェルレーヌに『イリュミナシオン』の原稿を託す。

四月末、アルプスを越えて、イタリアに入るが、ミラノで倒れる。フランスへ送還される。

六月、スペイン行きを企てるが、果たせず、パリへ。

十二月十八日、妹ヴィタリー死去。

**一八七六年**　二十二歳

四月、ウィーンに向かうが、盗難にあい、警察によって国外に追放される。

五月、オランダの外人部隊に入隊するが、脱走。年末には、シャルルヴィルへ戻る。

**一八七七年**　二十三歳

春、ドイツのケルンへ。ブレーメンで、アメリカ海軍に志願するが、入隊を許可されず。

六月、ストックホルム。

九月、マルセイユからアレクサンドリアへ向かう。船上で発熱したため、下船し、シャルルヴィルへ戻る。

**一八七八年**　二十四歳

十月、ロッシュから、アルプスを越え、ジェノヴァへ。

十一月、キプロス島で、採石場現場監督として働く。

**一八七九年**　二十五歳

五月、病気のため、キプロスを去り、ロッシュへ戻る。腸チフス。

秋、アレクサンドリアへ出発するが、マルセイユで再度発熱。ロッシュに戻る。

**一八八〇年**　二十六歳

三月、マルセイユからアレクサンドリアを経て、キプロス島へ。船で紅海を南下しながら職探し。

八月、バルデー商会のアデン代理店に勤務。

十二月、新設されたアビシニアのハラル代理店に移る。

**一八八一年**　二十七歳

一月頃、梅毒にかかる。その後、象牙などの買い付けのため、ハラル地方で交易。隊商を組んで、奥地を探検。

十二月、アデンに戻る。

**一八八二年**　二十八歳

十一月、ハラル代理店の支配人に任命され、承諾。

**一八八三年**　二十九歳

三月、アデンを出発。再びハラルへ。隊商を組んで探検。

十月―十一月、パリの雑誌『リュテス』にヴェルレーヌの「呪われた詩人たち」が掲載され、ランボーの初期詩篇が紹介される。バルデーによってこの情報が伝えられるが、ランボーは完全に無視。

**一八八四年**　三十歳

二月、ランボーが地理学協会に提出した「オガデンに関する報告書」が会報に掲載される。

三月、ハラルでの情勢不安と経営困難のためバルデー商会閉鎖。アビシニア女性を伴ってハラルを脱出。

四月、契約を解消される。

六月、バルデー兄弟が新たに代理店を設立し、再び契約を結ぶ。

**一八八五年**　三十一歳

九月、アビシニア女性と別れる。

十月、バルデー商会を辞職。ショアの貿易商ピエール・ラバチュと契約。ショアのメネリク王との武器取引のための隊商を編成。

**一八八六年**　三十二歳

五月―六月、ギュスターヴ・カーン等によって『イリュミナシオン』の大部分と『ある地獄の季節』が『ラ・ヴォーグ』誌に掲載される。

十月、ひとりで隊商を率いて、タジューラへ出発。首都アンコベールへ。苦難の旅。

**一八八七年**　三十三歳

二月六日、アンコベールに到着。商談は成立するが、メネリク王に安値の取引を強要され、大幅な損失をこうむる。

七月末、アデンに戻る。

八月、エジプトのカイロへ。

十月、アデンに戻る。

**一八八八年**　三十四歳

一月、当地で最大の兵器輸入商アルマン・サヴレと契約。再びメネリクを相手に取引を計画し、ハラルに向かうが失敗。アデンに戻る。

五月、アデンの貿易商、セザール・ティアンと提携契約。

**一八九〇年**　三十六歳

マルセイユの文芸雑誌『現代フランス』に手紙

で寄稿を依頼されるが、黙殺。

**一八九一年** 三十七歳

二月、右脚に激痛を覚え、歩行困難になる。

三月、激痛をともなって、右脚が硬直、起き上がれなくなる。

四月七日、担架でハラルを出発。アデンのイギリス人医師に勧められ、帰国を決意。

五月二十日、マルセイユに到着。コンセプシオン病院に入院。

二十三日、母ランボー夫人がマルセイユに到着。

二十七日、手術、右脚切断。病名は足関節の腫瘍。

六月九日、ランボー夫人、ロッシュに帰る。

七月下旬、妹イザベルに付き添われて、ロッシュへ。

八月二十三日、アデンに戻るため、イザベルに付き添われて再びマルセイユに向かうが、車中で病状が悪化する。コンセプシオン病院に再入院。

十月二十五日、司祭が懺悔を勧め、受け入れる。

十一月九日、モルヒネによる朦朧状態のなかで、最後の手紙（「海運会社の支配人宛」）をイザベルに口述筆記させる。

十日、全身癌により死去。

十四日、シャルルヴィルに埋葬。葬儀の参列者はランボー夫人と妹イザベルだけであった。

# 解題

## ある地獄の季節　Une saison en enfer

ランボー自身の手で原文の構成や配置がなされ、実際に印刷に付されることになった唯一の本である。自費出版であり、版元はブリュッセルのポート書店。印刷と製本を終えたのは一八七三年である。しかしどうやら印刷費用が支払われなかったために、その後も五百部足らずが倉庫で眠り続けることになり、恐らく著者用見本の五、六冊がランボーの手元に渡っただけだった。ランボーはそれを友人・知人に配ったのだろう。したがってこの作品が一般読者に知られることになったのは、十三年後の一八八六年、『ラ・ヴォーグ』(編集長ギュスタヴ・カーン)誌を俟たなければならないが、それはすでにアフリカにいたランボー自身にはまったくあずかり知らぬことだった。

最初にランボーが考えていた総題は「異教徒の書」、あるいは「黒人《ニグロ》の書」であったようだが、後に「ある地獄の季節」という表題が彼の念頭に浮かんだとき、詩人の脳裡にダンテの『神曲』の「地獄」篇（地獄そのものを意味している）のタイトルがよぎらなかったはずはなく、したがってこの場合、ランボーが遍歴したのは、直訳するなら「地獄におけるある季節」（ひとつの季節）という非限定的なものでなければならない。「ひとつの季節」であって、「季節そのもの」ではないのである。「ある地獄の季節」という新訳を採用した所以である。

ランボーのようなタイプの詩人の場合、作品が自伝的であるのは言わずもがなのことであり、例えば、『ある地獄の季節』全体をとおしてパリ・コミューンへの熱狂とその後の幻滅が透けて見えるし、「錯乱」のなかの「狂った処女」には、言うまでもなくヴェルレーヌ体験が色濃く影を落としている。実際、ランボーは先輩詩人のポール・ヴェルレーヌとともに放浪し、浮浪者生活を送り、やがて恐らくは友人以上の関係となり、ロンドンへ渡って生活を共にするのだが、ヴェルレーヌの妻の介在もあって結局仲違いすることになり、最後にはブリュッセルでヴェルレーヌに拳銃で撃たれるという結末を迎えている。しかし作品として見た場合、事はそれほど簡単ではない。

ランボー自身をモデルにしたと思しい登場人物についての記述は重層的であり、二重にも三重にも屈折しているし（「狂った処女」）、『ある地獄の季節』をとおして見てみれば、詩の主語（主体）は絶えず違った空間や角度から対象化されていて、ランボー自身の言う「客観的な詩」の試みの試練をまともに通過したものとなっているからである。それは現実的に故郷のみならずフランスやヨーロッパの情勢、現世そのものに対する深い嫌悪と絶望に裏打ちされていただけでなく、希望は希望の将来を指し示すものでありながらも、ランボーの若々しい「出発」がいずれどのような結末を迎えるかについての直観的な洞察まで含むものだった。

制作年代は本文の末尾に詩人自身が記しているとおり一八七三年である。つまりこの作品はランボーが十九歳のときに書かれたのだが、別の見方をすれば、一方で驚くべき早熟さ、いや、早熟という言葉ではほとんど何も言い表したことにはならないような成熟と老獪を、同時に反逆のみずみずしさや狷介孤高とともに、混乱や激情のなかにあって示すものとなっているのである。そのためにはどうあっても「新しい言語」が必要だった。つまり『ある地獄の季節』は、詩人が身をもって体得した「乱調」の詩学をシステマティックに実践した第一の作品であると言うことができる。

## イリュミナシオン　Illuminations

『ある地獄の季節』に優るとも劣らない傑作である。

『イリュミナシオン』というタイトルは、ヴェルレーヌの意見によると英語の「彩色版画」（彩色写本）を意味しているようだが、フランス語としては「照明」、「啓示」、「ひらめき」等を意味していて、多義的である。したがって日本語タイトルもフランス語のままにした。


制作年代についてはさまざま研究や意見があるが、ベルギーやロンドンやドイツへの旅を行った後、一八七二、三年から一八七五年にかけてであったと思われる。幾篇かの原稿の清書は友人であった詩人ジェルマン・ヌーヴォーが手伝ったとされている。『ある地獄の季節』と『イリュミナシオン』のどちらが先に書かれたのかという問題については、長いあいだいろいろな議論がなされてきたが、いまのところ訳者自身は『イリュミナシオン』の多くの作品は『ある地獄の季節』よりも後に書かれたと考えている。最初に不完全な形ではあったが一般読者の目に触れたのは、『ある地獄の季節』と同じように『ラ・ヴォーグ』誌上であり、一八八六年のことだった。

『イリュミナシオン』は、『ある地獄の季節』と同じように、いや、それ以上にさまざまなタイプの「新しい言語」の試みの場となっている。多くの作品が謎めいているのはそのためである。ランボーは「場所と方式」を探し求めていた。それを見つけるために意図された言語の乱調を通して未知のものに到達すること、そのためには詩人はさまざまな光と影のもとに新しい眼ですでに世界を見ていなければならなかった。ランボーの「方式」とはまずはそういうものである。だがそれは普通の意味での方法でも様式でもない。いわゆる「見者の手紙」（「書簡選」、一八七一年五月十三日と十五日の手紙を参照）のなかで述べられた「見者」voyant という言葉は、「透視者」、「千里眼を持つ者」を表しているが、したがってそれは何よりもまず文字どおりの「見る人」を意味するのでなければならない。つまりこれらの散文作品のなかで語られるのは、世界についての目の覚めるようなさまざまなヴィジョンであり、そのためには、「世界の散文」の万華鏡的ヴィジョンのなかに入り込み、それを書くことを何とか可能にする、後は沈黙にしか通じていないようなほとんど言語を絶する「方式」が（だからこそ詩人は「見飽きた」と言ったのだ）、何よりも「新しい言語」が不可欠だった。例えば、彼がほうぼうをうろつき回ったあげく、『イリュミナシオン』のなかで語られることになった恐らくロンドンを思わせる都市の情景は、そのことを示してあまりある。それは当時もいまも「イメージ」としては名づけようのないものであり、すでにして「視覚的イメージ」、「絵画的イメージ」をはるかに超え出るものだった。

ランボーの「方法」についてもう一言だけ言っておこう。『イリュミナシオン』のなかには、ハッシシや阿片の効果をうかがわせる箇所が随所に散見される。それは、よく言われているように、ハッシシについての詩とされる「陶酔の朝」だけにとどまらない。だが、あせらないでほしい。ここでも『ある地獄の季節』の自伝的要素と同じようなことが言えるのである。この方法は「世界の散文」のヴィジョンへの入り口を指し示しているだけで、「新しい言語」が要求する、絶対に不可欠ではあったが、「世界」に対するひとつの介入の仕方にすぎなかったと言ってもいいだろう。それは介入の仕方であって、まだ新しい言語ではない。そもそも詩はそれほど単純なものではないのである。例えば、ランボーが間違いなく読んだであろうボードレールの『人工楽園』、あるいはド・クインシーの『阿片吸引者の告白』とは、あらゆる点でいかなる類縁性ももってはいないし、その方法はまったく異なる使われ方をしている。

## 詩篇　Poésies

一八六九年から一八七一年に書かれた韻文詩、すなわちランボー十五歳から十七歳にかけての作品群である。当時、ランボーは中学校《コレージュ》の生徒だった。

これらの作品群は、半分以上がいわゆる「見者の手紙」で独自の詩学を開陳する以前の詩と見なすことができる。普通、「前期詩篇」というような呼び方をされるが、ことランボーに関しては、詩人としてのキャリアはわずか数年間のことだったし、前期・後期と呼ぶことすらためらわれてしまうほどの早すぎる訣別の仕方だった。それ故、総題は「詩篇」とした。

ランボーが文学と訣別するまで、これらの詩のなかで実際に雑誌に発表されたのは、「みなし児たちのお年玉」、「最初の宵」、「鴉たち」のわずか三篇だけであったが、ランボー自身はいずれ自分の詩集を出したいと考えていたし、そのために中学校の修辞学級の教師であったジョルジュ・イザンバールや、その知人である詩人ポール・ドメニー、ヴェルレーヌらに清書した作品を託していた。しかし結局、作者である詩人自身がかかわるかたちで、彼の意思によって詩集が刊行されることはついになかった。

詩のテーマは、ご覧のとおり、少年ランボーのみずみずしい出奔と放浪を歌ったものや（「感覚」、他）、どこにも居場所のない若者の恋を歌ったもの（「最初の宵」、他）、フランス革命についてのもの（「鍛冶屋」、他）、パリ・コミューンや当時の政治情勢についてのもの（「道化師の心臓」、他）、キリスト教と教会を攻撃したもの（「タルチュフの罰」、他）、同時代の詩人や文学者を揶揄したもの（「花々に関して詩人に言ったこと」、他）、など多岐にわたる。最後に収録した「酔いどれ船」は詩人ランボー十七歳の絶唱であり、彼の数ある韻文詩のなかで最も有名なものである。これらの原詩は古典的といっていい美しい韻を踏み、リズミカルに書かれているのだが、それを日本語の調子やリズムとしてだけではなく、厳密な日本語の韻として再現できないのはいかにも残念である。

## 新しい詩　Vers nouveaux

一八七一年の九月からヴェルレーヌを頼ってパリに出てきたランボーはあちこちの家々を転々とし、そこで浮浪者生活を続けていたが、その頃から後に、つまり一八七一年と一八七二年に書かれた作品群である。ランボー十七、八歳の頃である。パリ・コミューンに対する血塗られた大弾圧、「血の一週間」が終わり、パリ・コミューンが崩壊した直後であり、まだ政情は不安定なままだった。ヴェルレーヌの紹介で、シャルル・クロ、テオドール・バンヴィルらと知り合い、他人の詩をもじったパロディ集の合作「ジュティストのアルバム」に戯作詩を寄せたりしているが、他の詩人たちと派手な喧嘩騒ぎを起こしたり、ヴェルレーヌとその妻のあいだに軋轢を生じさせたりしていた。

ここで特筆すべきなのは、詩の内容もさることながら、詩の形式にも変化が見られるということである。脚韻を駆使した十二音綴の詩が書かれなくなり、詩の韻律（リズム）には変形が加えられて、「変調」をきたし始めた。もちろんそれはランボーがはっきりと意図したことである。半諧音、畳韻などが駆使され、古典的な韻の形式は無視され、調性は破壊されることになる。二十世紀初頭に音楽の世界で起こった大事件を考えると、このことは実に興味深い話である。なぜなら後に半音階と無調によって音楽の概念をすっかり変容させてしまうことになる大いなる出来事、ちょうどこれらの詩が書かれた直後に生まれたシェーンベルクによって始められる音楽の革命を、ランボーは先取りしていたことになるからである。ヴェルレーヌを含めて、ランボーとつき合いのあった高踏派の詩人たちが、当時の彼の考えや作品を積極的に理解できなかったことは想像に難くない。

「涙」、「一番高い塔の唄」、「永遠」、「空腹の祭」、「おお、季節よ、おお、城よ…」、「狼が葉蔭で吠えていた…」については、『ある地獄の季節』のなかの「言葉の錬金術」にこれらの詩の異稿が見出される（ただし最後の「狼…」は同じテクスト）。ぜひともこれらの詩を比較してみてほしい。あまりに短期間のこととはいえ、ランボーがすでに書いた自作の詩を否定する傾向にあったということとは別に、訳者としては、「言葉の錬金術」に引用されたヴァージョンのほうを一種の「決定稿」と見なすことができると考えている。

〔子供時代の散文〕

この文章が書かれたのは、一八六二年や一八六四年など諸説があるが、いずれにしても十歳前後のことだと推定される。

このことはどう考えても尋常なことではなかったし、その意味で貴重な資料である。後の詩人ランボーの萌芽を見る思いがする。それを微笑ましいことと見なすか、恐るべきことと見なすかは、読者の自由だろう。

シャルル・ドルレアン公のルイ十一世への手紙　Charles d'Orléans à Louis XI

一八七〇年に、中学校《コレージュ》の修辞学級の課題のための作文として書かれた。課題は「絞首刑の脅威にさらされたヴィヨンの恩赦を願い出るためのシャルル・ドルレアン公のルイ十一世への手紙」であった。この作品は、全編にわたってフランソワ・ヴィヨンの詩句が散りばめられている。「引用」といったお行儀のいいものではなく、むろん引用符はないし、あるときはそっくりそのまま、あるときは分解されたり変形を加えられたりしている。その手際は見事というほかはない。

## 愛の砂漠　Les Déserts de l'amour

作品が書かれた時期についてははっきりしていないが、恐らく一八七二年から一八七三年にかけてだと推定される。

内容的に「新しい詩」や『ある地獄の季節』の「錯乱Ⅰ、Ⅱ」の主題との類縁性を指摘する論者もいるが、どうだろう。

## 福音による散文　Proses évangéliques

一八七三年にロッシュの農場で書かれたと推定される。『新約聖書』の「ヨハネによる福音書」、第四章および第五章をもとにして書かれている。『ある地獄の季節』との類縁性が言われているが、書かれたのがそれより先なのか後なのかははっきりしない。

単純なキリスト教批判やその思想をただ揶揄するためのテクストとして片づけるには、あまりにも精妙な内容になっている。むしろ「ランボーによる福音書」としても読むことのできる、きわめて味わい深いテクストだと言える。

## 僧衣の下の心　Un cœur sous une soutane

一八七〇年に書かれたと推定される。

この作品がはじめて公表されることになるのは一九二四年を俟たなければならない。ベリション所蔵の原稿の存在を知ったブルトンとアラゴンが、当時パリ・ダダの拠点となっていた雑誌『リテラチュール』誌にまずそのいくつかの断章を掲載し、その後ロナルド・ダヴィ書店からブルトンとアラゴンの序文付きで限定出版された。

ランボーの通っていたシャルルヴィル中学校の隣には神学校があり、中学校の授業には僧服姿の生徒たちも混じっていたらしい。

## 淫蕩詩篇　Les Stupra

一八七一年、シャルル・クロらとの合作『ジュティストのアルバム』と同時期に書かれたと推定される。

この猥褻作品は一九二二年にやはりブルトンとアラゴンによって『リテラチュール』誌に掲載され、はじめて読者の目に触れることとなった。

「俺たちの尻は…」と「尻の穴」はヴェルレーヌとの共作である。

## 付録　書簡選

ランボーの手紙は、通常、二十歳で文学と訣別するまでの文学書簡とそれ以降の書簡に大別されるが、有名な「見者の手紙」（一八七一年五月十三日と十五日の手紙）

はもちろん前者のグループに属する。そのような区分が妥当なことなのかどうかはここでは不問に付しておこう。

詩を捨てた後、ヨーロッパのあちこちを放浪し、やがてアフリカへと辿り着き、商人として砂漠の過酷な旅を続けていた時期に書かれた手紙、商用あるいは家族に宛てた、言うところの「無味乾燥な」手紙も膨大な数にのぼるのだが、紙幅の関係もあって残念ながらここでは割愛せざるを得なかった。

収録した手紙の名宛人であるジョルジュ・イザンバールはシャルルヴィル中学校の修辞学級の教師であり、文学についての最初の対話者でもあって、不良少年ランボーの面倒をいろいろ見ることになった人である。

ポール・ドメニーはイザンバールの友人であり、教師で、詩人でもあった。『落穂拾いの女』という詩集がある。

エルネスト・ドラエーは中学校以来のランボーの親友で、パリの詩人たちとも親交があった。後にランボー、ヴェルレーヌ、ヌーヴォーの思い出についての本も出している。

最後に収録した「妹イザベル宛」と「海運会社の支配人宛」は先ほどの前者のグループには属さない手紙である。「妹…」はランボーが右脚の切断手術を受けた後の手紙であり、「海運会社…」は、病床でモルヒネ投与によって意識が朦朧とするなか、妹イザベルの口述筆記によって書かれた。死の前日のことである。この最後の不思議な手紙からは、ランボーが死の床にあってなおどこかへ「出発」しようとしていたことがうかがえる。

# 訳者あとがき

性急で、堪え性がなく、激しやすく、手に負えない存在だった詩人アルチュール・ランボーのいくつもの「挫折」を、時の経過(あるいは少なくとも文学の歴史)のなかで償ったものは何だったのだろうか。それはほんとうに「挫折」だったのか。とにかく二十世紀におけるランボーの影響ははかり知れないものだった。

フランス本国では、まずランボーの存命中から名声は高まり、熱狂的な信奉者たちが名乗りを上げたが、ランボー自身には何の関心もかき立てなかったどころか、彼は眉ひとつ動かすことなくそれらを完全に黙殺した。

二十世紀に入ると、その影響は世界中のシュルレアリストたちはもちろんのこと、フランス本国では、クローデルやルネ・シャールからイヴ・ボンヌフォワまで、ル・クレジオからミシェル・ドゥギーやピエール・ミションまで、あるいはアメリカでは、ビート・ジェネレーションの詩人たちからパティ・スミスまで、わが国では、中原中也や金子光晴から谷川雁にまで及び、ここでさらに名前を挙げれば虚しい思いがするほど枚挙にいとまがない。影響はもちろん文学の世界だけにとどまらないだろう。いずれにせよ、これほどまでの詩と散文の思想は「国語の壁」を簡単に突破してしまうことになるのである。

ランボーは二十歳で文学を捨て、以後、まったくそれを顧みることはなかった。それから三十七歳で死ぬまで、ただのひとつも詩作品が書かれることはなかった。その後、ランボーの「沈黙」については多くの作家や評論家たちのインクが費やされることになる。小林秀雄からモーリス・ブランショにいたるまで、それは文学の解けない謎であり、文学の「本質的孤独」をめぐる難問となった。

往々にして批評はないものねだりをしたがるものだ。人はいつもこんな風に問いを立てたがる。もしランボーが文学との訣別の後に詩を書いていたとしたら？　だが私はそれに反論するために大急ぎでこうつけ加えておきたい。『ある地獄の季節』と『イリュミナシオン』のような作品を書いた後に、ランボー自身を含めて、いったい誰に、いったいどんな作品を書けというのか、と。

同時代人であった詩人マラルメは、この孤独な天才に対するいささかの嫉妬をこめて（私にはそんな風に思える）手紙にこう記している、「己れの現存以外の動機もなく燃え上がり、ただひとり現れては消えてゆく、流星の輝きたる彼。いかなる文学的状況も実際にはそれを準備したわけではないのですから、この瞠目すべき通行人がいなくても、すべてはたしかにそれ以後も存在したことでしょう」。

夜空に不吉な光芒を放ちながらこの異様な流星がフランスの詩の天空をよぎったのはほぼ五年間ほどのことなのだから、マラルメが言うように、たしかにランボーはただの「通行人」にすぎなかった。アルチュール・ランボーはそこかしこをただ通り過ぎただけである。ただし途轍もない仕方で。見てのとおり、そして誰もが言うように、なるほどすべてはそれ以降も存続した。無疵のまま、何事もなかったかのように、なのか？　ああ、断じてそんなことはない！

中学校《コレージュ》での成績がきわめて優秀だったために獲得することになった数々の一等賞の賞品を全部売り払って、ランボーは家出し、「出発」した。パリへ。パリ・コミューンの労働者たち、圧殺されたコミューンの廃兵たち、詩人たちやボヘミアンのたむろするパリへ。当時の彼は働く気などなかった。詩を書くことは労働なのだから、誰も書かなかった未来の詩を書くこと。誰も見たことのないヴィジョンを自力で見出し、そいつをとにかく見ること。それはこの世の外のヴィジョンであり、同時にまさにいま目の前で繰り広げられている「世界の散文」の万華鏡のようなヴィジョンだった。そしてフランスの外へ。ランボーの煮えたぎる心のなかには『イリュミナシオン』のなかに書かれたかの有名な一節がいつも鳴り響いていた、「そして俺たちは洞窟の水を飲み、街道のビスケットをかじりながら彷徨《さまよ》い歩いていた、俺のはうは急いでいた、場所と方式を見つけ出そうと」。

大急ぎで「場所」と「方式」を見つけ出さねばならなかった。まだ何かへの途上にあった詩的身体は死にものぐるいでそれを渇望していた。ここではないどこか、フランスの、ヨーロッパの外、いや、ヨーロッパでもヨーロッパの外でもオリエントでもないどこか、新しくて奇妙な言い回し、数学のように純粋で厳格な生の公式、まずは己れを屈服させずにはおかない言葉による定式…。

だが彼がはっきりと目にし、手にしたのは「ざらついた現実」だった。それほどまでにランボーの絶望は深かったのか。彼の見た風景は結局のところ怒りと侮蔑、取り返しのつかない幻滅と絶望に彩られることになったが、それはいったい何に対するものだったのか。フランスという国家と社会に対する、マラルメもまたそこの住人であった世界に対する深い侮蔑と絶望、まず最初に言えるのはこれである。そして故郷の人々、母や兄や教師たち、その他の連中にも増して、同時代の詩人たち（そのなかには高踏派の詩人たちも含まれていた）、文学界、ジャーナリズムに対するランボーの怒りと軽蔑はいかばかりだっただろう。そんな世界で這いつくばって生きていくことなど、奴らと同じ空気を吸い続けることなどこちらからご免こうむりたい、ランボー少年はそう考えたにちがいない。

　彼の意志は堅固だったし、彼の強さ（またそれは絶望の強さそのものに他ならない）がランボーに詩を捨てさせ、すべてと訣別させた。後はヨーロッパ中を放浪し、最後はアフリカの砂漠へ行くだけだ。驚くべきことに、そのことは『ある地獄の季節』のなかに予言のようにすでに正確に書き記されていた。「俺の一日は終わった。俺はヨーロッパを去る。海の大気が俺の肺を焦がすだろう。僻地の気候が俺の肌を焼くだろう。（…）鉄の四肢、黒ずんだ肌、怒った目をして、俺は舞い戻るだろう。（…）俺は黄金を手にするだろう。俺はぶらぶらし、粗暴になるだろう。女たちは暑い国から戻ったこれらの獰猛な不具者たちの世話をする」。

　実際にそうならなかったのは、黄金を手にすることだけだった。アフリカの砂漠での苦難の旅の果てに商売に失敗し、からだを壊したランボーは、フランスのマルセイユへと戻り、手術によって右脚を切断されて、半年後にそこで死ぬことになるだろう。いま引用した文章が書かれた十七年後のことである。

「急げ！　他の人生があるのだろうか？」あるいは、「何という生活でしょう！　真の生活がないのです。あたしたちはこの世にはいません」。ランボーにとって、これらの二つの文章はほぼ同時に語られなければならなかった。それなら文学と訣別した後、ランボーは別の生を生きたのか？　ひとつの生があり、そして他のいくつかの生がそこにはあるだろう。ランボーにははじめからそれがわかっていた。『ある地獄の季節』のなかの別の一節はそのことに触れている。なぜならひとつの生は他のいくつかの生からなっていて、それが生と死を分かつものであるかもしれないからだ。「それぞれの存在には他の幾つかの人生が帰せられると俺には思われた。この旦那は自分が何をやっているのかわかっちゃいない。彼はひとりの天使なのだ。この家族は一腹から生まれた子犬たちである。幾人かの人間たちを前にして、彼らの他の人生のうちのひとつのなかの、そのまたほんの一瞬を相手に、俺は大声でお喋りした。――こうして、俺は一匹の豚を愛したのだ」。

マルセイユのコンセプシオン病院で死の床にあったとき、手術後のひどい不眠のために服用した阿片チンキや、激痛を鎮めるために夜毎医者によって注射されるモルヒネのせいで、ランボーは意識の混濁をひき起こし、最後には一種の譫妄状態に陥っていたようである。妹のイザベル・ランボーの証言から推察すれば、最後の日々を迎えたランボーはいつまでも続く夢のなかを漂っているみたいに見えたはずだ。そしてベッドのなかでランボーの発する不思議なうわ言と、後で彼女が読むことになる『イリュミナシオン』の音楽のような言葉は、表現の際立った類似を示していた、とイザベルは後に述懐している。

かつてランボーは『イリュミナシオン』を書いた。かつて文学がこれほどの自由を示したことはなかった。だから『イリュミナシオン』の言葉は死ぬまで見えない刺青のようにランボーの肉体に刻まれていたのである。それは文学を放棄したこととも、あるいは放棄しなかったかもしれないという幻想とも、アフリカの大地で武器商人となって「生きた貨幣」のように生きたこととも、いろいろ言われたように、ランボーの神への冒瀆や無神論や改宗や懺悔とも、そして絶えず出発しようとするランボー自身の意志とすら恐らく無関係だった。このエピソードが示しているのは、『イリュミナシオン』は、それを書いた詩人本人を、あるいは詩人の肉体を交換することすらできる値段のつかない何かの商品価値のように、あるいは忘却のなかですらすでに詩人の肉体が生ける死体か何かになったかのように引きずりまわすほど、それほどまでに強力な作品だったということである。詩人は詩を清算したが、詩は詩人を清算したのかどうか私にはわからない。

もう一度言おう。ランボーはただ通り過ぎた。ランボーはいたるところを歩きまわり、彼の足は信じられないくらいに速かった。それがずっと後にランボーの右脚を切断させることにもなったのだが、そのことはここでは言うまい。だが独特の「速度」は彼の文体の特徴を生み出さずにはおかなかった。ランボーは、ランボーを師と仰いだビート詩人たちがそうであるよりはるかにずっと「ビート」である。

今回の翻訳で私は原文の文意に可能な限り忠実でありたいと願うと同時に、そのビートニックな「リズム」をできるだけ再現できるようにやってみた。翻訳された日本語の文章からあらゆる夾雑物を取り除きたかった。そのためにあえて訳注を一切つけないことを選択した。立派で浩瀚な注釈本はすでにいろいろ出ていることだし、この翻訳では読者に直接ランボーの文章のなかに入り込んで、その息吹を感じ取ってもらうことができればと願っている。

ここであえて世に問うことにした新訳は、アカデミックなものを求める読者に向けられたものではない。ランボーをまだ読んだことのない若い読者がもしこの本を手に取ってくれるとしたら、それは私にとって望外の喜びである。

編集部の阿部晴政氏にはいろいろお世話になった。記してお礼を申し上げたい。そして校正や印刷や装丁など、この本をつくるために尽力してくださったすべての方々に感謝したい。

二〇〇九年十二月一日

鈴木創士

Arthur Rimbaud


# ランボー全詩《ぜんし》集《しゅう》

二〇一〇年 二 月一〇日 初版印刷
二〇一〇年 二 月二〇日 初版発行

著 者 A・ランボー
訳 者 鈴木《すずき》創士《そうし》
発行者 若森繁男
発行所 株式会社河出書房新社
〒一五一—〇〇五一
東京都渋谷区千駄ヶ谷二—三二—二
電話〇三—三四〇四—八六一一（編集）
〇三—三四〇四—一二〇一（営業）
http://www.kawade.co.jp/

ロゴ・表紙デザイン 粟津潔
本文フォーマット 佐々木暁
本文組版 KAWADE DTP WORKS
印刷・製本 中央精版印刷株式会社

落丁本・乱丁本はおとりかえいたします。
Printed in Japan ISBN978-4-309-46326-1

## 銀河ヒッチハイク・ガイド

ダグラス・アダムス　安原和見〔訳〕　46255-4

銀河バイパス建設のため、ある日突然地球が消滅。地球最後の生き残りであるアーサーは、宇宙人フォードと銀河でヒッチハイクするはめに。抱腹絶倒ＳＦコメディ「銀河ヒッチハイク・ガイド」シリーズ第一巻！

## 宇宙の果てのレストラン

ダグラス・アダムス　安原和見〔訳〕　46256-1

宇宙船が攻撃され、アーサーらは離ればなれに。元・銀河大統領ゼイフォードとマーヴィンがたどりついた星で遭遇したのは⁉　宇宙の迷真理を探る一行のめちゃくちゃな冒険を描く、大傑作ＳＦコメディ第二弾！

## 宇宙クリケット大戦争

ダグラス・アダムス　安原和見〔訳〕　46265-3

遠い昔、遙か彼方の銀河で、クリキット軍の侵略により銀河系は絶滅の危機に陥った——甦った軍を阻むのは、宇宙イチいい加減なアーサー一行。果たして宇宙は救われるのか？　傑作ＳＦコメディ第三弾！

## さようなら、いままで魚をありがとう

ダグラス・アダムス　安原和見〔訳〕　46266-0

十万光年をヒッチハイクして、アーサーがたどり着いたのは、８年前に破壊されたはずの地球だった‼　この〈地球〉の正体は⁉　大傑作ＳＦコメディ第四弾！　……ただし、今回はラブ・ストーリーです。

## ほとんど無害

ダグラス・アダムス　安原和見〔訳〕　46276-9

銀河の辺境で第二の人生を手に入れたアーサー。だが、トリリアンが彼の娘を連れて現れる。一方フォードは、ガイド社の異変に疑問を抱き——。ＳＦコメディ「銀河ヒッチハイク・ガイド」シリーズついに完結！

## クマのプーさんの哲学

J・T・ウィリアムズ　小田島雄志／小田島則子〔訳〕　46262-2

クマのプーさんは偉大な哲学者⁉　のんびり屋さんではちみつが大好きな「あたまの悪いクマ」プーさんがあなたの抱える問題も悩みもふきとばす！　世界中で愛されている物語で解いた、愉快な哲学入門！

## 高慢と偏見

ジェイン・オースティン　阿部知二〔訳〕　46264-6

エリザベスは資産家ダーシーを高慢だとみなすが、それは偏見に過ぎぬのか？　英文学屈指の女性作家オースティンが機知とユーモアを込めて描く、幸せな結婚を手に入れる方法。映画「プライドと偏見」原作。

## プリンセス・ダイアリー　1

メグ・キャボット　金原瑞人／代田亜香子〔訳〕　46272-1

ハイスクールの一年生、超ダメダメ人間のミアがいきなりプリンセスになるなんて⁉　全米で百万部以上売れた21世紀のシンデレラ・ストーリー！映画「プリティ・プリンセス」原作。

## プリンセス・ダイアリー　2　ラブレター騒動篇

メグ・キャボット　金原瑞人／代田亜香子〔訳〕　46273-8

フツーの女子高生ミアは突然プリンセスに。そんなミアに届いた匿名のラブレター。もしかしてマイケルから？　ママの妊娠＆結婚騒動や、田舎から従兄弟がやって来て……ますます快調★ラブコメディ第二弾！

## プリンセス・ダイアリー　3　恋するプリンセス篇

メグ・キャボット　金原瑞人／代田亜香子〔訳〕　46274-5

突然プリンセスになってしまったフツーの女子高生ミアの日記、大好評第三弾！　ケニーというＢ・Ｆができたけど、ミアの心は揺れるだけ。本当に好きなのはマイケルなのに、この恋いったいどうなるの？

## 不思議の国のアリス

ルイス・キャロル　高橋康也／高橋迪〔訳〕　46055-0

退屈していたアリスが妙な白ウサギを追いかけてウサギ穴にとびこむと、そこは不思議の国。『不思議の国のアリス』の面白さをじっくりと味わえる高橋訳の決定版。詳細な注と図版を多数付す。

## マンハッタン少年日記

ジム・キャロル　梅沢葉子〔訳〕　46279-0

伝説の詩人でロックンローラーのジム・キャロルが、13歳から書き始めた日記をまとめた作品。60年代ＮＹで一人の少年が出会った様々な体験を瑞々しい筆致で綴り、ケルアックやバロウズにも衝撃を与えた。

## 世界の涯の物語

ロード・ダンセイニ　中野善夫／中村融／安野玲／吉村満美子〔訳〕 46242-4

トールキン、ラヴクラフト、稲垣足穂等に多大な影響を与えた現代ファンタジーの源流。神々の与える残酷な運命を苛烈に美しく描き、世界の涯へと誘う、魔法の作家の幻想短篇集成、第一弾（全四巻）。

## 夢見る人の物語

ロード・ダンセイニ　中野善夫／中村融／安野玲／吉村満美子〔訳〕 46247-9

『指輪物語』『ゲド戦記』等に大きな影響を与えたファンタジーの巨匠ダンセイニの幻想短篇集成、第二弾。『ウェレランの剣』『夢見る人の物語』の初期幻想短篇集二冊を原書挿絵と共に完全収録。

## 時と神々の物語

ロード・ダンセイニ　中野善夫／中村融／安野玲／吉村満美子〔訳〕 46254-7

世界文学史上の奇書といわれ、クトゥルー神話に多大な影響を与えた、ペガーナ神話の全作品を初めて完訳。他に、ヤン川三部作の入った短篇集『三半球物語』等を収める。ダンセイニ幻想短編集成、第三弾。

## 最後の夢の物語

ロード・ダンセイニ　中野善夫／安野玲／吉村満美子〔訳〕 46263-9

本邦初紹介の短篇集『不死鳥を食べた男』に、稲垣足穂に多大な影響を与えた『五十一話集』を初の完全版で収録。世界の涯を描いた現代ファンタジーの源流ダンセイニの幻想短篇を集成した全四巻、完結！

## チャペックのこいぬとこねこは愉快な仲間

ヨゼフ・チャペック〔絵と文〕　いぬいとみこ／井出弘子〔訳〕 46190-8

カレル・チャペックの実兄で、彼のほとんどの作品に個性的な挿絵を描いたヨゼフ・チャペック。『ダーシェンカ』と共に世界中で愛読されている動物ものがたりのロング・セラー。可愛いイラストが満載！

## チャペックの犬と猫のお話

カレル・チャペック　石川達夫〔訳〕 46188-5

チェコの国民的作家チャペックが贈る世界中のロングセラー。いたずらっ子のダーシェンカ、お母さん犬のイリス、気まぐれ猫のプドレンカなど、お茶目な犬と猫が大活躍！　名作『ダーシェンカ』の原典。

## 20世紀SF　5　1980年代 冬のマーケット

カード／ギブスン他　中村融／山岸真〔編〕　46206-6

第五巻は、新たな時代の胎動が力強く始まった、80年代編。一大ムーブメント・サイバーパンクの代名詞的作家ウィリアム・ギブスンの表題作、スターリング、カード、ドゾワの本邦初訳作、他全12篇。

## 20世紀SF　6　1990年代 遺伝子戦争

イーガン／シモンズ他　中村融／山岸真〔編〕　46207-3

シリーズ最終巻・90年代編は、現代ＳＦの最前線作家グレッグ・イーガン「しあわせの理由」、ダン・シモンズ、スペンサー、ソウヤー、ビッスン他、最新の海外ＳＦ全11篇。巻末に20世紀ＳＦ年表を付す。

## 不死鳥の剣　剣と魔法の物語傑作選

R・E・ハワード他　中村融〔編〕　46226-4

『指輪物語』に代表される、英雄が活躍し、魔法が使える別世界を舞台とした、ヒロイック・ファンタシーの傑作選。ダンセイニ、ムアコック、ムーアの名作、本邦初訳など、血湧き肉躍る魅力の８篇。

## ビューティフル・ボーイ　上・下

トニー・パーソンズ　小田島恒志／小田島則子〔訳〕　上／46258-5　下／46259-2

30歳を目前にしてハリーの世界は突如変貌！　同僚と一夜を共にし、妻に出て行かれ、失業、シングルファザーに――。『ハリー・ポッター』をおさえて英国図書賞「今年の一冊」に選ばれた大ベストセラー。

## 人生に必要な知恵はすべて幼稚園の砂場で学んだ

ロバート・フルガム　池央耿〔訳〕　46148-9

本当の知恵とは何だろう？　人生を見つめ直し、豊かにする感動のメッセージ！　“フルガム現象”として全米の学校、企業、政界、マスコミで大ブームを起こした珠玉のエッセー集。大ベストセラー。

## 西瓜糖の日々

リチャード・ブローティガン　藤本和子〔訳〕　柴田元幸〔解説〕　46230-1

コミューン的な場所アイデス〈iDeath〉と〈忘れられた世界〉、そして私たちと同じ言葉を話すことができる虎たち。澄明で静かな西瓜糖世界の人々の平和・愛・暴力・流血を描き、現代社会をあざやかに映した代表作。

## ビッグ・サーの南軍将軍

リチャード・ブローティガン　藤本和子〔訳〕　46260-8

歯なしの若者リー・メロンとその仲間たちがカリフォルニアはビッグ・サーで繰り広げる風変わりで愛すべき日常生活。様々なイメージを呼び起こす彼らの生き方こそ、アメリカの象徴なのか？　待望の文庫化！

## 塵よりよみがえり

レイ・ブラッドベリ　中村融〔訳〕　46257-8

魔力をもつ一族の集会が、いまはじまる！　ファンタジーの巨匠が55年の歳月を費やして紡ぎつづけ、特別な思いを込めて完成した伝説の作品、待望の文庫化。奇妙で美しくて涙する、とても大切な物語。解説＝恩田陸

## 長靴をはいた猫

シャルル・ペロー　澁澤龍彦〔訳〕　片山健〔画〕　46057-4

シャルル・ペローの有名な作品『赤頭巾ちゃん』『眠れる森の美女』『親指太郎』などを、しなやかな日本語に移しかえた童話集。残酷で異様なメルヘンの世界が、独得の語り口でよみがえる。

## O・ヘンリー・ミステリー傑作選

O・ヘンリー　小鷹信光〔編訳〕　46012-3

短編小説、ショート・ショートの名手O・ヘンリーがミステリーの全ジャンルに挑戦！　彼の全作品から犯罪をテーマにした作品を選んだユニークで愉快なアンソロジー。本邦初訳が中心の28篇。

## いいなづけ　17世紀ミラーノの物語　上・中・下

A・マンゾーニ　平川祐弘〔訳〕　上／46267-7　中／46270-7　下／46271-4

ダンテ『新曲』と並ぶ伊文学の最高峰。飢饉や暴動、ペストなど混迷の17世紀ミラーノを舞台に恋人たちの逃避行がスリリングに展開、小説の醍醐味を満喫させてくれる。読売文学賞・日本翻訳出版文化賞。

## 南仏プロヴァンスの12か月

ピーター・メイル　池央耿〔訳〕　46149-6

オリーヴが繁り、ラヴェンダーが薫る豊かな自然。多彩な料理、個性的な人々。至福の体験を綴った珠玉のエッセイ。英国紀行文学賞受賞の大ベストセラー。

## 南仏プロヴァンスの木陰から

ピーター・メイル　小梨直〔訳〕　46152-6

ベストセラー『南仏プロヴァンスの12か月』の続編。本当の豊かな生活を南仏に見いだした著者がふたたび綴った、美味なる“プロヴァンスの物語”。どこから読んでもみな楽しい、傑作エッセイ集。

## 贅沢の探求

ピーター・メイル　小梨直〔訳〕　46153-3

仕立屋も靴屋も、トリュフ狩りの名人もシャンペン造りの名人も、みな生き生きと仕事をしていた……。ベストセラー『南仏プロヴァンスの12か月』の著者が巧みに描く超一流品の世界。

## 南仏のトリュフをめぐる大冒険

ピーター・メイル　池央耿〔訳〕　46184-7

“南仏の黒いダイヤ”と呼ばれる世界三大珍味の一つトリュフ。破産寸前だが生来楽天家のベネットが偶然手に入れたその人工栽培の秘法。しかしそれがたたって不気味な黒幕やマフィアから追われる羽目に……。

## 短篇集　シャーロック・ホームズのSF大冒険　上・下

マイク・レズニック／マーティン・H・グリーンバーグ〔編〕 日暮雅通〔監訳〕 上／46277-6 下／46278-3

ＳＦミステリを題材にした、世界初の書き下ろしホームズ・パロディ短篇集。現代ＳＦ界の有名作家26人による26篇の魅力的なアンソロジー。過去・現在・未来・死後の四つのパートで構成された名作。